Marcello Simoni
Das Grab der Seelen

Hauptpersonen

Girolamo Svampa: *Inquisitor commissarius*, wird nach Ferrara entsandt, um einen Mord in Ferrara aufzuklären.
Francesco Capiferro: Sekretär des Heiligen Offiziums und Svampas Gefährte bei den Ermittlungen.
Solomon Cordovero: Kabbalist.
Paolo de' Francis: Generalinquisitor von Ferrara, kompromissloser Verfechter der Heiligen Inquisition.
Pinhas Navarro: Rabbi und Kabbalist, Kenner des *Sefer Jetzira* und der jüdischen Mystik.
Rahel: stumme Tochter von Rabbi Pinhas.
Margherita Basile: Opernsängerin und Svampas heimliche Liebe, die in Ferrara eigene Pläne verfolgt.

Weitere Personen

Jehuda Abravanel: Rabbi und Kabbalist, verfügt über großes Wissen über die jüdische Mystik.
Ippolito Maria Lanci ab Aqua Nigra: Generalbevollmächtigter des Heiligen Offiziums.
Cesare Borghese: Kardinal des Inquisitionskollegiums, offener Widersacher Svampas.
Cagnolo: Diener und Beschützer von Margherita Basile, eigentlich Diener Girolamo Svampas.
Gabriele da Saluzzo: Inquisitor, schuld am Tod von Svampas Vater.
Francesco Cennini de' Salamandri: päpstlicher Legat Ferraras.
Dolce Fano: Witwe, jüdische Bankiersfrau mit großem Einfluss im Ghetto von Ferrara und auch außerhalb.
Ezio Magrino: zeigt großes Interesse an den von der Inquisition verbotenen Büchern.
Piccarda: Begleiterin de' Salamandris.
Monsignore Niccolò Ridolfi: päpstlicher Haustheologe, Beschützer Girolamo Svampas.
Yosef Zalman: jüdischer Gelehrter, Aschkenasi.
Giuseppe Zarfati: Konvertit.
u. v. a.

MARCELLO SIMONI

DAS GRAB DER SEELEN

Historischer Thriller

Aus dem Italienischen von Ingrid Ickler

folio

So kennt sich der Heilige selbst, er sei gesegnet, und auch wieder nicht. Er ist tatsächlich die Seele der Seele, der Geist des Geistes, vor allen verborgen und geheim. Doch durch diese Pforten, die die Pforten der Seele sind, gibt er sich zu erkennen.
Sohar (Kabbala), Das Buch des Glanzes, I-103b

… Wasser, aus Geist (Luft), er zeichnet und hieb darin zweiundzwanzig Buchstaben aus Wüste, Leere, Schlamm und Lehm; er zeichnete die nach Art eines Beets, er bemeißelte sie nach Art eines Baues, er goss über sie Schnee und es wurde daraus Erde …
Sefer Jetzira
(https://sammlungen.ub.unifrankfurt.de/freimann/content/pageview/760665)

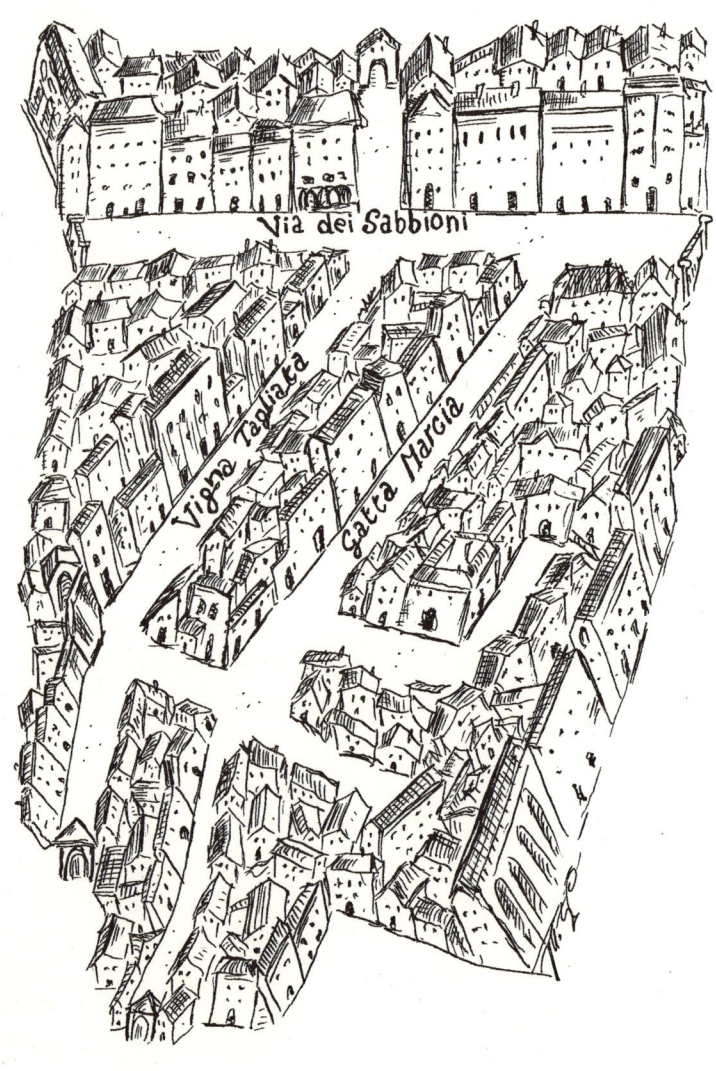

Das Ghetto in Ferrara, A.D. 1626

Prolog

Ferrara,
12. Oktober 1626

Solomon Cordovero hob zum dritten Mal die Laterne und versuchte, durch den dichten Nebel das Straßenpflaster zu erkennen. Obwohl er sich sicher war, in die richtige Richtung zu gehen, fürchtete er den Eingang zum alten Friedhof zu verfehlen, selbst wenn er direkt davorstehen würde. Die Finsternis und der Dunst schienen bei jedem Schritt dichter zu werden, als ob die Dämonen, die *Schedim*, dafür sorgen wollten, dass er sich im Labyrinth der Gassen verlor. Diesen Gedanken versuchte Cordovero zu verscheuchen und blickte zum Himmel, in der Hoffnung, die Sterne zu sehen und darin Trost zu finden. Genau wie er es als Kind in Safed getan hatte, vor der Lehmhütte, in der er geboren wurde.

Aber das, was er über den Dächern erkennen konnte, war nicht der safrangelbe Himmel Galiläas, sondern ein undurchsichtiges Leichentuch, das sich über den Abgrund der Welt legte, der stumpfe Blick eines blinden Engels.

„*Shomrèni, El, ki chasíti vakh*"*, deklamierte er kaum hörbar, um sich daran zu erinnern, weshalb er nach Einbruch der Dämmerung das Ghetto verlassen hatte.

Ein Grund, der ihm selbst verrückt erschienen wäre, wenn er nicht genügend gesehen, gehört und verstanden hätte, um die

---

* Hebräische Bibel, Psalm 16,15: „Bewahre mich, Gott, denn bei dir finde ich Zuflucht."

Zeichen des Bösen zu erahnen, genug jedenfalls, um sich selbst einem hohen Risiko auszusetzen, auch wenn er sich dabei des *Yihud* bedienen musste, des Ritus, um Geister zu beschwören, wie er vom Kabbalisten Ramak überliefert worden war, einem seiner geschätzten und verehrten Vorgänger.

Wenn wenigstens *du* mich führen würdest!, dachte er an die Seele des ehrwürdigen Meisters gerichtet. Wenn dir Jahwe in seiner unendlichen Güte gestatten würde, meinen Weg zu erhellen! Doch die Antwort auf seine Gebete kam nicht aus dem Licht. Wie ein Riese tauchte aus der Nebelwand plötzlich ein dunkler, mit Türmen bewehrter Umriss vor ihm auf. Cordovero überwand seine Angst und verfluchte die Täuschungen der *Schedim*, die ihm einen Moment lang vorgegaukelt hatten, den Golem vor sich zu haben ... Dann widmete er sich der Backsteinmauer, die er jetzt erreicht hatte, und erkannte die Einfriedung des Klosters San Girolamo.

Es war ganz in der Nähe, viel näher, als er vermutet hatte!

Mit neuem Mut schritt er die Mauer entlang, bis er ein mit Unkraut überwuchertes Feld erreichte.

Genau wie sie gesagt hatten, dachte er. Ein verlassener Ort, der versteckt hinter dem Kloster lag. Doch erst als er einen gemauerten Torbogen, in dem ein sechszackiger Stern eingemeißelt war, durch die Nebelschwaden erkennen konnte, war er sich sicher.

Der Davidstern, das Symbol seines Volkes.

Aus Sorge, den Ort zu entweihen, durchschritt Cordovero den Torbogen mit äußerster Vorsicht und erreichte den ältesten Teil des Friedhofs. Dann setzte er seinen Weg durch den grauen Atem der Nacht fort, bis der zitternde Schein der Laterne auf eine hohe, in sich verdrehte Silhouette fiel.

„Adonai, schütze mich", murmelte er.

Der knotige Wächter der Gräber sah nicht wie ein Baum aus, sondern vielmehr wie eine von den Martyrien der Hölle gezeichnete Kreatur.

Nicht das verkrüppelte Erscheinungsbild ließ ihn jedoch erschauern, sondern die Gewissheit, am Ziel seiner Suche angekommen zu sein.

Er stellte die Laterne zwischen dem Wurzelwerk ab, kniete sich vor dem Baum nieder, vergrub die Finger in der Erde und begann zu graben.

„Brunnen der Seelen" hatte Ramak ihn genannt.

Cordovero hätte den Brunnen öffnen und in seine tiefsten Tiefen eintauchen, sich dem *Yihud* hingeben und eins mit dem göttlichen Atem werden sollen, der durch die Welt der Lebenden und die der Toten weht.

In diese Gedanken versunken, hin- und hergerissen zwischen mystischer Ekstase und dem Gestank der Erde, der ihm in die Nase kroch, fuhr ihm die grausamste aller Liebkosungen über den Rücken.

Kein Klagelaut drang aus seinem Mund.

Nur der Ausdruck blanken Entsetzens eines Menschen, der vom Unerkennbaren überwältigt worden ist.

Denn vor dem Schmerz, bevor seine Wirbel knackend barsten wie Samen einer reifen Frucht, hatte er die Gegenwart des *Malach ha-mavet* gespürt.

Des Todesengels.

Teil eins

Angelus mortis
Malach ha-mavet

1.

*Vatikan, Sitz des Heiligen Offiziums,
19. Oktober 1626*

Girolamo Svampa musterte das abstoßende, in sich zusammengesunkene Stoffbündel auf der Anklagebank, dann wandte er sich an die Schar schwarz gekleideter Würdenträger, die sich darum herum gruppierten. „Schuldig!", verkündete er. „Bruder Gabriele da Saluzzo ist schuldig!"

„Es stets aufs Neue zu wiederholen, macht Eure Aussage nicht glaubhafter", unterbrach ihn eine Stimme aus dem Auditorium.

Svampa musste ihm nicht ins Gesicht sehen, um zu wissen, dass es sich dabei um Cesare Borghese handelte, einen hochverehrten Kardinal des Inquisitionskollegiums. Bereits vor einem Jahr hatte sich dieser vor Hochmut strotzende Geistliche einen Spaß daraus gemacht, ihn vor den Würdenträgern des Heiligen Offiziums lächerlich zu machen.

„Stützt Euch nicht allein auf meine Worte, sondern auf die *Tatsachen*!", hielt er entschlossen dagegen. „Tatsachen, die, ich darf Euch daran erinnern, vom Generalbevollmächtigten des Klosters Santa Maria delle Grazie bezeugt wurden und …"

„Seit wann lasst Ihr die Aussagen anderer gelten?", warf der verhasste Spötter ein. „Wenn ich mich nicht täusche, wart doch *Ihr* es, der die Menschheit als einen Haufen Idioten bezeichnet hat, sogar unfähig, die eigenen Sinneseindrücke richtig zu deuten?"

Eine Auffassung, die durch jedes einzelne Wort aus Eurem Mund bestätigt wird, war Svampa versucht zu antworten. Er zwang sich zur Ruhe und wartete, bis das Gelächter, das der Mann ausgelöst hatte, wie eine ausrollende Welle verebbte. Er würde es nicht zulassen, dass jemand seine Rachepläne durchkreuzte. Er würde bis zum Ende kämpfen, auch auf die Gefahr hin, sich mit der gesamten Kurie zu überwerfen, angefangen vom Papst bis hinunter zum jüngsten Messdiener.

Als hätte er seine Gedanken gelesen, erhob sich ein massiger Mann von seiner erhöhten Sitzposition. „Die Beweise, die Bruder Girolamo gesammelt hat, sind unanfechtbar", verkündete er, wobei er mit den Armen durch die Luft fuchtelte. „Padre Gabriele da Saluzzo hat sich nicht nur des Verbrechens der Alchemie und der Geisterbeschwörung schuldig gemacht, sondern auch einen Anschlag auf das Leben eines Mitbruders verübt!"

„Andererseits", widersprach der Kardinal mit dem kantigen Gesicht, der neben ihm saß, „stammen die Beweise nicht aus einer offiziellen Untersuchung. Bruder Girolamo hat sie eigenmächtig zusammengetragen und sich damit den Anweisungen dieses ehrwürdigen Kollegiums widersetzt. Wer kann da ihre Verlässlichkeit garantieren?"

Die Einwürfe waren von Niccolò Ridolfi, dem päpstlichen Haustheologen, und dem nicht minder gefürchteten Ippolito Maria Lanci ab Aqua Nigra, dem Generalbevollmächtigten des Heiligen Offiziums, gekommen. Die beiden waren die wichtigsten Stützpfeiler, auf denen die kirchliche Ordnung Papst Urbans VIII. ruhte, wenn nicht sogar die gefährlichsten Männer, die hinter den Mauern des Vatikans lebten und wirkten.

„Ich verstehe Eure Verblüffung, hochverehrter Kardinal", Monsignore Ridolfi blieb unbeirrt. Hinter seiner wuchtigen Erscheinung verbarg sich ein geschickter Diplomat. „Aber wenn Ihr die Güte hättet, diese Beweise näher zu untersuchen, würdet Ihr bemerken, dass sie zu erdrückend sind, um nicht zugelassen zu werden …"

„Ihr unterstützt eine unbotmäßige Handlung?", Aqua Nigra warf ihm einen vernichtenden Blick zu.

Grabeskälte breitete sich unter den Anwesenden aus.

Sie war so durchdringend, dass selbst Svampa, der sonst kein Verständnis für die Gefühle anderer aufbrachte, spürte, wie sie durch die Falten seiner Dominikanerkutte kroch.

„Es ist nicht nötig, dass der Haustheologe mir beispringt", erwiderte er geistesgegenwärtig, „ich werde die entsprechende Buße für mein Verhalten gerne annehmen. Aber zu gegebener Zeit! Jetzt ruht der prüfende Blick des Heiligen Offiziums auf einem anderen", er blickte wieder auf die makabre, von Stoff verhüllte Gestalt. „Gabriele da Saluzzo ist nicht würdig, die Mönchskutte zu tragen, er ist ein Verbrecher, der seine Privilegien als Inquisitor für seine Schandtaten missbraucht hat und die Blindheit, wenn nicht gar die Mitwisserschaft dieses Kollegiums ausgenutzt hat!"

„Mäßigt Euren Ton, Bruder Girolamo", warnte ihn Aqua Nigra, der immer noch wütend auf den Haustheologen war, „weniger tolerante Ohren als die meinen könnten Eure verleumderischen Unterstellungen nicht gutheißen."

„Das sind keine Unterstellungen, Eure Eminenz!", widersprach eine entschlossene Stimme aus der obersten Reihe des Auditoriums.

Schlagartig wanderten alle Bicke zu dem Mann mit dem verwegenen Lächeln unter dem schwarzen, an den Seiten gezwirbelten Schnauzbart.

Padre Francesco Capiferro, Sekretär des Heiligen Offiziums sowie Gefährte bei Svampas Ermittlungen, nutzte die allgemeine Verblüffung, die sein Zwischenruf ausgelöst hatte, nahm einen Zug aus seiner neuen Pfeife und erhob sich. Mit der Verve eines Theaterschauspielers sprach er weiter: „Unter den Dokumenten, die Bruder Girolamo und ich in Gabriele da Saluzzos Versteck in Mailand sichergestellt haben …", er betonte jedes Wort, „befanden sich mehrere Briefe, die eine … wie soll ich sagen … peinliche Verbindung zwischen ebenjenem Saluzzo und einigen Mitgliedern dieser hochverehrten Versammlung bezeugen."

„Und warum wurde ich davon nicht schon vorher in Kenntnis gesetzt?", wütete Aqua Nigra.

„Weil, wertgeschätzter Herr Generalbevollmächtigter", Capiferro richtete sich kerzengerade auf, „einige Personen, auf die ich anspiele, zu Eurem engsten Kreis gehören."

Der knochige Geistliche umklammerte die Armlehnen seines Stuhls. „Seid Ihr Euch dieser Behauptungen vollkommen sicher?"

„Ja, aber wäre es unter diesen Umständen nicht angezeigt, die Angelegenheit an dieser Stelle auf sich beruhen zu lassen?"

„Wagt es nicht, meinen Fragen auszuweichen!", polterte Aqua Nigra, während seine stechenden Augen Capiferro zu durchbohren schienen. „Ich verlange, dass mir diese Briefe unverzüglich ausgehändigt werden! Habt Ihr verstanden? *Unverzüglich!*"

„Sollten wir demnach annehmen", schaltete sich Niccolò Ridolfi ein, mit dem offensichtlichen Ziel, die Gemüter zu beruhigen, „dass der ehrwürdige Generalbevollmächtigte seine Haltung korrigiert und nach reiflicher Überlegung entschieden hat, die Beweise als stichhaltig zu betrachten?"

„Unterlasst dieses selbstzufriedene Grinsen", maßregelte ihn Aqua Nigra, während sein Körper in der schwarzen Kutte erbebte, „Ihr steckt mit diesen beiden Unruhestiftern unter einer Decke, nicht wahr?" Er warf Svampa und Capiferro einen vernichtenden Blick zu. „Das alles ist hinter meinem Rücken ausgetüftelt worden, bis ins kleinste Detail, um mich vor vollendete Tatsachen zu stellen! Genau so muss es gewesen sein, das liegt auf der Hand! Aber wehe Euch, wenn Ihr glaubt, mich mit Euren Winkelzügen hinters Licht führen zu können …"

„Welche Winkelzüge?", fragte Svampa, der die Auseinandersetzung von seiner Position in der Mitte des Raumes verfolgt hatte. „Entweder sind die vorgelegten Beweise valide oder sie sind es nicht. Das ist Eure Entscheidung, ehrwürdiger Commissario! Dessen ungeachtet: Wenn Ihr Euch der Briefe bedienen wollt, von denen mein Mitbruder gerade gesprochen hat, habt Ihr die moralische Pflicht, ihre Glaubwürdigkeit anzuerkennen und folglich meine Anschuldigungen gegen Bruder Gabriele da Saluzzo zu bestätigen."

„Warum, in Gottes Namen?", mischte sich Cesare Borghese mit nervösem Lachen ein. „Gabriele da Saluzzo ist tot! Seit Monaten schon! Warum verbeißt Ihr Euch dermaßen in seine Person?"

Einen Augenblick lang wähnte sich Girolamo Svampa wieder im Nebel Mailands, er stand vor dem Leichnam des alten Mönchs, der aus dem obersten Geschoss der Basilika Santa Maria delle Grazie gestürzt war. Die Gliedmaßen verdreht wie bei einer zerbrochenen Puppe; von seinen Pupillen schien noch im Tod ein heimtückisches Leuchten auszugehen.

Instinktiv griff er sich an den Hals, strich mit den Fingerspitzen über das Mal, das man ihm ins Fleisch gebrannt hatte, und musterte den Kardinal. „Das ist kein Verbeißen, es ist meine Pflicht, denn ein Prozess muss geführt werden. Dabei geht es weniger um das Urteil als um die Notwendigkeit, die verbrecherischen Machenschaften eines Menschen *aufzudecken*, als Mahnung für all diejenigen, die Ähnliches planen."

„Welche Arroganz! Welch ein Wahnsinn!", attackierte ihn ein anderes Mitglied des Auditoriums. „Gott, der Allmächtige, wird über Saluzzos Seele richten! Oder wollt Ihr etwa das göttliche Urteil durch Eures ersetzen?"

Bevor er antwortete, spürte Svampa den besorgten Blick Ridolfis auf sich ruhen.

Vorsicht!, schien der Haustheologe damit ausdrücken zu wollen. Achtet auf das, was Ihr jetzt sagt, denn ab jetzt werde ich Euch nicht mehr verteidigen können!

Doch für Girolamo Svampa war alles vorhergesehen. Der Prozess, Saluzzos *Damnatio memoriae*, sogar die Strafe, der er selbst entgegensehen würde, jeder einzelne Schritt dieser Angelegenheit hatte sich in seinen Gedanken zu einem Ganzen verbunden, gleich einem Kreis, der sich schloss. Von dem Moment an, als er gesehen hatte, wie sein Vater ermordet worden war, bis zum Augenblick der Rache, als er den Verantwortlichen endlich zur Rechenschaft ziehen konnte, auch wenn er dafür dessen Seele der Hölle entreißen musste.

„Manchmal reicht die göttliche Gerechtigkeit nicht aus!", erwiderte er. „Manchmal muss man selbst in den Kampf ziehen und sich auf die Vernunft verlassen, um dem Chaos zu begegnen, das uns umgibt. Auf die Vernunft, die Gott uns geschenkt hat, um uns zu seinem Instrument zu machen!"

„Und was habt Ihr nun vor?", fragte Cesare Borghese in scharfem Ton. „Wollt Ihr den armen Gabriele da Saluzzo aus dem Grab holen?"

„Merkwürdig, dass gerade Ihr dieses Thema aufbringt, Eure Eminenz!", schaltete sich Capiferro ein, der raschen Schrittes auf die verhüllte Gestalt auf der Anklagebank zuging. „Gerade Ihr, der Ihr im letzten Jahr Bruder Girolamo aufgefordert habt, der Puppe des verschwundenen Saluzzo den Prozess zu machen, als dieser selbst unauffindbar war!"

„Und?", fragte der Prälat herausfordernd, seine Haltung war nun offen feindselig. „Wäre eine Puppe nicht auch jetzt hilfreich, um dieses unwürdige Schauspiel zu rechtfertigen?"

„Eine Puppe haben wir zwar nicht", erwiderte Capiferro prompt, „aber ich garantiere Euch, dass Ihr nicht enttäuscht sein werdet." Dann griff er nach einer Ecke der Stoffbahn, hob sie ruckartig an und enthüllte zum Entsetzen der Anwesenden einen mumifizierten Leichnam, der zusammengesackt auf dem Stuhl kauerte.

„Man möge zu den Akten nehmen", verkündete Svampa, während er sich vor dem Verwesungsgestank zu schützen versuchte und auf die Augenhöhlen seines ärgsten Feindes starrte, in denen es vor Fliegen nur so wimmelte, „dass Gabriele da Saluzzo, Teil der Heiligen Inquisition und ehemaliges Mitglied dieses geschätzten Kreises, post mortem bei der Verkündung der Anklage gegen ihn anwesend ist!"

2.

„Im Namen des heiligen Petrus", ereiferte sich Monsignor Ridolfi, „wie konntet Ihr Euch eine solche Ungeheuerlichkeit erlauben?"

Statt zu antworten, betrachtete Girolamo Svampa die feinen Linien des weißen Marmors am Boden. Nach Ende des Prozesses hatte er sich mit Ridolfi unverzüglich in den abgelegenen Raum ganz oben in den Torre dei Venti zurückgezogen, einen der friedlichsten Plätze des Vatikans. Ein allerdings nur auf den ersten Blick sicherer Zufluchtsort, denn Aqua Nigras Empörung und die entsetzten Rufe des Inquisitionskollegiums schienen ihn auch hier zu verfolgen.

„Hört Ihr mir überhaupt zu? Dieser Leichnam ... dieser verdammte stinkende Kadaver ... Wo zum Teufel habt Ihr ihn her?"

„Na ja", erwiderte Capiferro, der das Trio komplett machte, wie üblich mit der Pfeife im Mund, „ist das nicht offensichtlich?"

„Ihr wartet mit dem Sprechen, bis Ihr dran seid, Gauner!", gebot ihm Ridolfi Einhalt, der langsam die Geduld verlor. „Nun? Wenn ich mich nicht irre, dann hätte es unter diesem Umhang Beweise oder zumindest Indizien geben müssen, Dokumente, die Eure Anschuldigungen stützen ... So hatten wir es ausgemacht! Das habt Ihr und Euer ehrenwerter Gefährte mir zugesichert!"

„Die gibt es tatsächlich", erwiderte Girolamo, zog ein Bündel Papiere hervor und übergab sie Ridolfi.

„Hier sind sie! Allerdings hätten diese Schriftstücke das Gewissen meiner Feinde niemals so erschüttert wie Saluzzos Leiche."

„Eure *Feinde*?", Ridolfi sah ihn ungläubig an, während er die Dokumente unter seinem Talar verschwinden ließ. „Ist Euch klar, welche Anschuldigungen über Eure Lippen kommen? Ihr sprecht von Euren Mitbrüdern in Christus! Hochgeschätzte Männer der Kirche, die sich genau wie Ihr dem Kampf gegen die Häresie, den Götzendienst und die Hexerei verschrieben haben!"

„Und doch ist das Einzige, das für sie zählt, sich bei Banketten den Bauch vollzustopfen oder mit mächtigen Freunden auf die Jagd zu gehen."

„Ihr wollt einfach nicht verstehen und folgt einer Idealvorstellung, einer Perfektion, die unerreichbar ist", seufzte der Prälat, „diese Männer sind Mittel zum Zweck! Sie werden benutzt, um ein Ziel zu erreichen, sie werden manipuliert!"

„Und ich soll der Gauner sein?", platzte Capiferro dazwischen.

Ridolfi brachte ihn mit einem strafenden Blick zum Schweigen.

„Mit anderen Worten", Girolamos Stimme klang jetzt hart, „sollte ich also Saluzzos Beispiel folgen? Der Intrige den Vorzug vor der Vernunft geben? Der Schmeichelei vor einem gerechten Urteil?"

„Gerechtes Urteil? Nach einer Anklage, bei der Ihr dem Kardinalskollegium einen halbverwesten Leichnam präsentiert habt?", fragte Ridolfi. „Bei allen Heiligen, Bruder Girolamo, gebt es doch zu! Ihr habt den Bogen überspannt! So etwas hat es noch nie gegeben!"

„Oh doch", widersprach Capiferro mit der Andeutung eines Lächelns. „In Rom im Jahr 897, während des ‚Synodus horrenda', der Leichensynode. Papst Formosus wurde ein Jahr nach seinem Tod exhumiert, um in den Lateran gebracht und einem postumen Prozess unterworfen zu werden."

„Und Ihr konntet es Euch nicht verkneifen, mir das unter die Nase zu reiben, damit ich mir wie ein Idiot vorkomme, oder?" Ridolfi blitzte ihn vorwurfsvoll an.

Capiferro gab sich unbeteiligt und widmete sich dem Pfeifenkopf. „Um der Wahrheit die Ehre zu geben, ich …"

„Ich habe es Euch schon einmal gesagt, schweigt und wartet ab, bis Ihr an der Reihe seid!"

„Ich verstehe das nicht", schaltete sich Svampa ein, „der Prozess hatte doch einen guten Ausgang. Der Generalbevollmächtigte musste seine Einwände zurücknehmen und die Schuld Gabriele da Saluzzos anerkennen. Warum also diese Vorwürfe?"

„Ist Euch das wirklich nicht klar?" Ridolfis finsterer Blick verriet eine gewisse Sorge. „Sich auf solch rücksichtslose Art und Weise gegenüber einem verstorbenen Mitbruder zu verhalten … Und dann dieser ungeheuerliche Verdacht, einige Mitglieder des Heiligen Offiziums könnten dazu beigetragen haben, seine kriminellen Machenschaften zu verschleiern!"

„Das ist nicht nur ein Verdacht", unterbrach ihn Svampa, „die Beweise für ihre Komplizenschaft sind unstrittig."

„Sie auf solch unbesonnene Weise bloßgestellt zu haben, hat Euch in eine missliche Lage gebracht."

„Das kümmert mich nicht", winkte Svampa ab, „um mich der Verleumdung zu bezichtigen, fehlen stichhaltige Beweise."

„So offensichtlich würde Aqua Nigra niemals vorgehen. Und wenn Ihr wirklich glaubt, dass er nichts über die Komplizenschaft zwischen ihm nahestehenden Mitgliedern des Kollegiums und Gabriele da Saluzzo wusste, dann seid Ihr ein gutgläubiger Dummkopf."

Der Prälat gab ihm Zeit, über seine Worte nachzudenken, verschränkte die Hände hinter dem Rücken und ging auf eine Brüstung zu, von der aus man den grauen Himmel über Rom sehen konnte. „Habt Ihr es immer noch nicht begriffen?", fügte er hinzu, ohne den Blick von den Wolken abzuwenden. „Aqua Nigra will diese Briefe nicht, um Gerechtigkeit zu üben, sondern um sie zu vernichten! Mit anderen Worten, um die Verbindung des Heiligen Offiziums, das seine Person repräsentiert, zu einem Vollstrecker der Inquisition, dessen Fehlverhalten nicht mehr zu leugnen ist, zu vertuschen."

Svampa wollte etwas erwidern, aber dann siegte der Respekt, den er vor diesem Mann hatte, der für ihn seit vielen Jahren wie ein Vater war. Er stellte sich neben ihn an die Brüstung und wechselte das Thema.

„Eurer Meinung nach bin ich also in Gefahr. In welcher Weise?"

„In einer Weise, die Ihr Euch nicht einmal vorstellen könnt, mein Sohn", antwortete Ridolfi, seine Stimme klang jetzt weicher, seine Finger umklammerten die granitene Brüstung. „Wenn ich Generalbevollmächtigter wäre, würde ich mich nicht damit zufriedengeben, die Briefe verschwinden zu lassen. Zur Sicherheit würde ich meine Aufmerksamkeit auch auf denjenigen richten, der sie gefunden hat."

„Was schlagt Ihr vor?"

„Ihr müsst Rom verlassen, zu Eurem eigenen Besten."

Auch wenn er die Vorstellung verabscheute, vor einer potenziellen Bedrohung fliehen zu müssen, war Girolamo Svampa klar, dass er keine andere Wahl hatte. „Ich dachte ohnehin daran, ins Kloster San Miniato im Großherzogtum Toskana zurückzukehren."

„Das reicht nicht", erwiderte der Prälat, „es muss etwas ... Wirkungsvolleres sein."

„Und das bedeutet?"

„Ein offizieller Auftrag."

„Eine Untersuchung im Namen des Heiligen Offiziums?", entgegnete Svampa ungläubig, „beauftragt von ebenjenem Kollegium, vor dem Ihr mich gerade gewarnt habt?"

„Welche Strategie könnte besser sein, um Euch vor ihren Angriffen zu schützen?", gab Ridolfi zu bedenken. „Aqua Nigra kann Euch kein Haar krümmen, wenn Ihr vor den Augen aller in seinem Auftrag handelt!" Ridolfi lächelte nun tiefgründig. „Es ist so entschieden! Ihr werdet wieder die Aufgabe eines *Inquisitor commissarius* übernehmen, damit Ihr mit der Vollmacht des Heiligen Offiziums Ermittlungen außerhalb der Mauern Roms anstellen könnt."

„Ich dachte, dieser Titel sei mir auf ewig entzogen", erwiderte Girolamo, der versuchte, sich mit der veränderten Situation vertraut zu machen. „Und ehrlich gesagt, bin ich mir nicht sicher, ob Euer Einfluss ausreicht, die Verbote zu übergehen, die damit einhergehen."

Der Haustheologe schüttelte den Kopf. „Unsinn, Ihr werdet Rom noch heute verlassen!" Als wäre die Sache bereits beschlossen. „Außerdem wird Euch der Kardinal begleiten, der ebenjener Stadt vorsteht, in der Euer Eingreifen erforderlich ist."

Girolamo Svampa war jetzt noch verwirrter und warf Capiferro einen fragenden Blick zu, der jedoch einen ebenso erstaunten Eindruck machte.

Er wandte sich daher erneut Ridolfi zu. „Um welche Stadt handelt es sich?"

„Um das Herzogtum Ferrara", antwortete der Prälat, „vor einigen Tagen kam es dort zu einigen … beunruhigenden Zwischenfällen. Wie bestellt für Euer Eingreifen, könnte man fast sagen. Etwas, das zu Euch passt."

„Geht es um das Wiederaufleben der lutherischen Häresie?", wollte Capiferro wissen, Ridolfis Andeutungen hatten ihn neugierig gemacht. „Um einen Fall von Hexerei? Um die Verbreitung einer verbotenen Schrift?"

„Es geht um Mord", präzisierte eine Stimme hinter ihnen.

Alle drehten sich zur Tür.

Ein Mann mit mephistophelischem Bart und schneeweißem Umhang stand auf der Schwelle und sah sie durchdringend an.

„Ein Mord", wiederholte Kardinal Ludovico Ludovisi, der lautlos wie eine Katze vor dem Mauseloch den Raum betrat, „der grausame Mord an einem Kabbalisten."

3.

Girolamo Svampa starrte Monsignor Ludovisi an, als sei ihm der Teufel persönlich erschienen.

Der Kardinalnepot, Superintendent des Kirchenstaats und Präfekt der Apostolischen Signatur und der Glaubenskongregation war nicht nur einer der reichsten Männer Roms, ihm eilte auch der Ruf voraus, Mitglied der geheimen Sekte der Rosenkreuzer zu sein.

Doch Svampas Unbehagen hatte nichts mit Befangenheit zu tun, sondern mit seiner Ohnmacht, die Absichten dieses geheimnisvollen Mannes zu erkennen.

„Ein Kabbalist?", durchbrach Capiferro die Stille, die sich im Saal ausgebreitet hatte. „Das heißt, er war ein *Magus*, ein jüdischer Geisterbeschwörer!"

Auf dem olivfarbenen Gesicht des Kardinalnepoten zeigte sich der Hauch eines Lächelns. „Sein Name", sagte er, nachdem er mit Ridolfi einen Blick getauscht hatte, „war Solomon Cordovero."

„Ein sephardischer Name", bemerkte Capiferro.

„Tatsächlich wurde er in Safed in Galiläa geboren", erwiderte Ludovisi, „aber was uns mehr interessieren sollte ..."

„Einen Augenblick", unterbrach ihn Svampa und wandte sich an Ridolfi, „all das war schon geplant, oder? Noch vor dem Prozess gegen Saluzzo! Und vor Aqua Nigras Reaktion! Ihr hattet Euch bereits mit ihm zusammengetan", er deutete auf Ludovisi, „um mich aus Rom zu entfernen!"

„Weder der Kardinalnepot noch ich haben hinter Eurem Rücken konspiriert, wenn Ihr darauf anspielt", verteidigte sich Ridolfi, „doch da ich nach dem Prozess Schlimmes befürchtete, habe ich es als ratsam erachtet, mit Euren Gnaden zu beraten, um Euren … sagen wir, Euren eleganten Abgang zu planen."

„Ihr hättet mich informieren müssen", bedrängte ihn Svampa. „Ihr wisst genau, dass ich es hasse, wie eine Spielfigur hin- und hergeschoben zu werden."

„Niemand hält Euch für eine Spielfigur", versicherte Ludovisi, „wir haben nur in Eurem Interesse gehandelt."

„In meinem Interesse?", ereiferte sich Girolamo. „Seit ich Euch kenne, scheint es Euer Anliegen zu sein, mir bei meiner Arbeit Steine in den Weg zu legen, statt mich zu unterstützen. Aber ich warne Euch! Wenn sich herausstellen sollte, dass der Auftrag in Ferrara ein Versuch ist, mich zu manipulieren …"

Der Kardinalnepot lachte schallend. „Wenn ich *tatsächlich* versucht wäre, Euch zu manipulieren, mein lieber Bruder, dann würdet Ihr längst wie eine Marionette tanzen, ohne es überhaupt zu bemerken." Dann fuhr er sich mit der Hand übers Gesicht, das wieder so ausdruckslos wirkte wie immer. „Wenden wir uns jetzt den Einzelheiten des Verbrechens zu."

„Tatsächlich wissen wir nur wenig", sagte Ridolfi und gab Svampa mit einer Handbewegung zu verstehen, dass er zu schweigen hatte.

„Es gibt nur spärliche Informationen, das stimmt, aber aussagekräftige", präzisierte Ludovisi, „Solomon Cordovero, der Kabbalist, wurde letzte Woche innerhalb der Stadtmauer Ferraras tot aufgefunden. Die Person, die ihn gefunden hat, sagte aus, dass sein Rücken vom Nacken bis zum Kreuzbein aufgeschlitzt war."

„Ein Säbelhieb von hinten?" Capiferro war elektrisiert.

Der Prälat verzog das Gesicht. „Meinen Informanten nach eher das Werk eines Anatomen."

„Hochspannend!", verkündete der Sekretär.

„Anatom oder Meuchelmörder, das macht keinen Unterschied", wandte Svampa ein, „den Mord an einem Juden zu untersuchen, egal, ob Zauberer oder Kabbalist, gehört nicht zu den Aufgaben eines Inquisitors des Heiligen Offiziums. Eine Einmischung würde nur zu Ärger mit den weltlichen Autoritäten und dem Rabbinischen Gericht der Synagoge führen, der das Opfer angehört."

„In diesem Fall nicht", widersprach Ludovisi.

„Und warum nicht?"

„Weil Solomon Cordoveros Leiche *außerhalb* des Ghettos gefunden wurde, nur wenige Schritte von den Mauern eines Jesuatenklosters entfernt, auf einem freien Feld, das zu ebenjenem Kloster gehört."

„Um das klarzustellen", ergänzte Ridolfi, „Bruder Girolamo sollte dies als einen Akt der Blasphemie gegen den christlichen Glauben betrachten."

„Voreilige Schlüsse zu ziehen ist wenig sinnvoll", wandte Svampa ein, als würde er einen Schüler zurechtweisen. „Aber wenn die Schlussfolgerung des Kardinalnepoten zutrifft", fuhr er fort, „sehe ich andererseits nichts, was dem Vollzug einer offiziellen Mission entgegenstehen würde." Dann fügte er hinzu: „Die Ermordung eines Juden in unmittelbarer Nähe eines christlichen Klosters erlaubt es uns, die Tatumstände und die Legitimität der Beziehungen zwischen der jüdischen Glaubensgemeinschaft Ferraras und dem Kloster zu untersuchen."

„Sehr gut", erklärte Ludovisi, dann blickte er sich suchend um, als ob ihn plötzlich etwas an diesem Ort stören würde. „Ich überlasse es dem Haustheologen, die Details mit Euch zu besprechen." Er ging in Richtung Tür. „Man fragt sich bestimmt, wo ich bleibe. Es ist besser für uns alle, wenn ich nicht mit Euch gesehen werde."

„Nicht so schnell!", hielt ihn Svampa zurück, auch auf die Gefahr hin, respektlos zu wirken. „Bevor Ihr Euch verabschiedet, Eminenz, habt doch bitte die Güte, uns zu sagen, worin Euer Interesse bei dieser Angelegenheit liegt?"

Der Kardinalnepot musterte ihn verstohlen. „Meint Ihr den Mord an dem Kabbalisten?"

Girolamo nickte. „Das ist gewiss nicht der einzige ungelöste Fall, mit dem Ihr und Monsignor Ridolfi mich hättet betrauen können. Warum ausgerechnet dieser?", fragte er mit einem wissenden Lächeln.

„Wie ich Euch bereits erklärt habe, ist es nicht Solomon Cordoveros tragischer Tod an sich, der mein Interesse geweckt hat, sondern die Tatsache, dass dieser Kabbalist ein Schüler seines Onkels Moshe war, den man unter dem Namen Ramak kennt."

„Ramak, der Beschwörer?" Capiferro schreckte auf.

„Sehr gut, wie ich sehe, ist der Sekretär gut informiert", lobte Ludovisi, „dann wird er Euch alles Weitere erklären." Dann nickte er und verließ den Raum.

Doch Svampa hatte nicht vor, ihn so einfach gehen zu lassen, und setzte gerade zu einem weiteren Einwand an, als sich Ridolfi einschaltete und zwischen sie trat.

„Ihr beeilt Euch besser, die Kutsche steht in einer Stunde im Hof des Belvedere bereit, zum Packen bleibt nur wenig Zeit."

„Wie zuvorkommend!", bemerkte der frisch ernannte Inquisitor mit beißendem Spott. „Welch Hingabe an die Sache!" Und als der Kardinalnepot außer Hörweite war, fügte er bitter hinzu: „Ich wusste nicht, dass auch Ihr zu seiner Gefolgschaft gehört."

„Redet keinen Unsinn", widersprach Ridolfi und warf einen besorgten Blick nach draußen, als ob in den Gärten des Vatikans eine feindliche Armee bereitstünde, um den Turm zu erstürmen. „Ihr seid wirklich in Gefahr. Jetzt ist nicht der richtige Zeitpunkt für Spiegelfechtereien."

„Wenn wenigstens …", maulte Capiferro, während er auf das Mundstück seiner Pfeife biss, „wenn wenigstens der Kardinalnepot noch etwas mehr über Ramak gesagt hätte …"

„Darf man erfahren, wer zum Teufel dieser Ramak überhaupt ist?", wollte Girolamo wissen.

„Ramak, der Beschwörer, der Theurg … der Kabbalist …", murmelte Capiferro vor sich hin, dabei kniff er die Augen zusammen und streckte den Zeigefinger nach einer imaginären Buchseite aus.

Svampa kannte diese Geste, sein Mitbruder war offensichtlich dabei, eines der Bücher in seiner im Kopf gespeicherten Bibliothek durchzublättern. Sein phänomenales Gedächtnis wurde von einigen Mitgliedern der Kurie, aus Misstrauen oder wegen ihrer begrenzten Vorstellungskraft, als Scharlatanerie eines anmaßenden Mönchs abgetan. Andere beneideten ihn darum und hassten ihn deshalb abgrundtief.

Doch der Sekretär konnte sein übermenschliches Gedächtnis in diesem Fall nicht beweisen, denn Ridolfi packte ihn am Arm.

„Wohl denn, frisch ans Werk, Eure Besserwisserei spart Ihr Euch für eine andere Gelegenheit auf."

„Und zwar welche?", fragte Capiferro scharf. „Wenn ich meinen Mitbruder jetzt nicht warne, wann dann?"

„Ihr habt während der Reise genug Zeit dazu", brachte ihn Ridolfi zum Schweigen.

„Während der ... Reise? Was bedeutet das, um Himmels willen?"

„Habe ich Euch nicht gesagt, Ihr sollt warten, bis Ihr dran seid?" Ridolfi packte ihn wie einen Straßenräuber an der Kapuze und zog ihn in Richtung Ausgang. „Los jetzt, Beeilung! Mit Bruder Girolamo in einer Kutsche zu reisen, ist die angezeigte Strafe für Eure Aufsässigkeit!"

Einen Moment lang war Svampa versucht einzugreifen. Doch dann bemerkte er, dass Capiferro, trotz Ridolfis Unhöflichkeit, nicht protestierte, er lachte.

Wie ein kleiner Junge auf dem Weg ins Schlaraffenland.

4.

„Gauner!", schimpfte Capiferro. „Er hat mich einen Gauner genannt, stellt Euch das vor!"

Als Svampa mit der Antwort zögerte, begann der Sekretär mit der Silberdose zu spielen, die er aus der Tasche gezogen hatte. „Und Euch, das schwarze Schaf …", fuhr er fort, während er eine großzügige Prise Tabak herausnahm, „hat er ‚mein Sohn' genannt, findet Ihr das gerecht?"

Seit inzwischen vier Tagen saßen sie in der schwankenden Kutsche, zusammen mit einem Kardinal mit undurchdringlichem Gesichtsausdruck und einer jungen Frau im Nonnenhabit. Bei dem Geistlichen handelte es sich um Francesco Cennini de' Salamandri, der im dritten Jahr in Folge zum päpstlichen Legaten Ferraras ernannt worden war. Seine Begleiterin nannte sich Piccarda. Um einen Skandal zu vermeiden, gab sie sich als Oblatin des Klosters Santa Francesca Romana aus. Sie ließ Bruder Girolamo nicht aus den Augen.

„Stimmt es, was man sich über Euch erzählt?", hatte sie ihn irgendwann mit provokantem Augenaufschlag gefragt.

„Und das wäre?", hatte der Inquisitor gemurmelt, ohne den Blick von der Landschaft abzuwenden, die man durch das Gitterfenster erkennen konnte.

„Dass Ihr eine Geliebte habt."

„Dann sind die Gerüchte also bis in Euer Kloster gedrungen?"

„Eine Opernsängerin. Stimmt es?", hatte sie hartnäckig weitergebohrt.

„Meine Liebe!", hatte sich Salamandri eingeschaltet, den die offenkundige Aufmerksamkeit seiner Begleiterin für einen jüngeren und attraktiveren Mann eifersüchtig machte. „Ist das ein angemessenes Thema für eine Frau, die sich dem Glauben hingegeben hat?"

Aber Piccarda, die unter Hingabe etwas ganz anderes verstand, hatte nicht aufgegeben und als der betagte Kardinal eingeschlafen war, hatte sie Girolamo anvertraut: „Ich verstehe zwar nichts von der Oper, aber ...", sie hatte sich zu ihm gebeugt und seine Hand berührt.

„In diesem Fall", hatte er sie abgewiesen, „solltet Ihr Euer Interesse besser etwas anderem zuwenden."

Doch trotz seiner zur Schau gestellten Gleichgültigkeit war es ihm schwergefallen, sich von den Erinnerungen zu lösen, die Salamandris Konkubine in ihm geweckt hatte. Er hatte an Margherita Basile denken müssen, die strahlend schöne Sopranistin mit den flammend roten Haaren und dem scharf geschnittenen Kinn. Die einzige Frau, die jemals sein Interesse geweckt hatte, die einzige, die jemals seine harte Schale durchbrochen und ihn in Versuchung geführt hatte, sein Keuschheitsgelübde als Dominikanermönch zu brechen.

Nach Meinung mancher Glaubensbrüder eine lässliche Sünde, wie ein leicht zu tilgender Fleck auf einer Leinentunika. Aber es war nicht diese Scheinheiligkeit, die Svampa beunruhigte, und auch nicht die Fleischeslust, die so vielen seiner Mitbrüder den Schlaf raubte, sondern das Gefühl, nicht mehr nur sich allein zu gehören. Das Bewusstsein, einem anderen Menschen seine innere Zerrissenheit offenbart zu haben, einer Fremden, und sich von den sicheren Ufern der Einsamkeit entfernt zu haben, die sein bisheriges Leben bestimmt hatten.

Zum Glück hielten ihn andere Überlegungen auf der Reise beschäftigt: das unerklärliche Interesse Ludovico Ludovisis an einem Mord, der weit weg von Rom verübt worden war, und insbesondere die rätselhafte Anspielung auf Ramak.

„Ramak war ein jüdischer Mystiker, ein Gelehrter der sogenannten Kabbala, der vor etwa fünfzig Jahren gestorben ist", erklärte Capiferro, als sie endlich unter sich waren. „Der Name Ramak ist ein Spiel mit Buchstaben und Silben, bestimmt steckt irgendeine blasphemische Teufelei dahinter. Vor allem, wenn ich daran denke, was ein gewisser Avraham Azulai in einer Abhandlung mit einem unaussprechlichen Titel über ihn geschrieben hat. Vor einiger Zeit habe ich die Übersetzung dieses Textes gelesen: Ramak war Geisterbeschwörer, Dämonenaustreiber und Exorzist."

„Wenn ich mich recht erinnere", erwiderte Svampa, „hat Ludovisi ihn als nahen Verwandten unseres Opfers Solomon Cordovero beschrieben."

Sie saßen sich in einer düsteren Spelunke in der Garfagnana gegenüber und warteten darauf, dass der Kutscher ein Rad ihrer Kutsche reparierte. Capiferro hielt die silberne Tabakdose zwischen den Fingern und Svampa löffelte eine ekelhafte Brühe aus einer Terrakottaschale, während Salamandri und Piccarda sich in ihr Zimmer im Obergeschoss zurückgezogen hatten und zu Bett gegangen waren. Der Kardinal hatte die vorgerückte Stunde und die unangenehme Zugluft als Entschuldigung vorgeschoben.

„Naher Verwandter und *Lehrer*", präzisierte Capiferro und kräuselte die Nase, als er Kohlgeruch wahrnahm, „eine Tatsache, die Cordovero gleichfalls zu einer gefährlichen Person macht oder, besser gesagt, gemacht hat."

„Immer vorausgesetzt, dass Ludovisi uns die Wahrheit erzählt hat", entgegnete der Inquisitor mit skeptischem Gesichtsausdruck.

„Vertraut Ihr dem Kardinalnepoten nicht?"

„Ich vertraue nicht mal meinem Schatten. Und sicher nicht den Worten dieses Intriganten! Deshalb müssen wir von Anfang an zwischen meinem Auftrag, den Tod Cordoveros zu untersuchen, und seinen eigenen Interessen unterscheiden."

„Ziemlich schwierig, da dieser Fuchs uns fast nichts verraten hat."

„Er hat sogar zu viel gesagt", seufzte Svampa, „er hat die Kabbala erwähnt. Und Ramak. Könnt Ihr mir folgen? Das ist es, was sein

Interesse weckt! Deshalb hat er uns beauftragt, der mutmaßliche Mord an Cordovero ist nur ein Vorwand, damit wir auch in andere Richtungen ermitteln können."

„Ihr wollt damit andeuten, dass Ludovisi uns benutzt?"

„Ich deute an, dass er ein außerordentliches Talent besitzt, Menschen in ein Spiel hineinzuziehen, dessen Regeln nur er kennt."

„Apropos Spiel und Regeln", wechselte Capiferro das Thema, „was sagt Ihr zu der Eile, mit der uns Monsignor Ridolfi aus Rom entfernen ließ? Regt Euch nicht auf, ich weiß, wie sehr Euch diese Ausdrucksweise missfällt, aber ... findet Ihr dieses Vorgehen nicht auch suspekt?"

Svampa lächelte bitter. „Es hat etwas von einem Exil, nicht wahr?"

„Möglich. Aber was auch immer es ist oder sein wird, wir haben einen Sieg errungen", versuchte Capiferro die Stimmung zu heben. „Vergesst das nicht! Gabriele da Saluzzo, der Verantwortliche für die Demütigung und die Ermordung Eures Vaters, wurde vor der Kommission des Heiligen Offiziums des *Crimen alchimiae* für schuldig befunden. Und Aqua Nigra musste diese Kröte schlucken."

„Doch der Krieg ist noch nicht gewonnen", gab der Inquisitor zu bedenken. „Noch immer sind Saluzzos Komplizen flüchtig, die Auftraggeber seiner Missetaten! Wenn Ihr meine ehrliche Meinung über Ridolfis Entscheidung hören wollt: Vielleicht hat sein Verhalten weniger damit zu tun, uns vor Aqua Nigra zu schützen, sondern uns genau von diesen Personen fernzuhalten. *Um sie vor uns zu schützen.*"

„Möglicherweise habt Ihr recht", stimmte ihm sein Mitbruder zu. „Aber jetzt lasst uns diesen Triumph genießen, mein Freund. Was auch immer dahintersteckt, wir werden uns zu gegebener Zeit damit auseinandersetzen."

Girolamo Svampa sah ihm fest in die Augen.

Mein Freund.

Das war das erste Mal, dass Francesco Capiferro ihn so nannte.

„Meint Ihr, diese beiden haben den Auftrag, uns zu überwachen?", fragte er unvermittelt und deutete mit dem Kopf auf die Holztreppe, über die Salamandri und seine Begleiterin verschwunden waren.

„Um Himmels willen … in wessen Auftrag? Im Auftrag Ridolfis? Ludovisis? Aqua Nigras?"

„Ehrlich gesagt, wage ich nicht zu beurteilen, welche dieser Möglichkeiten die schlimmste wäre."

„Egal, wer dahintersteckt", bemerkte Capiferro, „gebe ich zu, dass mir wohler wäre, wenn Euer braver Cagnolo in unserer Nähe wäre."

„Wir müssen ohne ihn auskommen", erwiderte Svampa, „Cagnolo hat sich nach Mailand zurückgezogen, um den einzigen Menschen zu beschützen, der ihm wirklich wichtig ist. Seine Tochter."

„Und Ihr habt das erlaubt? Wie es scheint, habt Ihr aus der Narbe kaum eine Handbreit über Eurem Herzen nichts gelernt!"

Girolamo griff sich instinktiv an die linke Schulter, wo ihn im vergangenen Winter ein Musketenschuss getroffen hatte. Auch wenn die Wunde verheilt war, hatte er immer noch stechende Schmerzen, die ihn manchmal nachts aus dem Schlaf rissen und weshalb er zu Laudanum greifen musste.

„Um der Wahrheit die Ehre zu geben, war es damals nicht Cagnolo, der mir das Leben gerettet hat, sondern Ihr. Habt Ihr das vergessen?"

Von draußen war ein Wehklagen zu hören. Er stand auf und ging zum einzigen Fenster der Spelunke.

Aber der Klagelaut hatte sich schon zwischen den Bergen verloren, verflüchtigt in der eisigen Nacht.

5.

„Das wird keine leichte Aufgabe", sagte Salamandri, während die Kutsche durch die Hügellandschaft um Modena ratterte. Es regnete. „Keine leichte Aufgabe, glaubt mir."

„Was meint Ihr damit?", fragte Svampa und beugte sich auf der Holzbank vor.

„Die jüdische Gemeinde in Ferrara ist ein Wespennest", fuhr der Prälat fort, dann seufzte er und blickte Trost suchend auf Piccardas sinnliche Formen.

Der Inquisitor warf Capiferro einen erstaunten Blick zu. Nach tagelangem Schweigen und einsilbigen Antworten schien sich der päpstliche Legat entschlossen zu haben, seine Informationen über den Fall Cordovero preiszugeben. Vielleicht weil sie kurz vor dem Ziel waren, vermutete Svampa. Vielleicht auch, weil er sich von den Strapazen des letzten Wegstücks ablenken wollte.

„Was sollte man auch anderes erwarten!", fuhr Salamandri fort. „Nach Jahrhunderten übertriebener Toleranz und der Begünstigung durch die Familie d'Este haben sich die Juden wie Mäuse vermehrt und in der Stadt ausgebreitet, haben sich als Pfandleiher niedergelassen und über Verwandte und Freunde ein Netz an Geschäftsbeziehungen geknüpft … Sicher ist die Stadt nicht so groß wie Rom oder Venedig. Und doch, meine geschätzten Brüder, besitzt sie drei Synagogen, eine italienische, eine deutsche oder aschkenasische und eine spanische. Und nicht immer sind sie sich einig. Dazu kommt noch die *Scola Fanese*, die jüngste von allen."

„Und Cordovero?", unterbrach ihn Girolamo. „Dem Namen nach zu urteilen, dürfte er zur spanischen Synagoge gehören."

„Ja, er besuchte die *Scola Spagnola*, die sephardische, wie man sie auch nennt. Aber von dem armen Teufel weiß man nur wenig. Es scheint, dass er erst vor einem Monat in die Stadt gekommen ist."

„Was heißt ‚es scheint'? Habt Ihr keine genauen Informationen über die Juden, die in Eure Diözese kommen und sie wieder verlassen?", fragte Capiferro.

Bevor er antwortete, legte der Kardinal eine Hand auf Piccardas Hüfte und drückte so fest zu, dass sie kurz aufschrie. „Neben den üblichen Schererereien im Herzogtum Ferrara habe ich es seit drei Jahren mit einer jüdischen Gemeinde zu tun, die 1.500 Mitglieder umfasst. Seine Heiligkeit, Papst Urban, gab mir den Auftrag, in kürzester Zeit die gesamte Gemeinde in einem abgeschlossenen Bezirk zusammenzuführen, in einem Ghetto. Ich musste Enteignungen durchführen, ganze Familien umsiedeln und zahlreiche Unruhestifter zum Schweigen bringen. Wollt Ihr mir etwa sagen, dass ich in diesem babylonischen Wirrwarr auch noch eine Volkszählung hätte durchführen sollen?"

„Ich wollte nur anmerken, dass Ihr erstaunlich wenig über einen vermeintlichen Kabbalisten wisst, der scheinbar aus dem Nichts gekommen ist …"

„Aber Cordovero ist keineswegs aus dem Nichts gekommen", unterbrach ihn Salamandri, der immer nervöser wurde, „er kam aus Venedig und war Gast eines Rabbiners der *Scola Spagnola*."

„Endlich kommen wir der Sache näher", Capiferro warf seinem Mitbruder einen zufriedenen Blick zu. „Dort setzen wir an."

„Nein", widersprach Svampa, „zuerst müssen wir den Ort untersuchen, an dem der Leichnam gefunden wurde."

„Auf dem Feld der Jesuaten?", fragte der Kardinal entsetzt. „Aber warum denn? Dort wachsen lediglich Dornenhecken, da gibt es nichts zu sehen."

„Das ist der Rahmen des Bildes, das ich untersuchen soll", widersprach der Inquisitor, den die Oberflächlichkeit des Kardinals störte. „Oder anders gesagt, der Ausgangspunkt der ganzen

Angelegenheit. Dort haben sich die Wege Solomon Cordoveros und seines mutmaßlichen Mörders gekreuzt, zwei Spielfiguren noch unbekannter Kräfte. Und wenn Kräfte sich bewegen und aufeinandertreffen, dann hinterlässt das immer Spuren."

„Spuren?", fragte Salamandri alarmiert.

„Ein Hinweis, ein Indiz", präzisierte Girolamo. „Eine Spur, auch wenn sie noch so unbedeutend erscheint, von der aus ich Vorgänge rekonstruieren kann, die dem Verbrechen vorausgegangen sind."

„Und das ist Eure Untersuchungsmethode, wenn ich recht verstehe?"

„In der Tat", bekräftigte Capiferro, was den Kardinal noch unruhiger werden ließ. „Die Wiesel-Methode, habt Ihr noch nie davon gehört?"

Die Augen des Prälaten weiteten sich für einen Moment, dann versanken sie wieder zwischen den Falten seines grauen Gesichts.

„Nun, was mich betrifft, könnt Ihr vorgehen, wie es Euch gefällt!", erwiderte er schließlich und hob abwehrend die Hände. „Außerdem habe ich Ridolfi und Ludovisi wiederholt gefragt: Warum macht man sich wegen eines ermordeten Juden eine solche Mühe? Reine Zeitverschwendung! Der Generalinquisitor von Ferrara ist übrigens der gleichen Meinung."

„Der Generalinquisitor von Ferrara?" Svampa fiel aus allen Wolken. „Wollt Ihr damit sagen, es gibt noch einen weiteren Inquisitor, dem die Ehre zufällt, sich mit diesem Fall zu beschäftigen?"

„Aber gewiss doch", antwortete Salamandri, der ihn mit einer Mischung aus Sarkasmus und Misstrauen musterte. „Wie es scheint, hat Euch der Drang, sich mit der Vergangenheit zu beschäftigen, blind für die Gegenwart gemacht. Denkt doch einmal nach! Wer hat wohl den Kardinalnepoten über den Mord an Cordovero informiert?"

6.

Am 25. Oktober, noch vor der Vesper, passierten sie die Stadtmauer von Ferrara. Die Stadt lag unter einer dichten grauen Nebelglocke, sodass man die Umrisse der Häuser und die Bögen der Brücken über den Po nur schemenhaft erkennen konnte. In den Straßen roch es durchdringend nach Moder, auch hier wirkte alles grau, ein intensives Grau, das man nicht wirklich sehen konnte. Es war ein Grau der Geräusche, so erschien es Svampa. Nicht die Abwesenheit von Leben, sondern eine Art Innehalten von Zeit und Vorstellungen. Als würde er von einer Stadt empfangen, die während eines Augenzwinkerns zwischen Schlaf und Erwachen geboren wurde.

„Ich fürchte, Ihr müsst Euch bis morgen gedulden, bis Ihr den Tatort besichtigen könnt", spottete Salamandri.

Der Inquisitor hörte nicht zu.

Er blickte durch das Gitter des Kutschenfensters nach draußen und erlebte ein Schauspiel, das er mit den Sinnen nicht vollständig erfassen konnte. Eine Art Ölgemälde in verwischten Farben, und jede Farbe schien für einen Gedanken zu stehen, der noch keine feste Form angenommen hatte.

„Das gibt meinem Mitbruder und mir die Gelegenheit, an der Abendmesse teilzunehmen."

„Das ist ja eine schöne Überraschung", bemerkte Capiferro spöttisch und zwirbelte das eine Ende seines Schnurrbarts. „Und seit wann seid Ihr so gottesfürchtig?"

Bruder Girolamos Blick war noch immer nach draußen gerichtet. Durch den Nebelschleier waren schemenhaft menschliche Wesen zu erkennen, Gespenster mit breitkrempigen Hüten, in dunkle Umhänge gehüllt.

„Sehr gut", war die Stimme des Kardinals zu hören. „Ich würde mich freuen, Euch in der Kathedrale an meiner Seite zu haben."

„Nein", entgegnete Svampa in einem Ton, als würde er einen Dienstboten zurechtweisen, „ich werde ins Kloster San Domenico gehen. Dort werden wir auch wohnen."

„In diesem Fall müsst Ihr Euch selbst um alles kümmern", bemerkte Salamandri pikiert, „die Pflicht ruft mich an einen anderen Ort."

Umso besser, hätte der Inquisitor am liebsten geantwortet.

Wenn er dem größten Hindernis für seine Ermittlungen gegenüberstehen würde, konnte er niemanden brauchen, der ihn störte.

Tief in Gedanken versunken, widmete er sich wieder den durch den Nebel hastenden dunklen Gestalten.

Verdammte, dachte er.

Sie ähnelten den Verdammten auf dem Weg ins Fegefeuer.

7.

Ferrara, Ghetto, Via Gattamarcia

Rabbi Pinhas massierte sich die vom stundenlangen Lesen schweren Augenlider und rückte sich mit einer fast andächtigen Geste die Brille auf der Nase zurecht.

„Sie werden bald hier sein", seufzte er. „Und sie werden nach dir fragen."

Rahel nickte.

„Es ist unvermeidlich, das weißt du", fügte Pinhas hinzu, während sich sein durch die Brillengläser verzerrter Blick mit den erdbraunen Augen des jungen Mädchens traf. „Aber wenn wir uns einig sind, wenn du tust, was ich sage, wird es keine Folgen haben."

Sie nickte erneut.

„Es ist wichtig, dass du mir gehorchst", sagte der alte Gelehrte und schlug den dicken Pergamentband zu, der auf seinem Schreibpult lag. „Und es ist sehr wichtig", fügte er nach kurzem Zögern hinzu, „dass du niemals *jenes Wort* erwähnst."

Im Halbdunkel des Schreibzimmers legte sich Rahel eine Hand über den Mund, als verschlösse sie eine Tür.

„Oh, das meinte ich nicht", sagte Pinhas mit nachsichtigem Lächeln, „Yishma'el, der junge Lektor der *Siddur*, hat mir erzählt, dass du schreiben lernst. Das beunruhigt mich. Die Tatsache an sich natürlich nicht, im Gegenteil, deine Fortschritte sind ein Segen, ein Geschenk des Allmächtigen und seiner Engel. Aber der Gedanke, dass du, ohne es zu merken, Geheimnisse an Unwürdige weitergeben könntest …"

Das Mädchen schüttelte den Kopf.

„Wir haben uns verstanden", der Alte nickte und erhob sich mühsam.

Nachdem er das Buch in die Mauernische zurückgestellt hatte, griff er nach dem Stock, der an der Wand lehnte, und zog sich einen warmen Umhang über.

„Kümmere dich um das Haus, bis ich zurück bin", sagte er zum Abschied.

Anstelle einer Antwort begleitete ihn Rahel in den Nebenraum, in dem es noch düsterer war als im Arbeitszimmer, bis auf eine Ecke, in der der siebenarmige Leuchter stand.

Nachdem er dem Mädchen erneut zugelächelt hatte, zog der Rabbiner die Kapuze über den Kopf, strich mit einer Geste der Ergebenheit über die Mesusa, die am rechten Türpfosten befestigt war, und verließ das Haus.

Unter der dichten Nebelglocke wirkte die Via Gattamarcia wie ausgestorben. Aus Furcht, jemand könnte aus dem Nichts auftauchen und ihn fragen, wohin er unterwegs war, oder noch schlimmer, ihm anbieten, ihn zu begleiten, ging er schnellen Schrittes, den Kopf gesenkt, die Hand auf den Stock gestützt.

Sein Ziel war kein Ort für einfache Gemüter. Und vor allem waren es keine einfachen Gespräche, die ihn erwarteten. Es waren vielmehr angsteinflößende Gespräche, die einen gottesfürchtigen Menschen verwirren konnten! Noch nie hatte er darüber ein Wort verloren und doch lastete ihr Inhalt zentnerschwer auf seinen Schultern.

Mögest du, *Tiferet*, in deiner unendlichen Güte meine arme Seele erhellen!, betete er stumm, während er heimlich wie ein Gespenst in eine im kalten Grau des Abends liegende Gasse einbog.

Ähnlich wie die Via Gattamarcia wurde auch die Via dei Sabbioni auf beiden Seiten von hohen Backsteingebäuden begrenzt, die sich dicht aneinanderreihten. Alle hatten kleine Fenster, die mit Tuchvorhängen oder Holzverblendungen verschlossen waren. Über jedem Klappladen und jedem Hauseingang hing eine Mesusa an einem Lederband, ein Gebetsriemen aus Pergament oder ein Davidstern, als ob man den Ort durch einen Torwächter vor bösen Geistern schützen wollte.

Auch wenn ihm gefiel, was er sah, konnte Pinhas sich eines gewissen Unwohlseins nicht erwehren. Der Teil des Ghettos, den er gerade betreten hatte, gehörte zur deutschen Synagoge. Obwohl die Bewohner Juden waren wie er, hätten sie die Anwesenheit eines Rabbiners der *Scola Spagnola* nur ungern gesehen.

Deshalb beschleunigte er den Schritt, auch wenn seine alten Knochen stöhnten.

„Zalman!", rief er, als er vor einer prächtig verzierten Eichentür stand. „Zalman, ich bin's! Pinhas Navarro!"

„Im Namen des Allmächtigen!", antwortete eine Stimme aus dem Inneren. „Was hast du um die Stunde des *Arvith'* hier zu suchen? Hast du die Glocken nicht gehört?"

„Mögen die Glocken warten!", rief Pinhas und klopfte mit seinem Stock gegen die Tür. „Gott hat mit mir gesprochen! Er hat mir die Wahrheit offenbart. Und du musst mich anhören!"

„Du lästige alte Eule!", erwiderte die Stimme, während sich plötzlich die Tür öffnete. „Bist du wirklich verrückt genug zu glauben, Gott hätte mit dir gesprochen?"

Pinhas starrte für einen Augenblick in das grimmige Gesicht, das vor ihm aufgetaucht war.

Das Gesicht von Rabbi Yosef Zalman war ebenso von Falten durchzogen wie sein eigenes, nur ohne Brille. Er hatte aschblonde Haare und einen gleichfarbigen Bart, der sich um sein Kinn wob.

„Aber es stimmt!", erwiderte Pinhas erregt. „Gott hat in seiner unendlichen Weisheit zu mir gesprochen! Aber all das wird nichts nützen, wenn du mich auf der Schwelle stehen lässt wie einen Bettler."

„Komm morgen wieder", versuchte ihn der Aschkenasi zu überzeugen. „Morgen am späten Vormittag. Dann habe ich mehr Zeit, um mich deinen Hirngespinsten zu widmen."

„Nein, jetzt!", widersprach der Sephardi und blickte ihn aus den Augenwinkeln an. „Oder willst du warten, bis einer aus deiner Gemeinde stirbt?"

„Was meinst du damit?"

„Cordovero", flüsterte Pinhas. „Erinnert dich das an etwas?"

„Das ist längst vorbei, schon zwei Wochen her. Jetzt …"

„Du täuschst dich! Es passiert auch *jetzt noch*."

Yosef Zalmans Stirn und die bleichen Wangen röteten sich. „Du willst doch nicht etwa andeuten …"

„Lass mich rein!", schob ihn Pinhas beiseite und betrat mit erhobenem Stock das Haus. „Und bete zum barmherzigen Gott! Bete, dass wir noch zur rechten Zeit kommen …"

8.

Die Chiesa di San Domenico zu betreten, war, wie einen jahrhundertealten Schleier zu lüften.

Girolamo Svampa, der an die prächtigen Kirchen Roms mit leuchtend bunten Glasfenstern gewöhnt war, brauchte einen Moment, um sich an das dunkle Gemäuer zu gewöhnen, in dem es nach verwitterndem Holz und modrigen Paramenten roch.

Er bekämpfte den Drang, wieder nach draußen in die nebelverhangene Luft zu treten, und konzentrierte sich auf das Chorgestühl, wo etwa zwanzig in dunkle Umhänge gehüllte Mönche saßen, die das Abendlob sangen. Sie wirkten wie Statuen aus längst vergangener Zeit.

„War das wirklich nötig?", flüsterte Capiferro mit wehklagender Stimme. „Hätten wir nicht erst einmal der Klosterküche einen Besuch abstatten können?"

„Wenn ich nur an Essen denke, spüre ich die ekelhafte Brühe aus der Garfagnana in meinem Magen gurgeln", Girolamo verzog angewidert das Gesicht.

„Aber verdammt noch mal, das ist zwei Tage her!"

Girolamo winkte ab und ging den Mittelgang entlang, dabei betrachtete er jeden Einzelnen der Mönche im Chorgestühl ganz genau. Einer von ihnen musste der Generalinquisitor Ferraras sein. Der Mann, dem er die Autorität würde entreißen müssen, um im Fall Solomon Cordoveros ermitteln zu können.

Immer vorausgesetzt, dass es nötig wäre und er nicht den langen Weg gemacht hatte, um schließlich als Wichtigtuer oder, schlimmer noch, als Eindringling dazustehen.

Und genau so fühlte er sich, als er bemerkte, wie ein Dominikanermönch seinen Blick erwiderte.

Ein klapperdürrer Mann mit einem zum Oval geöffneten Mund, der gerade sang. Sein markantes Kinn und seine ausgeprägten Wangenknochen wirkten wie in Holz geschnitzt, in aschefarbenes Holz eines verbrannten Baumstamms.

Das muss er sein!, dachte Svampa, während er zusah, wie der Mann aufstand, sich mit auffallender Höflichkeit vor seinen Mitbrüdern verneigte und ging.

Das war der Rivale, mit dem er sich messen würde.

Verflucht sei Ludovisi, der ihn in eine so unangenehme Situation gebracht hatte. Er blieb im Mittelgang stehen und wartete, bis der Mann auf ihn zukam.

„Folgt mir", sagte der Dominikaner mit dem aschfahlen Gesicht, als er vor ihm stand.

„Seid Ihr der Generalinquisitor?", fragte Girolamo Svampa.

Die fast schwarzen Augen des Mannes schienen ihn durchbohren zu wollen. Wer sonst?, schien sein raubtierhafter Blick sagen zu wollen.

„Nun?", bohrte Girolamo weiter, während er ihm zum Ausgang folgte.

„Ihr seid zu früh, ich habe Euch erst morgen erwartet."

„Der Kardinallegat war erpicht darauf, die Angelegenheit rasch zum Abschluss zu bringen", schaltete sich Capiferro eilfertig ein, um sich ebenfalls bemerkbar zu machen.

Der Dominikaner verzog tadelnd das Gesicht, nickte, und ging weiter bis zu einem Kreuzgang, der von einer Reihe baufälliger Gebäude flankiert war.

„Eure Unterkünfte", erklärte er und deutete auf zwei identisch aussehende Türen am Ende des Kreuzgangs. „Ich nehme an, ihr wollt euch von den Strapazen der Reise erholen."

„Und ich nehme an, dass Ihr es eilig habt, uns wieder loszuwerden", hielt Svampa dagegen, äußerst verärgert darüber, mit einem

Mann sprechen zu müssen, der sich nicht einmal vorgestellt hatte. Das Gesicht des Mönchs mit den schwarzen Augen war wieder ausdruckslos.

„Wir treffen uns nach der Abendmesse in meinem Arbeitszimmer", sagte er und verabschiedete sich mit einer Verbeugung. „Wenn ihr mich in der Zwischenzeit brauchen solltet, fragt meine Mitbrüder nach Bruder Paolo de' Francis."

9.

„Den kenne ich! Zum Teufel, und wie ich den kenne!", ereiferte sich Capiferro.

„Und woher? Wann habt Ihr ihn getroffen?", fragte Svampa, während er angewidert die Decken der Lagerstatt begutachtete, auf der er die Nacht würde verbringen müssen.

„Persönlich noch nie", antwortete sein Mitbruder, der den quadratischen, von Kerzenschein spärlich erhellten Raum mit den grauen Wänden durchmaß. „Aber sein Name, Bruder Paolo de' Francis, *Magister Sacrae Theologiae* ... sein Name wurde von den Herausgebern des *Indice dei libri proibiti* erwähnt, des Verzeichnisses der verbotenen Bücher, das vor zwanzig Jahren in Rom gedruckt wurde."

„Demnach ist er bibliophil."

„Aber deswegen noch lange kein sanftmütiger Mensch."

Der Inquisitor zuckte mit den Schultern. Er war als Kind in die Römische Kurie und den Dominikanerorden gekommen und erinnerte sich nicht, jemals einem sanftmütigen Menschen begegnet zu sein. Die Diener der Kirche waren wie die Tempelritter, die drei Jahrhunderte zuvor auf dem Scheiterhaufen verbrannt worden waren: In ihrer Seele loderten zwei Feuer, der Geist der Nächstenliebe und streitbare Intoleranz.

Aber bei Paolo de' Francis machte er sich aus anderen Gründen Sorgen.

„Ihr seid zu früh", hatte dieser Mann gesagt, als er ihm gegenübergestanden hatte. Als ob er bereits einen Plan für ihn geschmiedet hätte.

„Heilige Euphemia!", rief ihn Capiferro in die Wirklichkeit zurück. „Wollt Ihr jetzt endlich diese Decken in Frieden lassen?"

Ohne darauf einzugehen, riss Svampa die Decken von seinem Lager, schnürte sie mit dem Strohsack zu einem Bündel zusammen und warf dieses in eine Zimmerecke. „Das solltet Ihr auch machen, wenn Ihr morgen nicht von Flöhen zerstochen aufwachen wollt."

Capiferro sah mit einer Mischung aus Erstaunen und Belustigung auf die Pritsche, von der nur das Gestell übrig geblieben war, dann ging er durch die Tür, die seine Zelle von der seines Mitbruders trennte. „Soso!", beschwerte er sich. „Jetzt fehlt nur noch, dass ich auf blankem Holz schlafen muss, wie die Eremiten auf dem Berg Athos. Wo sind wir dieses Mal nur gelandet, verdammt?"

Als wollte er eine Antwort auf diese Frage finden, ging Svampa zum einzigen Fenster im Raum, das kaum größer war als die Öffnung eines Eimers. Durch die Nebelschleier waren einige Lichtpunkte zu erkennen, die von nahen Häusern stammen mussten.

Sie haben uns ans Ende der Welt geschickt, wo wir für immer isoliert sind, wollte er gerade antworten.

Doch dann hörte er die Glocken läuten, die Abendmesse war zu Ende. Er dachte an die Worte, mit denen sich der Generalinquisitor verabschiedet hatte. Bald wäre Paolo de' Francis in seinem Arbeitszimmer und bereit, ihn zu empfangen.

„Wie auch immer die Wahrheit aussieht", sprach Svampa seine Gedanken laut aus, während er auf seinen Gefährten zuging, „ich glaube, die Zeit ist gekommen, uns bei unserem Gastgeber vorzustellen und einiges zu erfahren."

Doch kaum hatte er die Verbindungstür zwischen beiden Zellen durchschritten, blieb er wie angewurzelt stehen. Capiferro hatte aus seinem Reisesack einen in ein Tuch gewickelten länglichen Gegenstand gezogen, den er gerade unter seinem Kopfkissen verstecken wollte.

„Es wird doch nicht das sein, was ich denke?"

„Denkt, was Ihr wollt", knurrte Capiferro.

Ohne Zeit mit einer Antwort zu verlieren, schritt Girolamo auf ihn zu und riss ihm das geheimnisvolle Etwas aus den Händen. „Habt Ihr den Verstand verloren?", rief er, nachdem er die Radschlosspistole aus der Umhüllung gezogen hatte.

„Die ist für die Flöhe!", verteidigte sich sein Mitbruder mit sardonischem Grinsen. „Für die großen, die nachts in den dunklen Gassen lauern."

„Dann hatte Monsignor Ridolfi doch recht!", schimpfte Girolamo weiter. „Ihr habt Geschmack daran gefunden!"

„Ihr sprecht hinter meinem Rücken mit dem Haustheologen über mich?", fragte Capiferro erbost.

„Seine Eminenz hat mir lediglich geraten, Euch … im Auge zu behalten."

„Das hat er mir auch über Euch gesagt, was glaubt Ihr denn?" Capiferro nahm ihm entschlossen die Pistole aus der Hand. „Aufgrund der Erfahrungen in der Vergangenheit bin ich zu dem Schluss gekommen, dass Eure Ermittlungen erfolgversprechender wären, wenn sie ab und an durch den Blickwinkel des Visiers einer Feuerwaffe betrachtet werden könnten."

Svampa war unsicher, ob er den Ton verschärfen oder seinem Mitbruder zustimmen sollte. Deshalb sah er lediglich, wie dieser die Waffe wieder in das Tuch wickelte und unter das Kissen steckte.

„Tut mir wenigstens den Gefallen, Euch nicht im Schlaf in den Kopf zu schießen."

Dann wanderten seine Gedanken zurück zum Generalinquisitor und er bedeutete Capiferro, ihm nach draußen zu folgen.

10.

Das Gesicht des Generalinquisitors wurde von einer purpurfarbenen Stichflamme erhellt. Er trat einen Schritt von der Feuerstelle zurück und griff nach einer Zange, um das Buch umzudrehen, das er gerade in die Flammen geworfen hatte.

„Der *Ma'avar Yabboq* des Kabbalisten Aaron Berekyah!", verkündete er, als stünde er vor einem Gericht. „Gedruckt im vergangenen Jahr in Mantua."

„Und schon den Flammen übergeben", bemerkte Capiferro mit leisem Bedauern.

„Ich habe es durch eine glückliche Fügung im Gepäck eines Aufrührers gefunden, der gerade in die Stadt gekommen ist", fuhr de' Francis fort.

„In der Tat, ein unglaubliches Glück", murmelte Capiferro, ohne den Blick von den Buchseiten abzuwenden, die sich wie trockene Blätter zwischen den glühenden Kohlen kräuselten.

Aus Furcht, sein Mitbruder könnte seine Gefühle noch deutlicher äußern, schritt Svampa in die Mitte des düsteren Arbeitszimmers, das nur von den flackernden Flammen der Feuerstelle erleuchtet wurde, und wandte sich an den Generalinquisitor. „Kümmert Ihr Euch üblicherweise höchstpersönlich um solche Angelegenheiten?"

Wie ein Teufel vor dem Brunnen der Verdammnis stocherte de' Francis mit der Zange in der Feuerstelle herum. „Auf keinen Fall würde ich einen anderen damit beauftragen! Schon gar nicht meine Mitbrüder, die ohne Zweifel neugierig genug wären, diese Seiten zu lesen. Den laizistischen Helfern traue ich ebenfalls nicht.

Sie würden die Gelegenheit nutzen, diese Werke zu stehlen und an gotteslästerliche Gelehrte zu verkaufen."

„Da sind wir uns ähnlich", sagte Svampa. „Ich verlasse mich auch nur auf mich selbst."

„Ähnlich? Denkt Ihr das wirklich?", spottete de' Francis. „Im Gegensatz zu Euch bin ich nicht der Sohn eines Druckers, der sich mit verbotenen Texten beschäftigt hat."

Einen kurzen Augenblick lang meinte Svampa sich verhört zu haben.

Dann spürte er eine Wut in sich auflodern, die heißer war als die Flammen in der Feuerstelle.

„Wie könnt Ihr es wagen, solche Verleumdungen gegen meinen Vater zu äußern?", zischte er.

Paolo de' Francis schien wenig beeindruckt und griff nach einem weiteren Buch, das neben der Feuerstelle lag, warf einen Blick auf den Titel und warf es in die Flammen.

„Ihr habt Euch für seine Unschuld eingesetzt, das weiß ich und das respektiere ich. Aber der Makel bleibt, habe ich recht? Trotz aller Anstrengungen, Euch zu rächen, den Bemühungen, die Reputation Eurer Familie wiederherzustellen, bleibt Ihr stets der Sohn des Druckers Fulvio Svampa, der der Herstellung verbotener Bücher, der *Publicatio librorum prohibitorum*, angeklagt war und im Gefängnis des Heiligen Offiziums ums Leben gekommen ist."

Girolamo Svampa musste sich zurückhalten, um de' Francis nicht die Zange aus den Händen zu reißen und ihm damit die Augen auszustechen. „Selbst ein Viehhüter weiß, dass ein Verdacht noch keine Schuld beweist!"

„Ich habe schon mit einer solchen Reaktion gerechnet. Ihr verteidigt Eure Familie. Aber bitte mäßigt Euch. Ich wollte Euch nicht provozieren, sondern nur die Fakten benennen. *Wir sind uns nun mal nicht ähnlich.* Das werden wir niemals sein, denn Ihr habt, im Gegensatz zu mir, erfahren, wie es ist, mit dem Makel der Schande behaftet zu sein. Und wie man erzählt, hat diese Erfahrung dazu beigetragen, dass Ihr wirksame Ermittlungsmethoden entwickelt habt."

„Ist das Eure Art, Komplimente zu machen?"

„Ich spreche immer in aller Offenheit", stellte Bruder Paolo klar. „Und deshalb sage ich Euch auch klar und deutlich, dass Eure Anwesenheit in Ferrara nicht erforderlich ist."

„Das hat Monsignor Salamandri bereits angedeutet."

„Er dürfte andere Gründe haben, Eure Anwesenheit zu missbilligen. Und doch …"

„Drückt Euch klarer aus", schaltete sich Capiferro ein. „Inwiefern unterscheiden sich Eure Interessen von denen des Kardinals?"

„Und doch …", Paolo de' Francis überhörte den Einwand, „bin ich in diesem Fall Salamandris Meinung. Ihr verschwendet Energie und Zeit."

„Darf ich annehmen, Ihr habt den Fall bereits gelöst?", hakte Svampa nach.

Bevor er antwortete, schlug der Generalinquisitor ein weiteres Buch auf, das den Namen des römischen Dichters Lukrez auf dem Einband trug, und warf es in die Flammen. „Warum all die Mühe? Der Tod eines Juden sollte nicht mehr Interesse wecken als der Tod einer Katze, die von einem Wagenrad überrollt worden ist. Besonders wenn der Jude, wie in diesem Fall, wenn ich recht informiert bin, der Schüler eines berüchtigten Kabbalisten ist. Man sollte dem Herrn dafür dankbar sein!"

„Und der Fundort der Leiche?" Svampa blieb hartnäckig. „Sollte das Eurer Meinung nach ebenfalls ein Grund zur Dankbarkeit sein?"

Paolo de' Francis widmete seine volle Aufmerksamkeit den glühenden Holzscheiten. „Welche Blasphemie Solomon Cordovero auch immer plante, als er das Gelände des Jesuatenklosters betrat, er hatte keine Zeit, sie auszuführen."

„Davon seid Ihr überzeugt?"

„Der Säbelhieb, der ihm den Rücken gespalten hat, lässt daran keinen Zweifel."

„Das gilt es zu überprüfen", sagte Girolamo mehr zu sich selbst. Der Generalinquisitor löste den Blick von seinem persönlichen Höllenfeuer. „Beim Heiligen Kreuz, habt Ihr nicht gehört, was ich gesagt habe? Eure Anwesenheit hier ist ..."

„Dringend nötig!", unterbrach ihn Capiferro herausfordernd. Er beugte sich hinunter, um einen Papierfetzen aufzusammeln, der aus der Feuerstelle auf den Boden geflattert war, und starrte dem Bücherverbrenner fest in die Augen. „Oder habt Ihr etwa die Unverschämtheit, Euch dem ehrwürdigen Haustheologen zu widersetzen?"

„Ah, Euch hätte ich beinahe vergessen!" Paolo de' Francis musterte ihn von oben bis unten. „Padre Francesco Capiferro de' Magdaleni, der Leichtsinnige, dem wir den fragwürdigen Versuch zu verdanken haben, den Astronomen Nikolaus Kopernikus zu rehabilitieren, wenn ich mich nicht irre."

„Ihr irrt nicht", entgegnete Capiferro stolz.

„Gut, auch Eure Anwesenheit ist überflüssig. Ich muss Euch sicher nicht daran erinnern, dass die Verantwortung für die Zensur der das Judentum betreffenden Bücher direkt bei der Inquisition liegt und keinesfalls bei Eurer viel zu nachsichtigen Indexkongregation."

„Dagegen ist nichts zu sagen!", antwortete Capiferro knapp. „Wenn Ihr so weitermacht, wird es bald keine Bücher mehr zu zensieren geben." Er deutete auf die Feuerstelle.

„Wollt Ihr etwa widersprechen?", drohte der Generalinquisitor offen feindselig.

„Streng genommen gäbe es da so einiges", schaltete sich Svampa gerade noch rechtzeitig ein. „Doch alles in allem wäre ich geneigt, das hintanzustellen, wenn Ihr mir den Bericht über das Auffinden von Cordoveros Leichnam aushändigt. Im Hinblick auf Eure Reputation, Bruder Paolo, hoffe ich, dass Ihr einen verfasst habt und ihn mir heute Abend zukommen lasst, damit ich ihn in meiner Zelle lesen kann." Dann zog er ein Pergament aus seinem Umhang, auf dem ein großes Siegel prangte, und hielt es ihm entgegen. „Das ist eine Kopie meiner Ernennung zum kommissarischen Inquisitor mit besonderen Befugnissen, sie ist für Eure Akten bestimmt. Ich empfehle Euch dringend, den Inhalt gründlich zu studieren, damit es zukünftig nicht zu Missverständnissen oder gar zu Konflikten zwischen unseren und Euren Aufgaben kommt." Danach drehte er sich in Richtung Tür, fügte aber noch hinzu: „Ihr hattet recht", und ließ seiner Wut jetzt freien Lauf, „wir sind uns überhaupt nicht ähnlich! Bevor ich einen Fuß in diese Stadt gesetzt habe, dachte ich auch, dass meine Anwesenheit in Ferrara überflüssig wäre. Doch jetzt bin ich überzeugt, dass ich mich geirrt habe. In Anbetracht der oberflächlichen Untersuchung des Falles Cordovero ist meine Anwesenheit sogar dringend geboten!"

„Was Ihr nicht sagt!", erwiderte Paolo de' Francis mit lauter Stimme und hielt ihm die rot glühende Zange entgegen. „Seid ehrlich, Bruder Girolamo! Eure Arroganz, Euer forsches Auftreten, steckt da vielleicht der Wunsch dahinter, den schlechten Ruf Eures Vaters zu rächen?"

„Ein letzter Punkt noch", unterbrach ihn Girolamo beim Hinausgehen, „die Decken in unseren Zellen. Veranlasst umgehend, dass sie gewaschen werden! Zwei Dinge sind unerträglich für mich, verehrter Mitbruder, Inkompetenz und mangelnde Hygiene!"

11.

Ghetto, Via dei Sabbioni

Bevor er auf das Ansinnen seines Besuchers antwortete, ging Rabbi Yosef im Vorraum seines großzügigen Anwesens auf und ab, dabei warf er hin und wieder einen Blick auf die beiden Teraphim, die zwei steinernen Wächter rechts und links neben dem Eingang, die fast lebendig wirkten.

„Du hast keine Beweise für deine Aussagen", sagte er schließlich.

Rabbi Pinhas lachte nervös auf. „Wozu braucht man Beweise, wenn die Wahrheit auf der Hand liegt?"

„Die Wahrheit ist", erwiderte der Aschkenasi, „dass Solomon Cordovero wusste, welches Risiko er einging. Er hat jemanden herausgefordert, der größer ist als er … den *Malach ha-mavet*, den Todesengel. Kein anderes Mitglied unserer Gemeinde hätte so leichtsinnig gehandelt."

„Du sprichst von einem Engel", bemerkte der Sephardi, „doch die Hand, die ihm das Leben genommen hat, gehört einem Menschen."

„Es werden die Soldaten gewesen sein, die ihn außerhalb des Ghettos erwischt haben", tat Yosef Zalman die Sache schulterzuckend ab, „oder die Mönche aus San Girolamo, die ihn für einen Dieb hielten."

„Du weißt genau, dass dem nicht so ist. Du weißt sehr wohl, was ihm angetan wurde!", versuchte Pinhas an Zalmans Gewissen zu appellieren.

„Was ich weiß, spielt keine Rolle. Es ist besser für alle, wenn nicht über die Angelegenheit gesprochen wird und du mit deinem Geschrei nicht noch die Aufmerksamkeit des Heiligen Offiziums weckst."

„Die Augen des Heiligen Offiziums ruhen ohnehin bereits auf uns."

„Meinst du Paolo de' Francis?", fragte der Aschkenasi belustigt. „Unsinn! Für ihn ist die Angelegenheit längst begraben, im wahrsten Sinne des Wortes."

„Ich denke dabei an einen anderen Inquisitor", entgegnete Pinhas und rückte sich die Brille zurecht, „ein Inquisitor aus Rom, der auf dem Weg hierher ist. Und das ist gewiss nicht meine Schuld."

„Bist du ... sicher?", stammelte Zalman.

Der Sephardi nickte. Erneut wanderte Zalmans Blick zu den beiden Teraphim. Er wirkte besorgt, sogar ängstlich. „Wer wird das sein? Kennst du seinen Namen?"

Pinhas schürzte die Lippen. „Sein Name ist mir nicht bekannt, aber man hat mir gesagt, dass er ein *Zeichen* trägt."

„Was meinst du damit? Werde deutlicher."

„Ein Brandmal", antwortete der Sephardi feierlich, als würde er auf eine alte Prophezeiung verweisen. „Man hat ihm einen brennenden Dornbusch in die Haut gebrannt."

12.

„Bei Gelegenheit hättet Ihr uns neben sauberen Decken auch etwas zu essen bringen lassen können", sagte Capiferro.

„Euren Magen könnt Ihr morgen früh im Speisesaal besänftigen", versprach Svampa.

„Vorausgesetzt, Paolo de' Francis serviert uns kein vergiftetes Brot."

Girolamo dachte tatsächlich kurz darüber nach, dann widmete er sich im Kerzenschein wieder dem Bericht, der ihm vor Kurzem von einem jungen Dominikanermönch überbracht worden war.

„Habt Ihr schon etwas Brauchbares finden können?", fragte Capiferro.

Svampa lächelte entmutigt. „Der frischen Tinte nach zu urteilen, hat Paolo de' Francis den Bericht erst auf meine Nachfrage hin verfasst. Ergo ist er kaum mehr als eine Ansammlung von Andeutungen, voller Lücken und Unwahrheiten."

„Er ist also nicht nur ein Bücherverbrenner. Sondern auch ein Lügner."

„Um es kurz zu machen, hier werden nur Dinge beschrieben, die wir schon wissen. Am Morgen des 13. Oktober haben die Mönche des Jesuatenklosters San Girolamo, das in einem Viertel namens Borgo di Sotto liegt, den Autoritäten der Stadt den Fund einer Leiche auf dem Feld neben ihrem Kloster gemeldet. Der Tote wurde sofort als Solomon Cordovero identifiziert."

„Sofort?", wunderte sich Capiferro. „Und durch wen? Die Soldaten? Die Jesuaten?"

„Durch ein Mädchen." Girolamo Svampa tippte mit dem Zeigefinger auf den letzten Absatz des Berichts. „Paolo de' Francis hat ihren Namen nicht genannt, sondern lediglich festgehalten, dass die erste Person, die den Leichnam erkannt hat, die Tochter eines Rabbiners aus dem Ghetto war. Er wohnt in der Via Gattamarcia."

„Ein vielsagender Name", bemerkte Capiferro.

„Der Rabbiner heißt Pinhas Navarro."

„Dann muss es der Vorsteher der sephardischen oder spanischen Synagoge sein, von der uns Salamandri erzählt hat. Dort, wo Solomon Cordovero wahrscheinlich gewohnt hat."

„Vermeidet vorschnelle Schlüsse. Ich für meinen Teil glaube, dass nichts, was wir bisher gelesen oder gehört haben, Grundlage für eine Beweisführung sein kann. Wir müssen zuerst die Glaubwürdigkeit jeder einzelnen Aussage prüfen, zumal Paolo de' Francis' Bericht das Papier nicht wert ist, auf dem er geschrieben wurde. Oder glaubt Ihr etwa, dass ein jüdisches Mädchen ohne Begleitung das Ghetto verlässt und sich in die Nähe eines Jesuatenklosters begibt?"

„Das klingt tatsächlich abwegig", bestätigte sein Mitbruder, gab dann aber hoffnungsvoll zu bedenken: „Wenn es jedoch zutrifft, wäre das Mädchen eine wertvolle Zeugin! Genau wie ihr Vater, der sephardische Rabbi."

„Auf jeden Fall werden wir zunächst den Tatort untersuchen", beschloss Bruder Girolamo.

„Aber wir müssen auch mögliche Zeugen finden … und sie befragen!"

„Wir gehen Schritt für Schritt vor", Svampa ließ sich nicht aus der Ruhe bringen und vertiefte sich wieder in den Bericht.

„Was ist mit den Verletzungen des Toten?" Capiferro ließ nicht locker. „Schreibt unser pyromanischer Mitbruder etwas über die Art und Weise, wie Solomon Cordovero ums Leben gekommen ist?"

„Nicht mehr als das, was uns Ludovisi schon berichtet hat. Ein einziger vertikaler Schnitt den ganzen Rücken entlang, so präzise geführt, dass die Wirbelsäule freigelegt wurde."

Der Sekretär strich sich nachdenklich über den Bart. „Ohne Zweifel eine schreckliche Verletzung …", meinte er, „aber war sie auch tödlich?"

Svampa stellte sich die gleiche Frage. Seiner Meinung nach hätte ein einzelner Hieb niemals ausgereicht, einen Menschen ums Leben zu bringen. Auf dem Feld im Borgo di Sotto musste noch etwas anderes geschehen sein, bevor die Seele des Opfers dem Schöpfer zurückgegeben worden war. Und der einzige Weg, um Klarheit in diese Angelegenheit zu bringen, würde ihm gehörigen Ärger einbringen.

„Wir müssen herausfinden, wo Solomon Cordovero begraben wurde."

„Nun, seit der Exhumierung Saluzzos haben wir einige Erfahrung auf diesem Gebiet gesammelt, nicht wahr?"

„Ein wenig in der Erde zu graben, macht mir weniger Sorgen als die bürokratische Odyssee, die uns beim Kardinallegaten und den Rabbinern erwartet …"

„Vielleicht hilft uns das hier ein wenig weiter", versuchte der Sekretär ihn zu trösten, während er einen angesengten Papierfetzen aus der Tasche seines Umhangs zog. Er las vor: „Es sind nicht das Licht und die Strahlen der Sonne, die uns aus der Dunkelheit führen, sondern das Wissen um die Dinge."

Svampa zog die Augenbrauen hoch. „Wo zum Teufel habt Ihr das denn gefunden?"

„Das ist ein Ausschnitt aus *De rerum natura* von Lukrez, ein Papierfetzen, der aus Paolo de' Francis' Feuerstelle geflattert ist. Wie Ihr seht, kann uns sogar ein von der Zensur verbotenes Buch den Weg zur Wahrheit weisen!"

13.

Ferrara, Schloss

Hinter den purpurfarbenen Vorhängen des Himmelbetts hatte der Kardinal die Hände fest um Piccardas Gesäß gelegt, als ob er sich an einen Felsen klammerte. In Gedanken sehnte er einerseits die Befriedigung herbei, die sich partout nicht einstellen wollte, andererseits beschäftigte ihn die Frage, welche Schwierigkeiten der neue Inquisitor machen würde.

Es konnte nicht sein, grübelte er, während seine Bewegungen immer schlaffer und lustloser wurden, es konnte nicht sein, dass der ehrwürdige Kardinalnepot den berüchtigten Girolamo Svampa nach Ferrara geschickt hatte, nur um den Mord an einem Juden zu untersuchen.

Da musste mehr dahinterstecken! Etwas weit Beunruhigenderes und Bedrohlicheres. Etwas, das mit ihm persönlich zu tun hatte und ihn in das Blickfeld der römischen Kurie rückte, weit mehr, als ihm lieb war.

„Mein Herr", murmelte Piccarda etwas verstimmt über das offensichtliche Abflauen der Leidenschaft.

„Schweig!", herrschte er sie an und zog sie so heftig an den Haaren, dass sich ihr Kopf nach hinten bog. „Schweig oder ich peitsche dich aus wie eine Stute!"

Die Bilder Svampas und Ludovisis wurde er dennoch nicht los.

Was hatten die beiden vor?

Warum hatten sie gerade jetzt beschlossen, ihre Nasen in seine Angelegenheiten zu stecken, nach zwei Jahren beschaulicher Ruhe?

Hatte es vielleicht Indiskretionen gegeben? War Papst Urban nicht mehr zufrieden mit ihm?

Mit einer verzweifelten Geste schob er seine Geliebte zur Seite und wickelte seinen schweißbedeckten Körper in eine Decke.

„Giacinto!", rief er und eilte durch sein mit Statuen und Ölgemälden geschmücktes Schlafzimmer. „Giacinto, um Gottes willen, du wirst doch wohl nicht eingeschlafen sein?"

„Nein, Euer Hochwohlgeboren", antwortete eine Stimme aus einer dunklen Ecke. „Ich bin wach, hellwach."

„Und? Wo bist du, du nichtsnutziger Faulpelz?"

Kurze Zeit später tauchte die schmale Gestalt des Dienstboten vor ihm auf.

„Gib einer Wache Bescheid", der Kardinal verlor keine Zeit. „Er soll den Gnadengeber schicken."

„Den Gnadengeber?", fragte Giacinto ängstlich und tauschte einen erstaunten Blick mit Piccarda, die halbnackt zwischen den Vorhängen des Himmelbetts aufgetaucht war und die Szene verfolgte. „Um diese Zeit wird er schon in der Festung sein!"

„Ja und? Lasst ihn sofort herbringen. Ich brauche ihn unverzüglich, verstanden?"

„Jaja, wie Ihr wünscht."

„Dann beeil dich, um Himmels willen! Beweg deine nutzlosen Knochen!"

14.

*Ferrara, Stadtmitte,
26. Oktober*

Nachdem sie in der fast feindselig wirkenden Stille des Refektoriums von San Domenico in aller Eile gefrühstückt hatten, gingen Svampa und Capiferro durch das wie üblich in Nebel gehüllte Ferrara. Sie waren unterwegs zu dem Ort, an dem vor zwei Wochen der Leichnam Cordoveros gefunden worden war.

„Es ist nicht mehr weit", informierte sie ihr Führer mit dem Namen Ottavio Sacripante. „Aber wir müssen einen Umweg machen."

Zu ihrer großen Überraschung war es nicht etwa ein einfacher Soldat oder ein Kreuzritter in Diensten des Heiligen Offiziums, der sie begleitete, sondern der Bargello, der Hauptmann der Festung, der von Salamandri persönlich beauftragt worden war, sie durch die Stadt bis zum Fundort der Leiche zu führen. Mit anderen Worten ein Spion, hatte Capiferro gemurmelt, der von Anfang an misstrauisch gegenüber dem blonden Mann mit der büffelledernen Tunika gewesen war. Sein über die Schulter gelegter Bandelier roch nach Schießpulver.

Svampa hatte der Bemerkung keine Beachtung geschenkt und war dem Bargello bis zum Vorplatz der Kathedrale gefolgt, wo ein Galgen aufgebaut war, an dem der Leichnam eines Mannes mit zerrissenen Kleidern hing.

„Messer Giovanbattista Rosacci, Astrologe und Dieb", hatte Sacripante den Anblick mit einem trockenen Lachen kommentiert.

Sie gingen weiter und kamen an einem Stand vorbei, an dem ein Händler Baumwollstoffe verkaufte, passierten eine Reihe herrschaftlicher Palazzi mit eleganten Fassaden und bogen schließlich in eine Straße ein, breit genug, damit Kutschen und die Karren der Händler aneinander vorbeifahren konnten. Svampas Aufmerksamkeit konzentrierte sich auf eine Reihe von Gebäuden mit roten Ziegeldächern, zugemauerten Türen und vergitterten und mit Brettern vernagelten Fenstern.

„Die Straße, die wir gerade durchqueren, wird Via de' Contrari genannt", erklärte der Bargello, „sie bildet die nördliche Grenze des jüdischen Ghettos. Hinter den Löchern, die Ihr gerade betrachtet, mein Herr, wohnen die Juden, denen aus Gründen des Anstands verboten ist, sich am Fenster zu zeigen oder auf die Straße zu gehen, wo die Christen unterwegs sind."

„Wenn alle Türen und Fenster verschlossen sind", bemerkte Svampa, „kann Solomon Cordovero auf seinem Weg zu dem Ort, wo er den Tod gefunden hat, hier nicht vorbeigekommen sein."

„Der Kabbalist muss die Gassen im Süden genommen haben, die zwischen den Häusern seines Volkes hindurchführen."

„Und warum nehmen wir nicht auch diesen Weg?"

Sacripante riss die Augen auf: „Ihr wollt doch nicht wirklich durch den Zwinger der Mörder Christi laufen?" Er legte eine Hand auf die Arkebuse, die über seiner rechten Schulter hing. „Nur damit bewaffnet, betrete ich dieses Viertel nicht."

„Sind die Juden Ferraras tatsächlich derart gefährlich?", fragte Capiferro erstaunt.

„Sie sind es geworden, wie Tiere im Käfig, die sich nicht an die Gefangenschaft gewöhnen können, Eure Exzellenz. Bis vor einigen Jahren hatten sie noch das Recht, sich frei in der Stadt zu bewegen und sich überall anzusiedeln, wo es ihnen gefiel. Und obwohl die meisten sich an die neuen Regeln gewöhnt haben, gibt es doch einige Rebellen, die keine Gelegenheit auslassen, um Unruhe zu stiften."

„Und trotzdem", erwiderte Svampa, „hat der Käfig, von dem Ihr gesprochen habt, Solomon Cordovero nicht davon abgehalten, nach Borgo di Sotto zu gelangen, einem Ort außerhalb des Ghettos."

„Das liegt daran, dass noch nicht alle Gassen des Ghettos abgesperrt sind. In der Via Sabbioni sind die Tore in beide Richtungen verschlossen, aber in der Via Gattamarcia und in einigen Innenhöfen der Via Vignatagliata gibt es immer noch freie Durchgänge."

„Das bedeutet, die Juden können sich immer noch unbehelligt durch die Stadt bewegen", stellte Capiferro fest.

Der Bargello schüttelte den Kopf. „Die freien Durchgänge, von denen ich gesprochen habe, werden Tag und Nacht von Soldaten des Kardinallegaten bewacht. Nur wer eine gültige Erlaubnis hat, zum Beispiel Ärzte und einige wenige andere, darf passieren. Aber nur zu Fuß und ohne Begleitung. Natürlich sind auch in Ferrara, wie in vielen anderen Ghettos des Kirchenstaates, Wagen verboten."

„Dann sind wir wieder am Anfang", bemerkte Girolamo. „Wie konnte Cordovero unbemerkt das Ghetto verlassen?"

Sacripante zuckte mit den Schultern. „Wahrscheinlich im Schutz des dichten Nebels."

Bevor der Inquisitor noch eine Frage stellen konnte, war Sacripante bereits um eine Ecke gebogen.

„Hier entlang", rief er. Dann war ein schmatzendes Geräusch zu hören, als würde er im Schlamm versinken.

Einen Augenblick später betrat auch der Inquisitor die enge Gasse, deren Boden mit Morast bedeckt war. In der Mitte hatte man einen Graben gezogen, durch den eine dunkle Brühe floss.

„Wir sind gleich da, nur noch wenige Schritte!", sagte Sacripante.

Hätte Girolamo sich umgedreht, wäre ihm eine Filzkapuze aufgefallen, aus der rote Locken hervorquollen.

Aber die Frau, die sich darunter verbarg, bewegte sich sehr vorsichtig, um nicht erkannt zu werden. Sie suchte den Schutz der Dunkelheit eines Hauseingangs, von dem aus sie die Männer beobachtete und wo sie so lange reglos stehen blieb, bis sie verschwunden waren.

Wenn du wüsstest, dachte sie mit schelmischem Lächeln. Wenn du wüsstest, Girolamo, wie sehr du mir gefehlt hast …

15.

Je stärker die Morgensonne durch den Nebel drang, desto deutlicher erkannte Svampa die Begrenzungsmauer des Jesuatenklosters und die beeindruckenden Umrisse des Bauwerks dahinter. Neben der Mauer erstreckte sich ein von Unkraut überwuchertes Feld, in dessen Mitte ein antiker Bogen aus istrischem Kalkstein stand.

Der Inquisitor näherte sich dem Relikt der Vergangenheit und sah sich um. Dabei versuchte er sich vorzustellen, wie Solomon Cordovero hierhergekommen war, zwei Wochen zuvor, in jener schicksalhaften Nacht, in der er ermordet wurde. Hatte man ihn mit Gewalt hierher geschafft oder war er aus freien Stücken gekommen?

„Welch gotteslästerliche Handlung er auch immer geplant hatte, er kam nicht dazu, sie auszuführen", hatte Paolo de' Francis gesagt, was vermuten ließ, dass er die Hintergründe für die Tat kannte oder sie zumindest vermutete. Vorausgesetzt, dass er sie nicht auf eine falsche Fährte führen wollte.

Aber aus welchem Grund?

Svampa versuchte die wenigen Informationen, die er besaß, mit dem zu verbinden, was er vor sich sah. Er untersuchte den Kalksteinbogen und entdeckte einen sechszackigen Stern.

„Was hat das zu bedeuten?", fragte er.

„Das ist ein Davidstern", antwortete Sacripante, „das Symbol des jüdischen Volkes."

„Das weiß ich", reagierte Svampa ungehalten, „ich wollte wissen, warum er sich gerade hier befindet, direkt vor der Mauer eines christlichen Gebäudes?"

„Weil hier früher der jüdische Friedhof war."

„Seid Ihr sicher?"

„Ich könnte in den Archiven von San Girolamo nachsehen", bot sich Capiferro an, während er auf das wuchtige Klostergebäude schaute. „Wenn der Bargello die Wahrheit sagt, wird sich dort sicher ein Dokument finden, das dies bestätigt."

„Natürlich ist das die Wahrheit!", entgegnete Sacripante aufgebracht. „Das wissen alle hier in Ferrara. Bevor die Jesuaten ihr Kloster vergrößerten, haben die Juden hier in Borgo di Sotto ihre Toten begraben."

Der Inquisitor blickte erneut auf das verwilderte Feld und lenkte mit einer herrischen Geste die Aufmerksamkeit seines Begleiters zurück auf die Umgebung.

„Wo genau wurde die Leiche gefunden?"

Sacripante deutete auf einen vertrockneten Baum am Feldrand.

„Wart Ihr dabei, als sie gefunden wurde?"

„Nein, die Soldaten der Festung haben mir die Einzelheiten berichtet."

„Eine Aussage über eine andere Aussage, etwas Unzuverlässigeres gibt es kaum", Svampa verzog den Mund. „Aber da wir nichts Genaueres haben …" Er forderte Sacripante auf, in Richtung des Baumes zu gehen.

„Cordovero lag hier", der Bargello deutete auf die Wurzeln. „Auf dem Bauch, mit ausgebreiteten Armen."

Der Inquisitor nickte. „Und weiter?"

Sacripantes Gesicht verzog sich zu einer angewiderten Grimasse. „Sein Rücken war … aufgeschlitzt."

„Könntet Ihr das genauer beschreiben?"

„Man sah die Knochen vom Nacken bis zum Kreuzbein, als ob jemand versucht hätte, ihm die Haut abzuziehen." Svampa warf Capiferro einen vielsagenden Blick zu.

„Gab es weitere Verletzungen?", fragte er anschließend.

Der Bargello runzelte die Stirn. „Das weiß ich nicht." Dann murmelte er etwas und fügte hinzu: „Möchtet Ihr mit den Soldaten sprechen, die beim Auffinden dabei waren?"

Der Inquisitor dachte einen Moment darüber nach, aber allein die Vorstellung, solch ungebildete Rohlinge zu befragen, deren Aussagen mit Sicherheit vage und unvollständig sein würden, bereitete ihm einen körperlich spürbaren Ekel.

Er beschloss, sich auf die Fakten zu konzentrieren, auf das, was er sicher wusste. „Cordoveros Körper lag demnach hier, zu Füßen dieses Baumes, auf dem Bauch, mit aufgeschlitztem Rücken."

Sacripante nickte.

„Und was ist das?", fragte Svampa.

„Was habt Ihr entdeckt?" Wie aus dem Nichts war Capiferro aufgetaucht. Der Inquisitor antwortete nicht, er kniete bereits vor dem Wurzelwerk. Zwischen Unkraut und Moos war ein Haufen frischer Erde zu erkennen.

„Jetzt weiß ich es wieder! Da war ein Loch!", erinnerte sich der Bargello.

„Was für ein Loch?", fragten die beiden Mönche unisono.

Sacripante drehte die Handflächen nach oben, als wäre die Antwort offensichtlich. „Die Vertiefung, in der der Kopf des Leichnams lag."

„Mit anderen Worten", hakte Svampa nach und versuchte sich die Szenerie vorzustellen, „das Gesicht Cordoveros schaute nach unten in das Loch?"

„Wie jemand, der aus einem Fenster blickt", bestätigte Sacripante, „jedenfalls hat man es mir so berichtet."

„Und das Loch?" Svampa ließ nicht locker.

„Nun, wie Ihr selbst sehen könnt, wurde es wieder zugeschüttet."

„Darum geht es nicht, ich will wissen, wie tief es war und ob außer Cordoveros Kopf noch etwas darin lag."

„Ein Totenschädel lag darunter, so glatt wie ein Flusskiesel", antwortete der Bargello finster und stampfte auf den Boden.

„Denn genau hier, meine Herren, genau unter uns, war ein Mann begraben!"

16.

„*Welcher Mann* kann das gewesen sein?" Svampas Stimme klang verärgert.

„Gute Frage", meinte Capiferro, während er die Seiten eines voluminösen Pergamentregisters durchblätterte, das auf einem Schreibpult lag.

Nachdem sie sich von Sacripante verabschiedet hatten, hatten sich die beiden Dominikanermönche ins nahe Kloster San Girolamo begeben, wo sie nach anfänglichem Widerstand der Jesuatenpater die Erlaubnis bekamen, im ältesten Teil des Archivs zu recherchieren.

„Diese Dokumente sind ziemlich nebulös", fuhr Capiferro mit gerunzelter Stirn fort. „Einerseits bestätigen sie Sacripantes Aussage, dass sich dort ein jüdischer Friedhof befunden hat, andererseits fehlen jedoch die Namen derer, die dort begraben wurden."

Der Inquisitor stand hinter seinem Mitbruder und beobachtete, wie er mit dem Zeigefinger die in einer geschmeidigen Kanzleischrift geschriebenen Zeilen entlangfuhr.

„Auf jeden Fall ist der Friedhof sehr alt. Es scheint, dass dort bereits vor 400 Jahren Juden begraben wurden. Bis zum Jahr 1452, als die Stadtregierung das *Locum cimiterii* beschlagnahmt hat, um den Jesuaten zu gestatten, dort ihr Kloster zu erweitern." Als Bestätigung seiner Worte deutete er auf eine Karte, wo am Rand einer weiten Fläche ein kleines, bereits damals dem heiligen Girolamo geweihtes Kloster zu erkennen war. „Wie Ihr sehen könnt, ist das Feld, auf dem wir gerade unterwegs waren, alles, was von einem ehemals wesentlich größeren Gelände übrig geblieben ist."

„Dann gehen wir auch jetzt gerade sprichwörtlich über Leichen", sagte Svampa unangenehm berührt.

Capiferro nickte. „Hier steht geschrieben, dass die Juden die sterblichen Überreste ihrer Lieben ausgraben und an einem anderen Ort beisetzen wollten, aber … Nun, ich nehme an, dass da etwas vergessen wurde."

„Vergessen würde ich das nicht nennen. Das Loch, das man zwischen dem Wurzelwerk ausgehoben hat, lässt vermuten, dass es jemanden gibt, der genau weiß, dass dort Knochen begraben liegen, und der wahrscheinlich auch die Identität der Person kennt, zu der diese Knochen gehören."

„Was auch immer Euch zu dieser Schlussfolgerung führt", musste Capiferro ihn enttäuschen, „in diesem Register gibt es nicht den geringsten Hinweis." Dann fiel sein Blick auf die verstaubten Pergamentbände, die in den Regalen standen. „Ich bezweifle, dass wir hier etwas Brauchbares finden. Alles, was hier steht, stammt, ungeachtet des schlechten Zustands, aus jüngster Zeit."

„Euer Mitbruder hat recht", hörte man einen jungen Mönch, der aus dem Halbdunkel des Archivs trat, sagen. „Ihr werdet nicht finden, was Ihr sucht."

„Und warum seid Ihr Euch da so sicher?", wollte Svampa wissen.

Bevor er antwortete, klappte der Jesuat das Register zu, nahm es vom Lesepult und stellte es beflissen an seinen Platz zurück. „Ich fürchte, die Euch zur Verfügung stehende Zeit ist um."

„Ihr habt meine Frage nicht beantwortet."

Der Mönch zuckte mit den Schultern. „Wenn es wichtig für Euch ist – ich weiß es deshalb so genau, weil in diesem Kloster nichts aufbewahrt wird, das mit der Geschichte der Juden zu tun hat, besonders, wenn es um verbotene Gegenstände geht."

„Verbotene Gegenstände?" Capiferros Interesse war geweckt.

Auf den Lippen des Jesuaten zeigte sich ein finsteres Lächeln.

„Kommt schon, lasst Euch nicht bitten. Wenn Ihr nicht reden wollt, dann hättet Ihr unsere Neugier nicht wecken dürfen."

„Auf diesem Friedhof wurden nicht nur Leichen begraben", sagte der Jesuat, „sondern auch Gegenstände. Verbotene Gegenstände, über die man nicht sprechen darf."

„Was mich betrifft, dürft Ihr dieses Verbot als aufgehoben betrachten", versicherte Svampa und musterte ihn aufmerksam.

„Es gibt nur wenig zu sagen", wich der Mönch aus.

„Umso besser", erwiderte Capiferro, „mein Mitbruder und ich hassen überlange Ausführungen."

Die Angelegenheit war dem Jesuaten sichtlich unangenehm, er drehte sich um, als wolle er sich vergewissern, nicht beobachtet zu werden. Dann senkte er den Kopf und gab den Widerstand auf. „Warum, glaubt Ihr wohl, ist dieser Teil unangetastet geblieben, als man das Kloster erweitert hat?" Er bekreuzigte sich. „Dort unten, neben den Toten, begruben die Juden die Götzenbilder des Unaussprechlichen."

„Nun sagt schon, bei Gott! Worum geht es?", drängte Capiferro.

„Teraphim!", presste der junge Mönch heraus. „Seid Ihr nun zufrieden? Teraphim! Die Götzenbilder aus den antiken Tempeln! Heidnische Artefakte, die sogar in der Bibel erwähnt werden! Zeugnisse der Götzenverehrung, die in diesem verlassenen Friedhof neben den Verstorbenen liegen. Deshalb wurde jede Bezeichnung in Zusammenhang mit einem solchen Ort mit der *Damnatio memoriae* belegt!"

Capiferro erbleichte, ein kalter Schauer überlief ihn, doch Svampa blieb ungerührt. Er glaubte nicht an das Übernatürliche und auch nicht an die Macht von Götzenbildern und Fetischen. Dahinter steckte nur der Versuch des Aberglaubens und der Unwissenheit, im Laufe der Jahrhunderte ein Bild des Teufels und seiner Brüder zu konstruieren.

Er glaubte nur an die Existenz einer einzigen, unerbittlichen Wurzel des Bösen. Die der menschlichen Natur.

Auf dem Weg zur Tür sinnierte er über das einzige Indiz, das für ihn von Bedeutung war.

„Wenn wir den Namen hier nicht finden, sollten wir unser Glück woanders versuchen."

„Und wo?" Capiferro folgte ihm.

„An dem Ort, an dem man uns geraten hat, nicht zu suchen."

17.

Ghetto, Via Gattamarcia

Als Rabbi Pinhas die Haustür öffnete, hätten ihm die Beine vor Schreck fast den Dienst versagt.

"*Shalom aleikhem*", krächzte er zur Begrüßung und versuchte ruhig zu bleiben. Vor seiner Tür standen zwei Dominikanermönche.

"*Pax vobiscum*", antwortete der Kleinere der beiden sarkastisch, nachdem er seine Pfeife aus dem Mund genommen hatte.

Der andere musterte ihn prüfend, zog seine schwarze Kapuze vom Kopf und betrat unaufgefordert das Haus.

"Seid Ihr Pinhas Navarro, der Vater des Mädchens, das beim Fund des Leichnams von Solomon Cordovero dabei war?", fragte er unvermittelt, dabei wanderten seine Augen durch das Innere des Hauses. Deren Farbe war undefinierbar, die Augen eines Träumers, dachte der alte Mann. Und trotzdem, oder vielleicht gerade deswegen, wirkte sein Blick noch furchteinflößender. "Und Ihr … seid der neue Inquisitor aus Rom?"

"Ihr wusstet von unserer Ankunft?", antwortete der Mann mit der Pfeife mit einer Gegenfrage.

"Man hört dies und das", erwiderte der Rabbiner ausweichend und verfluchte sich, nicht den Mund halten zu können.

"Ich warte auf Eure Antwort", drängte der andere, dabei drehte er sich um und betrachtete eine Stoffbahn, auf der die Geschichte des biblischen Stammvaters Josef eingestickt war. "Ja, der bin ich", erwiderte Pinhas. "Vor ungefähr zwei Wochen ereilte meine

Tochter Rahel das Unglück, auf den leblosen Körper von Rabbi Cordovero zu stoßen."

„Das Unglück?", wiederholte der Inquisitor, als wolle er um eine Erklärung für die Verwendung dieses Wortes bitten.

„Nun, Rahel ist noch ein Kind", betonte der Alte.

„Ein Kind, das im Ghetto hätte sein sollen", erwiderte der Dominikaner mit vorwurfsvoller Stimme, während er die Eingangstür hinter sich schloss.

„Aber warum? Das Ausgangsverbot hatte doch noch nicht begonnen."

„Wo ist sie jetzt?", fragte der Mönch mit den träumerischen Augen, ohne den Blick von der Stickerei zu wenden.

„Ist es wirklich nötig, das Kind zu befragen?", fragte der Sephardi und achtete dabei darauf, einen verbindlichen Ton anzuschlagen, der seinem Gegenüber nicht missfallen würde. „Paolo de' Francis hat bereits letzte Woche mit ihr gesprochen, und ehrlich gesagt…"

„Tatsächlich! Auch das hat uns Bruder Pyromane vorenthalten", unterbrach der Mönch mit der Pfeife in sarkastischem Ton.

Der alte Mann verstand nicht recht und wollte gerade etwas sagen, als er den Blick des Inquisitors auf sich ruhen spürte.

„Wenn das Heilige Offizium mit der Arbeit Bruder Paolos zufrieden wäre, wäre ich nicht hier."

Seine Stimme klang nicht verärgert oder gereizt, in ihr lag nur der Überdruss eines Mannes, der einen großen Teil seines Lebens damit verbracht hatte, seinen Mitmenschen das Offensichtliche zu erklären.

„Mein Name ist Girolamo Svampa. Bruder Girolamo Svampa", ergänzte er, dabei nickte er dem anderen Dominikaner zu. Der zog eine Pergamentrolle aus seiner Kutte. „Ich heiße Francesco Capiferro, Sekretär der Indexkongregation."

„Rahel ist nicht zu Hause", erwiderte Pinhas, der immer unruhiger wurde und sich fragte, welches Unheil sich in diesem geheimnisvollen Pergament verbarg. „Sie ist in der spanischen Synagoge, im Schreibunterricht."

„Das trifft sich gut", sagte Svampa und blickte sich weiter suchend um. „Dann nutzen wir die Gelegenheit, um mit Euch zu sprechen."

„Wenn es um meine Beziehung zu Rabbi Solomon geht …", versuchte der Sephardi ihm zuvorzukommen.

Der Inquisitor schüttelte den Kopf.

„Ich bitte um Vergebung, aber ich dachte, dass Ihr vom Heiligen Offizium beauftragt worden seid, die Ermordung dieses Mannes aufzuklären."

„So ist es auch. Aber es ist nicht meine Art, Menschen direkte Fragen zu stellen, vor allem, wenn der Verdacht besteht, dass sie in verbrecherische Machenschaften verwickelt sind, wodurch die Klarheit ihrer Gedanken und ihre Hingabe an die Wahrheit gestört sein könnten."

„Warum wollt Ihr meine Tochter dann befragen?" Der Rabbiner fühlte sich immer weiter in die Enge getrieben.

„Weil Eure Rahel ein notwendiger Zufall war", antwortete Svampa mit einem Schulterzucken.

Pinhas starrte ihn entgeistert an.

„Ja, ein notwendiger Zufall, etwas, das ohne ersichtlichen Grund in einen verworrenen Ablauf von Ereignissen geraten ist. Eine Einmischung, absichtlich oder zufällig, die nicht außer Acht gelassen werden darf."

„Wenn das so ist, kann ich an ihrer Stelle antworten, ich bin über alles informiert, was mit diesem schrecklichen Geschehen verbunden ist."

Der Inquisitor schüttelte den Kopf.

„Seid nicht so streng, Pater Girolamo!", schaltete sich Capiferro ein. „Ich weiß, dass es Eurer Ermittlungsethik entgegensteht, vor der Prüfung der Indizien einen Informanten zu befragen. Aber da wir jetzt schon mal hier sind, könnten wir nicht eine Ausnahme machen?"

„Das haben wir doch bereits besprochen, erinnert Ihr Euch? Dieser Mann interessiert uns im Augenblick nur aus zwei Gründen.

Erstens, weil er der Vater des Mädchens ist, das den Leichnam identifiziert hat. Zweitens, weil er ein wichtiges Amt innehat, das hilfreich sein könnte, um die Informationen zu bekommen, nach denen wir suchen."

„Welche Informationen?", fragte Pinhas erschrocken.

„Nur ein paar Fragen, nur das Nötigste, um die Zweifel zu beseitigen, die mich umtreiben", sagte Capiferro an den Inquisitor gewandt.

„Um den Preis, wenig verlässliche und vielleicht sogar unwahre Antworten zu bekommen?", erwiderte sein Mitbruder ungehalten.

Ein selbstbewusstes Lächeln umspielte Capiferros Lippen. „Das Risiko gehe ich ein."

„Gut, aber beeilt Euch."

Pinhas hatte dieser Wortwechsel noch mehr verwirrt, aber Capiferro weckte mit einem Fingerschnipsen seine Aufmerksamkeit.

„Erklärt mir doch bitte etwas. Man hat mir zu verstehen gegeben, dass Ihr der Rabbiner wart, der den bedauernswerten Solomon Cordovero beherbergt hat?"

„Ja, so war es. Das ist kein Geheimnis. Rabbi Solomon lebte seit etwa einem Monat unter meinem Dach."

„Aha!" Capiferro warf Svampa einen zufriedenen Blick zu. „Und könntet Ihr mir das Zimmer zeigen, in dem Ihr dem *Magus* Eure Gastfreundschaft gewährt habt?"

„Solomon Cordovero war kein *Magus*", entgegnete der Sephardi entrüstet. „Er war ein *Zaddik*, ein spiritueller Meister."

„Verschwenden wir unsere Zeit nicht damit, wie geschickt ihr Juden darin seid, die *Ars diaboli* hinter abstrusen Ausdrücken zu verbergen", unterbrach ihn Capiferro. Plötzlich ließ er seiner Intoleranz freien Lauf. „Zeigt uns lieber das, was wir sehen wollen."

Pinhas wusste genau, welches Risiko er einging, trotzdem nickte er beflissen und führte seine beiden Besucher durch einen Korridor bis zu einem mit einem orientalischen Motiv bestickten Vorhang.

„Hier", sagte er und schob den Vorhang zur Seite, um den Blick auf einen Raum mit einer Liegestatt und einer Öllampe an der Decke freizugeben. „Das ist das Zimmer, in dem Rabbi Solomon geschlafen hat."

Capiferro ging hinein und sah sich um. „Aber hier ist gar nichts!", stellte er fest, nachdem er die Truhe geöffnet hatte, die vor dem Bett stand.

„Nun, es kommt darauf an, was Ihr zu finden glaubt."

„Wollt Ihr mich zum Narren halten?" Der Sekretär warf ihm einen scharfen Blick zu. „Wo habt Ihr die Bücher über die Schwarze Kunst versteckt? Wo sind die Amulette und die magischen Artefakte des Kabbalisten?"

„Genug!", entschied Svampa wutentbrannt. „Ich habe Euch schon zu viel Raum gegeben, Padre Francesco." Dann deutete er auf die Pergamentrolle, die sein Mitbruder noch immer fest umklammert hielt. „Zeigt ihm, was er sehen muss, und haltet Eure Zunge im Zaum!"

„Aber …", versuchte Capiferro zu widersprechen.

„Tut, was ich Euch gesagt habe!"

Mit einer unwirschen Geste entrollte Capiferro das Pergament, das von der Mittagssonne erhellt wurde, die durch die Gitter eines kleinen Fensters fiel.

Pinhas rückte seine Brille zurecht und blickte mit einer Mischung aus Angst und Neugier auf das Dokument, dabei flehte er Jahwe an, dass es sich nicht um eine Anweisung des Heiligen Offiziums handeln würde. Kurze Zeit später seufzte er erleichtert auf.

Es war eine alte Landkarte, die Abbildung eines Grundstücks, das von Wegen begrenzt war und neben dem Kreuzgang eines Klosters lag.

„Diese Abbildung stammt aus den Archiven des Jesuatenklosters von Ferrara", erklärte Svampa. „Sie zeigt den alten jüdischen Friedhof in Borgo di Sotto, wo der Leichnam Solomon Cordoveros gefunden wurde."

„Ja, und?", fragte der Rabbiner.

„Ich brauche eine Liste der Toten, die dort begraben wurden."

„Aber warum?"

„Nachdem man Cordovero ermordet hatte, wurde sein Leichnam so auf der Erde hingelegt, dass er mit dem Gesicht nach unten in ein Loch schaute", Svampa deutete mit den Händen eine Vertiefung an. „Das Loch war groß genug, um einen unter Cordoveros Kopf liegenden Schädel zu bergen."

„Dann dient Euch das Verzeichnis der Toten dazu, herauszufinden, um wen es sich bei dem dort Begrabenen handelt, wenn ich es recht verstehe."

Svampa nickte. „Ich denke, die Identifizierung dieser Person ist unabdingbar, um das Motiv der Tat zu finden."

Pinhas erschauerte.

Einen solchen Mann hatte er noch nie getroffen. Noch dazu ein Nichtjude, ein *Gentile*! Ein Emissär der römisch-katholischen Kirche! Was die Sache allerdings schlimmer machte, waren seine Zweifel, ob er Angst oder Bewunderung für Girolamo Svampas Scharfsinn empfinden sollte. Doch die seltene Gabe, seine Gedanken in eine bestimmte Richtung zu lenken, sich dabei von dem lösen zu können, was seine Sinne wahrnahmen, und sich den Geheimnissen des Allmächtigen anzuvertrauen, ließ ihn seine Entscheidung treffen.

„Ich werde Euch helfen!", versprach er, immer noch unsicher über die möglichen Konsequenzen eines solchen Angebots. „Doch zuvor sollte ich Eure Aufmerksamkeit auf einen Aspekt lenken, der Euch entgangen zu sein scheint."

„Und welchen?", wollte Svampa wissen.

„Solomon Cordovero wurde nicht erst nach seinem Tod in diese Position gebracht. Er hat sie selbst eingenommen, *als er noch am Leben war.*"

Capiferro konnte sein Erstaunen nicht verbergen. „Wollt Ihr damit sagen, dass er nicht nur das Loch selbst gegraben, sondern sich auf die Erde gelegt und seinen Kopf hineingesteckt hat? Ähnlich einem Novizen, der den Ritus des leiblichen Todes zelebriert?"

„Ich bin mir ganz sicher."

„Und woher nehmt Ihr diese Sicherheit?", fragte der Inquisitor, der im Gegensatz zu seinem Mitbruder immer noch völlig ungerührt wirkte.

Der alte Rabbi bereitete sich darauf vor, eines seiner bestgehüteten Geheimnisse preiszugeben, wandte sich der Lagerstatt zu, auf der Rabbi Solomon genächtigt hatte, und betete still, der Geist des *Zaddik* möge ihm vergeben. „Ich bin mir ganz sicher, weil das, was Ihr gerade beschrieben habt, zum Ritus der Niederwerfung gehört, der *Hishtathut* genannt wird."

„Niederwerfung? Und was bedeutet das?", wollte Capiferro wissen.

Pinhas sah dem Inquisitor in die undurchdringlichen Augen. „Dass Solomon Cordovero seinen Kopf in das Loch gesteckt hat, um jemanden um Rat zu fragen, der seit Jahrhunderten dort begraben liegt."

Teil zwei

Imago mortis
Hishtathut

18.

Die Synagoge in der Via dei Sabbioni befand sich in einem zweistöckigen Ziegelgebäude mit einer schlichten rosafarbenen Fassade und grünen Fensterläden. Äußerlich deutete nichts auf eine religiöse Nutzung hin. Noch bevor er das Eingangsportal durchschritt, nahm Girolamo Svampa den durchdringenden Geruch nach Galbanharz und Weihrauch wahr, der aus einem verborgenen Teil des Gebäudes drang. Er war so intensiv, dass ihm fast übel wurde.

„Das historische Archiv der jüdischen Gemeinde Ferraras befindet sich hinter diesen Mauern", erklärte Pinhas Navarro, dessen Kopf fast vollständig unter seiner unförmigen Kapuze verschwand, als er sie hineinführte. „Hier ist der Sitz der aschkenasischen und italienischen *Scola*."

„Und auch das Domizil der Geldverleiher, nehme ich an", sagte Capiferro, der neben dem Inquisitor herging und sich misstrauisch nach allen Seiten umblickte.

Der Rabbiner zuckte mit den Schultern. „Durch die andauernden finanziellen Schwierigkeiten des Monte di Pietà", erklärte er spöttisch, „sind die päpstlichen Legaten gezwungen, die Aktivität unserer Banken zu tolerieren, um der Not der Armen zu begegnen."

„Wollt Ihr damit andeuten, dass hier auch Christen Geld leihen können?" Capiferro musterte ihn finster.

Svampa hob die Hand, um das Wortgefecht nicht ausufern zu lassen. „Hier drinnen finden wir demnach das Verzeichnis der Toten des Friedhofs in Borgo di Sotto?"

„Wenn es eines gibt", antwortete Pinhas ausweichend. „Aber wir müssen uns beeilen, bald ist die Stunde des *Minchah*, des Nachmittagsgebets, und dann ist unsere Anwesenheit nicht mehr erlaubt."

„Eure eingeschlossen?", fragte der Inquisitor enttäuscht.

„Zwischen den Sephardim und den Aschkenasim gibt es Spannungen. Die Juden von der Iberischen Halbinsel feiern ihre Riten in der Synagoge in der Via Gattamarcia."

Capiferro konnte sich ein sardonisches Lächeln nicht verkneifen. „Wie es scheint, herrscht unter Euch Israeliten eine gewisse Feindschaft."

„Ist das zwischen den Dominikanern in Rom und denen, die treu zur Spanischen Krone stehen, etwa anders?", konterte Pinhas prompt, der jetzt das Gebäude betrat.

Kurz darauf standen sie in einem rechteckigen Hof, der mit dem intensiven Grün der Pflanzen die Monotonie des düsteren Herbsttags ein wenig aufhellte. Doch Svampas Interesse konzentrierte sich auf eine Laubhütte in der Mitte des Hofes.

„Nur selten haben Nichtjuden das Privileg, eine Sukkah zu Gesicht zu bekommen", tönte eine tiefe männliche Stimme von oben.

Der Inquisitor hob den Kopf und erkannte am oberen Ende einer Holztreppe einen bärtigen Mann, der in einen Tallit aus weißem Wollstoff gehüllt war und an einer Wand mit abblätterndem Putz lehnte.

„Rabbi Pinhas!", fügte er stolz hinzu, als ob nur dieser eines Gespräches mit ihm würdig sei. „Begleitest du etwa zwei Mönche, die sich verirrt haben?"

„Wir haben uns nicht verirrt, wir sind auf der Suche nach Beweisen", entgegnete Svampa steif.

„Das dort", flüsterte Pinhas Navarro, „ist der hochverehrte Bonaiuto Alatino, Mitglied des Rabbinischen Gerichts von Ferrara. Lasst mich mit ihm sprechen." Er hob seinen Stock und ging in Richtung Treppe. „Die beiden Mönche untersuchen im Auftrag der Römischen Inquisition den Mord an Rabbi Cordovero. Sie sind aus Rom angereist."

„Und warum hast du sie hierhergebracht?", fragte Bonaiuto in harschem Ton, ohne sich auch nur einen Schritt auf ihn zuzubewegen.

„Sie möchten die *Genisa* sehen, wo die archivierten Schriften aufbewahrt werden."

Der Blick Bonaiutos verfinsterte sich. „Was hat das mit dem Mord zu tun?"

„Das ist kompliziert", versuchte ihn Pinhas zu besänftigen, während er auf ihn zuging. Sobald sie voreinander standen, begannen sie auf Hebräisch miteinander zu sprechen. Pinhas mit levantinischem Akzent, Bonaiuto dagegen klang wie jemand, der in der Gegend von Perugia aufgewachsen war.

„Das gefällt mir nicht", murmelte Capiferro, ohne den Blick von den beiden Rabbinern zu wenden. „Ich muss zugeben, dass ich mit dieser Entwicklung ganz und gar nicht zufrieden bin."

„Und ich beginne zu glauben, dass ich Euch besser in Rom gelassen hätte", seufzte Svampa. „Darf man erfahren, was mit Euch los ist? Seitdem wir in Ferrara sind, seid Ihr nicht mehr Ihr selbst!"

„Sollte ich etwa jubilieren, mit einem Juden zusammenzuarbeiten?", gab sein Mitbruder indigniert zurück. „Vielleicht hatte Sacripante doch recht! Wie könnt Ihr diesem Navarro vertrauen?"

„Rabbi Pinhas ist nichts anderes als ein Mittel zum Zweck, um an Beweise zu kommen. Und Beweise haben nichts mit Ethnie oder Religion zu tun, wie Ihr wisst."

„Wenn Ihr auf mich gehört hättet, wären wir in der Beweisführung schon ein gutes Stück weiter!"

„Indem Ihr das Zimmer des Opfers auf den Kopf gestellt hättet?"

„Ein wahrer Kabbalist hat seine Bücher und Aufzeichnungen immer bei sich."

„Aber wir wissen doch überhaupt nicht, ob Cordovero ein Kabbalist war."

„Und was hat es dann mit dem makabren Ritus auf sich, von dem Navarro gesprochen hat? Diesem ... wie zum Teufel hat er es genannt ... Ritus der Niederwerfung? Warum forscht Ihr da nicht genauer nach? Warum habt Ihr den Alten nicht sofort befragt, sondern fixiert Euch auf das Mädchen?"

„Erinnert Ihr Euch, worüber wir gesprochen haben, bevor wir in diese Stadt gekommen sind?", entgegnete Svampa ungeduldig. „Wenn wir uns nicht in Hirngespinsten verirren wollen, müssen wir Fakten von Spekulationen unterscheiden, die uns nicht weiterbringen. Das einzig Sichere ist die Unsicherheit. Die einzig Erfolg versprechende Vorgehensweise ist, Schritt für Schritt zu ermitteln und nichts als gegeben vorauszusetzen."

„Angefangen bei den vermeintlich wohlmeinenden Absichten dieses spanischen Rabbiners", meinte Capiferro und warf Pinhas einen misstrauischen Blick zu.

Dieser bedankte sich gerade bei Bonaiuto Alatino und drehte sich zu ihnen um.

„Kommt hoch! Wir haben Zutritt zum Archiv!"

19.

Ferrara, Schloss

Der Kardinallegat hatte die Hände hinter dem Rücken verschränkt und schaute auf ein Oval an der Wand, auf dem sein Adelswappen prangte, ein von Flammen umhüllter Salamander. Ein widerstandsfähiges Tier, das selbst dort überleben konnte, wo alle anderen scheiterten.

„Sie haben einen Juden um Hilfe gebeten? Was hat das zu bedeuten?", fragte er pikiert.

„Genau so ist es, Eure Eminenz, sie haben das Ghetto betreten, ohne mir Bescheid zu geben", antwortete Sacripante, der hinter ihm stand. „Den Wachen haben sie die Ermächtigung des Heiligen Offiziums gezeigt."

„Habt Ihr sie nicht gewarnt, sich von dort fernzuhalten?"

„Aber natürlich", antwortete der Bargello, der unbeweglich in der Mitte des französischen Teppichs im Audienzsaal verharrte. „Ich habe sie vor den Gefahren dieses Viertels gewarnt, besonders vor dem Hass, den die Juden uns entgegenbringen. Und doch …"

„Du hast ihnen nicht genug Angst gemacht, das liegt auf der Hand", warf ihm Salamandri vor.

„Dem Inquisitor Girolamo Svampa Angst machen?", höhnte eine metallisch klingende Stimme. „Bei allem Respekt, ich glaube nicht, dass das möglich ist."

„Aber warum?", der Kardinallegat wandte sich um. „Was ist denn so besonders an diesem Mönch?"

Paolo de' Francis lehnte an einem ausladenden Kamin, ein diabolisches Grinsen verzerrte sein Gesicht. „Ihr wart sechs Tage sein Reisegefährte und habt es wirklich nicht gemerkt?"

„Er war die ganze Zeit verschlossen wie eine Auster", erwiderte Salamandri und setzte sich hinter einen mit Dokumenten übersäten Schreibtisch. Dann griff er in eine Bonbonniere aus Elfenbein und nahm eine Zuckermandel heraus, um sich zu beruhigen. „Er hat die ganze Zeit schweigend aus dem Fenster gesehen, als ob er Angst hätte, mir ins Gesicht zu blicken."

„Das war keine Angst, das kann ich Euch versichern."

„Was war es dann?"

„Gleichgültigkeit", antwortete Paolo de' Francis knapp. „Girolamo Svampa sind seinesgleichen zuwider. Neben ihnen zu sitzen, ihre Gespräche zu hören, ihren Gesten zu folgen, all das ist wie Folter für ihn."

Salamandri steckte sich das Konfekt zwischen die skeptisch verzogenen Lippen. „Und das wollt Ihr in den wenigen Minuten, die Ihr mit ihm verbracht habt, bemerkt haben?"

„Ich habe schon vorher von ihm gehört", antwortete der Generalinquisitor. „Ihm eilt der Ruf eines Rebellen und Revolutionärs voraus. Obwohl er sich in den vergangenen Jahren mächtige Feinde gemacht hat, scheint es nichts zu geben, was ihn von seinem Vorhaben abbringen könnte, nicht mal der Schuss einer Hakenbüchse."

„Aber irgendwo muss auch er verletzbar sein!" Sacripante ließ nicht locker.

Paolo de' Francis verschränkte schweigend die Arme vor der Brust.

„Ihr habt ihn doch schon vorher gekannt, oder? Ihr wisst doch bestimmt, wie man ihm schaden kann", drängte der Kardinallegat.

„Eure Eminenz, ich muss mich doch sehr wundern", entgegnete der Generalinquisitor, während sich in seinen Augen der Purpur der lodernden Flammen spiegelte. „Wozu sollte eine solche Information nützlich sein?"

„Schluss mit dem Getue! Wenn Ihr mir die Schwachstellen Svampas nicht verraten wollt, warum seid Ihr denn zu mir gekommen?"

Paolo de' Francis löste sich vom Kamin. „Im Augenblick werde ich der Einzige bleiben, der weiß, wo Svampa verwundbar ist. Betrachtet mein Schweigen als Gnade, wenn Ihr wollt. Ein Faustpfand, um in den nächsten Tagen gemeinsam vorgehen zu können, zu unser beider Nutzen." Und wie ein unheimlicher Schatten aus einem Albtraum, der sich beim Morgengrauen verflüchtigt, verschwand er in Richtung Ausgang. „Was meine Anwesenheit in diesen Räumen angeht", sagte er zum Abschied, „könnte man sagen, dass sie mir geholfen hat, den Grad Eurer Besorgnis einzuschätzen und zu erkennen, inwieweit die Anwesenheit des Inquisitors aus Rom Eure Ängste nährt."

„Ängste?" Der Prälat lachte nervös. „Macht Euch nicht lächerlich, Bruder Paolo. Ich fürchte mich vor nichts und niemandem!"

In dem Versuch, seine Lüge glaubhaft erscheinen zu lassen, deutete er auf das Wappen mit dem Salamander, unter dem zu lesen war: *Laedit, non laeditur.*

Schlagt zu, bevor ihr geschlagen werdet.

Aber da hatte Paolo de' Francis den Audienzsaal bereits verlassen, nur der teuflische Gestank einer bösen Vorahnung war geblieben.

20.

Die ältesten Dokumente der jüdischen Gemeinde Ferraras wurden in einem kleinen fensterlosen Raum aufbewahrt, der zwischen der aschkenasischen Synagoge und dem wesentlich kleineren Oratorium der *Scola Italica* lag. Svampa und Capiferro warteten in einer Ecke des quadratischen Raums, während Pinhas Navarro am Lesepult in einem Pergamentband blätterte.

Natürlich wäre es besser gewesen, wenn sein weit vertrauenswürdigerer Mitbruder das Register durchgesehen hätte, aber da der Großteil auf Hebräisch verfasst worden war, musste Svampa auf die Dienste des alten Rabbiners zurückgreifen.

„Der Sephardi könnte uns das Blaue vom Himmel erzählen, habt Ihr das bedacht?", fragte Capiferro mit leiser Stimme. „Was wissen wir beide schon von den Texten, die er gerade durchblättert?"

Svampa gönnte ihm die Genugtuung nicht, zuzugeben, dass er der gleichen Meinung war, und antwortete: „Wenn Navarro uns auf eine falsche Spur bringen wollte, warum hat er uns dann hierhergebracht?"

„Euer Vertrauen in die Juden ist fast schon ein Sakrileg", brummte Capiferro.

Svampa versagte sich eine Antwort.

Christen oder Juden, für ihn machte das keinen Unterschied. Das waren Äußerlichkeiten, abhängig vom Blickwinkel. Für ihn kam es darauf an, Kurs zu halten, wie ein Navigator auf hoher See. Er würde den Moment des Todes von Cordovero rekonstruieren und sich letztendlich wie immer nur auf die Schlussfolgerungen verlassen, die ihm sein eigener Verstand vorgab. Er würde jedes Wort und jeden Satz analysieren, jede Zeugenaussage, jede Information, woher und von wem auch immer, auseinandernehmen und wieder neu zusammensetzen, bis er den genauen Ablauf des Geschehens kannte.

„Wenn Ihr als Zeichen der Weisheit, derer Ihr Euch rühmt, imstande wärt, hebräische Schrift zu lesen, dann müsste ich mir jetzt nicht Eure Litanei anhören."

„Denkt lieber daran, dass ich Euer Gejammer ertragen muss", spottete Capiferro, „wenn Euch bewusst geworden ist, dass Ihr Eure Zeit damit verschwendet habt, einer Chimäre hinterherzujagen."

„Hier ist es! Ich habe gefunden, was Ihr sucht", meldete sich Pinhas Navarro.

„Seid Ihr sicher?", fragte der Inquisitor.

Der Rabbiner hob den Blick und nickte. „Es handelt sich zweifellos um den Ort, an dem Solomon Cordovero gefunden wurde."

„Und woran könnt Ihr das erkennen?" Capiferro blieb misstrauisch.

„Hier wird von einem Baum gesprochen", antwortete der Sephardi, „dem *einzigen* Baum, den es seit Jahrhunderten auf dem Friedhof von Borgo di Sotto gibt. Und von dem *einzigen* Toten, der zwischen seinen Wurzeln begraben wurde."

Um die Schriftrollen und die Pergamente, die aus den Regalen an der Wand des kleinen Raumes ragten, nicht zu beschädigen, tastete sich Svampa vorsichtig zum Lesepult. „Wird dort auch etwas über seine Identität gesagt?"

Pinhas deutete mit dem Zeigefinger auf einen Absatz in verschnörkelter hebräischer Schrift. „Ein Nachruf."

„Und der Name des Toten? Wie lautet er?"

Der Zeigefinger des Rabbiners verharrte auf einem Wort.

אחידאדא

„Ararita", übersetzte er.

„Ist das wirklich ein Name?", fragte Capiferro zweifelnd. „Ich habe noch nie von einem Juden dieses Namens gehört, das kann ich beschwören."

„Weil es ein sehr alter Name ist", erklärte Pinhas. „Und auch der Todestag liegt weit zurück", er legte den Zeigefinger auf die Zeile darunter. „Ararita ist im ehrwürdigen Alter von 98 Jahren am 27. Adar 5040 gestorben, wie es scheint. Im christlichen Kalender entspricht das dem 7. März 1280."

„Ihr habt etwas ausgelassen", gab Svampa zu bedenken und deutete auf das Wort neben dem Namen.

ונדמ

„Das bedeutet Meister", übersetzte Pinhas. „Ararita war Rabbiner. Wahrscheinlich ein *Zaddik*."

Der Inquisitor erinnerte sich an das Gespräch im Haus des Sephardi. „Dann hätte Solomon Cordovero, selbst ein *Zaddik*, wenn ich mich nicht irre, nach Euren Worten den Schädel dieses Mannes ausgegraben, der seit fast 350 Jahren tot ist, um den Ritus einer ... Niederwerfung durchzuführen?"

„Ja, das nennt man *Hishtathut*."

„Und mit welchem Ziel?"

„Um sich von Araritas Seele durchdringen zu lassen."

„Durchdringen?", fragte Capiferro angewidert.

„Ja, genau wie ein Schwamm, der eine Flüssigkeit aufsaugt", erklärte der Alte. „Um seine Weisheit und seine Erinnerungen in sich aufzunehmen."

„Das ist die absurdeste, unglaubwürdigste Geschichte, die ich jemals gehört habe!" Capiferro warf dem Inquisitor einen finsteren Blick zu, dann wandte er sich wieder an den Rabbiner. „Und warum, um Himmels willen, war Cordovero so dumm zu glauben, dass er die unsterbliche Seele eines Toten in einem stinkenden Loch finden würde?"

„Weil der *Sohar*", antwortete Pinhas Navarro, „lehrt, dass die menschliche Seele in drei Teile gegliedert ist und dass der unterste Teil, die *Nefesch* oder die ‚lebendige Seele', mit den Knochen des Verstorbenen im Grab bleibt."

„Ich wusste es! Jetzt habe ich keinen Zweifel mehr!", ereiferte sich Capiferro. „Offensichtlich ein Fall von Zauberei und Totenbeschwörung!"

„Zäumt das Pferd nicht beim Schwanz auf", warnte Svampa, „wir haben noch keinen Beweis, dass das Motiv für den Mord an Cordovero eine Verbindung mit der von ihm praktizierten blasphemischen Zeremonie hatte."

„Aber nachdem sie nun mal stattgefunden hat, haben wir die heilige Pflicht, der Sache nachzugehen und die Verantwortlichen vor Gericht zu bringen."

„Ich darf Euch daran erinnern, dass der Verantwortliche in diesem Fall bereits tot ist."

„*Einer* davon ist tot", Capiferro fixierte Pinhas Navarro mit tückischem Lächeln, „wir haben noch einen zweiten."

„Bei den Gesetzestafeln!", erwiderte der Rabbi erschrocken. „Was habe ich damit zu tun?"

„Ihr habt gerade zugegeben, dass Ihr von der Gotteslästerung gewusst habt, die Solomon Cordovero praktiziert hat", Capiferro richtete anklagend den Zeigefinger auf den Rabbi. „Eine Zeremonie in unmittelbarer Nähe einer Kirche, eine Verspottung der christlichen Religion! Vielleicht habt Ihr ihn sogar dazu aufgefordert und damit dem Teufel ausgeliefert!" Unvermittelt zog er eine Pistole aus dem Umhang. „Doch darüber sprechen wir später, nachdem Ihr Gast im Gefängnis des Heiligen Gerichts geworden seid, *Magus*!"

21.

„Habt Ihr den Verstand verloren?", rief Svampa.

„Ganz im Gegenteil", entgegnete Capiferro und hielt mit der Pistole den Rabbiner in Schach. „Ich habe noch nie etwas Vernünftigeres getan."

„Ist Euer Denkvermögen derart getrübt?"

„Ich verstehe Euch nicht."

Bevor er darauf einging, musterte der Inquisitor Pinhas Navarros erschrockenes Gesicht. Nicht die Gefühle des Alten machten ihm Sorge, sondern die Unmöglichkeit vorherzusagen, was dieser tun würde, wenn er sich zu etwas Unüberlegtem hinreißen ließe.

„Die von Euch vermutete Totenbeschwörung", wandte er sich an Capiferro, „ist für mich nichts anderes als ein Haufen Aberglaube und Spekulation ohne Bedeutung. Für unsere Ermittlungen sollte sie nur Relevanz haben, weil sie Solomon Cordovero an den Ort geführt hat, an dem er umgebracht wurde."

„Und warum sollte das nicht die Festnahme desjenigen rechtfertigen, der dem Opfer mit großer Wahrscheinlichkeit diesen Irrglauben eingepflanzt hat?", beharrte Capiferro.

Svampa ging vorsichtig auf seinen Mitbruder zu. „Eure Schlussfolgerung basiert auf einer *Dubitatio incerta*, einer nicht bewiesenen Vermutung! Seid Ihr Euch dessen bewusst?"

„*Dubitatio licita*, eine zulässige Vermutung, wollt Ihr wohl sagen!", widersprach Capiferro. „So wie ich es sehe, gibt es gute Gründe, ihn zu verdächtigen!"

„In der Annahme, dass niemand außer ihm den Ritus der Niederwerfung kennt?"

Der selbstsichere Ausdruck auf Capiferros Gesicht verschwand. „Ich …"

„In der weiteren Annahme, dass nur Pinhas Navarro das Konzept der dreigeteilten Seele kennt?" Der Inquisitor ließ nicht locker. „Und dass dieser Mann der Einzige in ganz Ferrara ist, der weiß, was *Nefesch* und *Hishtathut* bedeuten, einhergehend mit dem Irrglauben, dass die Seelen sich gegenseitig durchdringen können?"

„Immerhin …", setzte Capiferro zu einer Erwiderung an.

Svampa nutzte seine kurze Unachtsamkeit und stürmte auf ihn zu, um ihm die Waffe zu entreißen.

„Wagt es nicht!", drohte Capiferro und versuchte sich zu lösen, doch der Inquisitor war größer und stärker als er und riss seinen Arm nach oben, mit dem er die Pistole auf Pinhas gerichtet hatte. Mit einem ohrenbetäubenden Knall löste sich ein Schuss, der in die Decke einschlug.

„Im Namen Jahwes", donnerte eine wütende Stimme.

Svampa und Capiferro drehten sich in Richtung Eingang, Kalkbrocken und Staub regneten auf sie herab. Vor ihnen stand Bonaiuto Alatino.

„Im Namen Jahwes!", wiederholte er und betrat den nach Schießpulver riechenden Raum. „Wie könnt Ihr es wagen, diese heiligen Mauern in solch barbarischer Form zu entweihen?"

„Es war ein Unfall", versuchte Svampa die Wogen zu glätten.

„Aber sicher!", schimpfte das Mitglied des Rabbinischen Gerichts weiter und blitzte Pinhas Navarro an, der zitternd in einer Ecke hockte. „So dankst du mir mein Wohlwollen, Spanier? Indem du zusiehst, wie die heiligen Mauern unserer Synagoge geschändet werden?"

„Ich … ich hätte mir nie vorstellen können", stammelte der Sephardi und richtete einen vorwurfsvollen Blick auf Capiferro, um den wahren Schuldigen anzuprangern. „Ich hätte mir nie vorstellen können, dass dieser Mönch eine Waffe trägt …"

„Das ist die geringste Sünde, der du dich schuldig gemacht hast!", schimpfte Alatino weiter. „Du hast diesen Mönchen von dem Irrglauben deiner spanischen und portugiesischen Brüder erzählt und Fragen beantwortet! Totenbeschwörung! Besessenheit, *Ibbur!* Blasphemie! Heidnischer Aberglaube! Wie konntest du es wagen, über solche Obszönitäten zu sprechen?"

„Bist nicht du es gewesen, der die Angst vor den Emissären des Heiligen Offiziums geschürt hat?", rechtfertigte sich der Sephardi, der sich langsam erhob. „Du, Bonaiuto, der du dich jetzt so überheblich zeigst, hättest du nicht ebenso gehandelt?"

„Wir sind hier nicht vor dem Inquisitionsgericht!", schnitt ihm Bonaiuto Alatino das Wort ab. „Das ist nicht der Ort, an dem die Söhne unseres Volkes befragt und durch einen Diener Gottes mit einer Waffe eingeschüchtert werden sollten. Selbst ein Nichtjude sollte so etwas nicht besitzen!" Er wandte sich an Svampa. „Und nun bitte ich Euch, meine Geduld nicht länger zu strapazieren."

„Schon gut", erwiderte der Inquisitor und streckte die Hand nach dem Lesepult aus. „Aber das hier …", er griff nach dem Totenregister, „nehmen wir mit."

Pinhas Navarro starrte ihn entsetzt an. „Aber wozu … braucht Ihr das? Ich habe Euch doch schon alles übersetzt!"

Girolamo Svampa warf ihm einen noch strafenderen Blick zu als Bonaiuto. „Glaubt Ihr wirklich, dass ich mich auf Euer Wort verlasse?"

22.

Ferrara, Via Ripagrande, Locanda dell'Angelo

Die rothaarige Frau kontrollierte zum zweiten Mal die verschnörkelten Namen und Zahlen in dem aufgeschlagenen Buch, das vor ihr auf dem Tisch lag.

„Seid Ihr sicher, dass dieses Dokument wirklich von dort stammt?", fragte sie mit unverhohlenem Misstrauen.

Der Mann, der vor ihr saß, senkte den Blick und zog die Filzkappe noch tiefer, damit man sein Gesicht nicht erkennen konnte. „Genauso sicher wie darüber, dass ich große Schwierigkeiten bekommen werde, wenn ich es bis morgen Vormittag nicht dorthin zurückbringe."

„So lange werdet Ihr nicht warten müssen", versprach sie und tauchte einen Gänsekiel in ein Tintenfass.

„Ich bin in Eurer Hand."

„Es wäre besser für Euch, wenn dem nicht so wäre."

Den tieferen Sinn dieses Satz konnte der Mann nicht verstehen, er saß mit einem Becher Wein in der Hand vor ihr und wartete, bis sie den Text auf ein leeres Blatt geschrieben hatte.

„Hat es mit dem Dominikanermönch zu tun, der aus Rom gekommen ist?", fragte er beiläufig, als wolle er die Wartezeit überbrücken. „Seid Ihr an Informationen über ihn interessiert?"

Die Frau hob den Blick, ihre smaragdgrünen Augen leuchteten. „Über ihn?", antwortete sie mit unergründlichem Lächeln. „Immer."

23.

Synagoge in der Via dei Sabbioni

„Ihr habt uns wie Idioten dastehen lassen!", schimpfte Capiferro.

„Schweigt", fuhr ihn Svampa an, der kurz davor war, die Geduld zu verlieren.

Die beiden waren noch immer mit Staub und Kalksplittern bedeckt und gingen die Treppe in den Garten hinunter, der verängstigte und schamerfüllte Pinhas folgte ihnen.

Mit der Einsamkeit des Ortes war es vorbei. Im fahlen Nachmittagslicht standen etwa zwanzig Personen in kleinen Gruppen beieinander, ein Murmeln erfüllte die Luft, das beim Anblick der Mönche nach kurzem Erstaunen sofort verstummte.

Der Inquisitor war an solche Reaktionen gewöhnt, setzte seinen Weg die Stufen hinunter unbeeindruckt fort und ging zum Tor, das auf die Straße führte.

Er hatte den Ausgang noch nicht erreicht, als ein junger Mann mit einer Kippa auf dem Kopf auf ihn zukam und vor ihm auf den Boden spuckte.

„Was habt Ihr Nichtjuden in unserem Tempel zu suchen?", fragte er verächtlich. „Verbietet uns der päpstliche Legat jetzt etwa auch, die *Mincha* zu feiern?"

Bruder Girolamo musterte ihn von oben bis unten. „Eure Gebete interessieren mich nicht", sagte er und ließ erkennen, dass er seinen Weg fortsetzen wollte. Aber der junge Mann stieß ihn zurück. „Ihr glaubt wohl, Ihr könnt tun und lassen, was Ihr wollt, oder? Als ob wir Tiere in der Arena wären! Bestien, die Ihr im Zwinger haltet!"

„*Du,* gemeiner Mörder Christi!" Capiferro baute sich vor ihm auf. „Wie kannst du es wagen, deine Hand gegen einen Diener Gottes und der Kirche zu erheben?"

Svampa hielt ihn zurück, um zu verhindern, dass die Situation eskalierte. „Mein Mitbruder und ich sind nicht hierhergekommen, um irgendetwas zu verbieten, sondern um mehr Klarheit in einem Mordfall zu gewinnen, der ein Mitglied Eurer Gemeinde betrifft." Und um seinen Worten mehr Gewicht zu geben, fügte er hinzu: „Es geht um Solomon Cordovero."

„Solomon Cordovero habt *Ihr* doch umgebracht!", war eine Stimme aus dem Hintergrund zu hören.

Der Inquisitor schaute sich suchend um und gewann den Eindruck, dass die Menschenmenge im Garten weiter angewachsen war. „Meister Pinhas", sagte er ungerührt, „fordert diese Leute auf, zur Seite zu gehen."

„Habt Ihr gehört?", rief der junge Mann mit der Kippa angriffslustig. „Der Mönch bittet den Spanier um Hilfe!" In der allgemeinen Unruhe ballte er die Fäuste, um Svampa ein weiteres Mal anzugreifen.

Eine Frau trat vor und baute sich zwischen ihm und dem Inquisitor auf.

„Hast du den Verstand verloren, Daniel?", ermahnte sie ihn. „Willst du den Zorn des Heiligen Offiziums auf uns ziehen?"

„Frau, misch dich nicht ein!", blaffte der junge Mann sie an. „Geh auf die Frauenempore zurück und überlasse es den Männern, zu …"

Bevor er den Satz zu Ende bringen konnte, schlug sie ihm mit der flachen Hand so fest ins Gesicht, dass er ins Schwanken geriet. „Vergiss nicht, mit wem du sprichst, du unverschämter Lümmel!" Nachdem sie sich versichert hatte, ihn zum Schweigen gebracht zu haben, wandte sie sich an Svampa.

„Geht jetzt, niemand wird sich Euch mehr in den Weg stellen."

Anstatt zu antworten, musterte der Inquisitor aufmerksam ihr feines Gesicht unter dem schwarzen Schleier. Kein junges Gesicht, aber energisch und voller Stolz.

„Ich danke Euch", sagte er nur und nickte.

Als er mit Capiferro und Pinhas den Garten verließ, deutete der Rabbi auf die Frau, die sie verteidigt hatte.

„Das ist Dolce Fano", antwortete er auf die unausgesprochene Frage. „Die Witwe des Bankiers Abram de Vita. Einer der wohlhabendsten und mächtigsten Menschen, die ich kenne."

Svampa speicherte diese Information in seinem Gedächtnis und warf einen letzten Blick auf die schwarz gekleidete Jüdin, die gerade dabei war, ihre Hände in den Brunnen aus rosa Marmor zu tauchen, der am Rand des Hofes stand.

Dann drehte er sich zur Straße um und sagte: „Es wird besser sein, wenn wir beide getrennte Wege gehen."

„Seid Ihr wütend auf mich?", fragte Capiferro erschrocken.

Der Inquisitor nickte. „Ja, zumindest was die Ermittlungen betrifft, das ist doch offensichtlich."

„Mit anderen Worten, Ihr wollt mich bestrafen, weil ich Euch widersprochen habe."

„Im Gegenteil, ich biete Euch die Gelegenheit, Eure Gedanken zu klären."

„Meine Gedanken sind kristallklar."

„Dann beweist, dass Ihr recht habt." Svampa händigte ihm das Totenregister aus, das er vor den Augen von Bonaiuto Alatino an sich genommen hatte. „Überprüft, ob Rabbi Pinhas korrekt übersetzt hat, und vor allem, ob er nichts ausgelassen hat, was dort über den *Zaddik* Ararita steht."

„Zweifelt Ihr etwa meine Ehrlichkeit an?", empörte sich der Sephardi.

Capiferro beachtete ihn gar nicht und sagte: „Nicht nur das, ich werde noch mehr tun. Wenn es diesen geheimnisvollen Ararita wirklich gegeben hat, werde ich Informationen über ihn finden."

„Und wo?", wollte der Inquisitor wissen.

Capiferro beschränkte sich auf ein scheinheiliges Lächeln. Dann fragte er: „Und worum kümmert Ihr Euch in der Zwischenzeit?"

Svampa zuckte mit den Schultern. „Ich glaube, die Zeit ist gekommen, um Solomon Cordovero zu exhumieren und herauszufinden, woran er wirklich gestorben ist."

24.

Nach der *Mincha* ging Bonaiuto Alatino im Vorraum der Synagoge auf und ab und warf besorgte Blicke auf den großen Holzbogen vor dem Eingang.

„Du hättest dich nicht einmischen sollen", durchbrach er die Stille.

„Das hätte ich nicht, das stimmt", erwiderte Dolce Fano und richtete sich auf. „Aber du musstest dir ja gerade die Hände waschen und ich war gezwungen, einzugreifen, um unsere Beziehung zu den Mönchen von San Domenico nicht weiter zu vergiften."

„Trotzdem musst du dich bei Daniel entschuldigen", bemerkte Yosef Zalman, der am Gitter der Frauenempore stand und sich nervös über den langen Bart strich. „Du hast ihn vor aller Augen gedemütigt, das ist keine Kleinigkeit."

Mit Ausnahme eines Spatzes auf dem Fenstersims gab es keine Zeugen für dieses Gespräch, deshalb glaubte Dolce die Grenzen der für Frauen gebotenen Zurückhaltung überschreiten und sich frei äußern zu dürfen. Frei wie ein Mann, dem Respekt zu zollen war.

„Du solltest besser still sein, Rabbi Yosef", entgegnete sie furchtlos. „Wenn ich mich nicht irre, warst auch du in der Nähe, hast aber lieber geschwiegen, selbst als der Inquisitor in Gefahr war, verprügelt zu werden."

„Im Gegensatz zu dir sind die Christen mir nicht freundlich gesinnt", gab Zalman mit gespielter Beleidigung zurück. „Ich leihe den Adligen und den Freunden des Kardinallegaten nämlich kein Geld, sondern bin nur ein bescheidener *Maskil*, studiere die

Kabbala und könnte damit leicht den Verdacht des Inquisitionsgerichts auf mich lenken. Deshalb tadelt mich nicht, Frau. Ich habe es vorgezogen, meine Stimme nicht zu erheben, sondern darüber nachzudenken, was mit mir geschehen wäre, wenn die Angelegenheit schlecht ausgegangen wäre."

Die Witwe musterte ihn mitleidig. „Und während du in diesen Gedanken versunken warst, Rabbi Yosef, hast du da auch überlegt, was mit den Bewohnern des Ghettos geschehen wäre, wenn der Inquisitor Verletzungen oder Schlimmeres davongetragen hätte? Wie sie sich gerächt hätten?"

„Muss ich die Vorwürfe dieser Frau noch lange ertragen?", beschwerte sich Zalman bei Bonaiuto. „Als ob ich für die Situation verantwortlich wäre! Ich und nicht dieser schändliche Rabbi Pinhas! Habt Ihr ihn gesehen? Er folgte den beiden Mönchen wie ein junger Hund!"

„Was den Sephardi angeht, Rabbi Yosef, ist mir zu Ohren gekommen, dass du kürzlich mit ihm gesprochen hast", erwiderte Bonaiuto mit kaum verhohlenem Missfallen.

„Das stimmt nicht."

„Du lügst mich an? Einen Richter der Synagoge?"

„Pinhas ist zu mir gekommen, das ist wahr, aber wir haben nicht wirklich miteinander gesprochen. Ich habe mir lediglich seine Fantastereien und Hirngespinste angehört ... und ihn dann fortgeschickt."

„Welche Hirngespinste?"

Dolce verstand das plötzliche Interesse des Richters an dieser Frage nicht und beobachtete, wie dieser entschlossen auf Zalman zuging, der, eingeschüchtert und peinlich berührt, zurückwich und sich an das Gitter drückte.

„Du weißt genau, wie theatralisch er sein kann, dieser alte *Mustarib*", erwiderte der Aschkenasi eingeschüchtert. „Er behauptete, die Stimme Jahwes gehört zu haben, die Wahrheit über den Mord an Solomon Cordovero zu kennen ... diese Art Unfug, verstehst du?"

„Und was ist die Wahrheit, seiner Meinung nach?"

„Interessierst du dich wirklich für die Fantastereien eines Spaniers?"

„Wenn es um die Einmischung des Heiligen Offiziums in unsere Angelegenheiten geht, dann ja", antwortete Bonaiuto mit Nachdruck.

Einen kurzen Moment sah es so aus, als läge dem Aschkenasi ein Fluch auf den Lippen.

„Gut, ich werde dir alles sagen", antwortete er zögerlich und warf Dolce einen misstrauischen Blick zu. „Sobald wir allein sind."

„Nicht zu fassen", protestierte die Frau mit hochrotem Kopf. „Ich habe jedes Recht, es auch zu hören."

„Es ist zu deinem Besten, Frau", versuchte Zalman zu besänftigen. „Glaub mir, es geht um deinen Schutz."

„*Mich* schützen, Rabbi Yosef?", höhnte Dolce. „Solange ich mich zurückerinnern kann, habe ich hier noch nie Schutz benötigt."

„Aber in diesem besonderen Fall", Zalman suchte mit einem Seitenblick Bonaiutos Unterstützung, „geht es um sehr komplexe Zusammenhänge. Um Lehren, die deine sensible Frauenseele verwirren könnten, ganz zu schweigen von …"

„Ich kenne den Talmud gut!", unterbrach ihn Dolce empört. „Mein Vater hat ihn eifrig studiert, hast du das etwa vergessen?"

„Dein Vater war ein Bankier, genau wie dein Mann", entgegnete Zalman, der sich einen Spaß daraus machte, ihren Tonfall zu imitieren. „Sie verstanden etwas von Geld. Und genau dieses Talent hast du von ihnen geerbt."

Um ihren wachsenden Groll zu unterdrücken, wandte sich die Witwe an Bonaiuto, in der Hoffnung, in ihm einen Verbündeten zu finden. Aber zu ihrer Enttäuschung schüttelte er den Kopf.

„Gehorche, Frau", sagte er leise, während die Falten auf seiner Stirn immer tiefer wurden, als wären sie von einem unsichtbaren Skalpell hineingeschnitten worden. „Ich bitte dich."

Dolce Fanos Gesicht lief feuerrot an, ihre Augen glänzten wie Edelsteine; plötzlich wirkte sie zwanzig Jahre jünger. Eine junge

Frau, die gegen ihren Vater rebellierte, eine Seele, die ihr ganzes Leben lang gekämpft hatte, um sie selbst sein zu dürfen. „So sei es!", schloss sie im Ton eines Bankiers bei der Festlegung der Zinsen eines großen Kredits. „Aber bevor ich gehe, hochverehrter Bonaiuto, will ich von dir wissen, was die beiden Mönche in der Synagoge gesucht haben."

Er versuchte seine Ungeduld so gut wie möglich zu verbergen und zwang sich zu einem unbeteiligten Blick. „Ein *Pinqas,* ein antikes Verzeichnis."

„Über was?"

„Was spielt das für eine Rolle?", tat er ihre Frage barsch ab und gab ihr unmissverständlich zu verstehen, dass sie den Raum zu verlassen hatte. „Lass sie weiter im Trüben fischen."

25.

Kloster San Domenico

„Dann wart Ihr ein jüdischer Rabbi?", fragte Capiferro.

Seine Stimme klang nicht überrascht, sein Ton war wie üblich gelassen und etwas mitleidig, als würde er seinem Gegenüber sein Bedauern aussprechen.

Der Dominikaner nickte unterwürfig.

„Und wie lange?"

„Lange genug hierfür", antwortete der Konvertit, während er den Saum der Tunika hob, die klobigen Holzschuhe auszog und ihm seine Füße voller Brandnarben zeigte.

Vom stolzen Alter von achtzig Jahren und zwei ganz unterschiedlichen Leben gezeichnet, die er hinter sich hatte, fristete Giuseppe Zarfati in den Mauern des Klosters San Domenico ein Einsiedlerdasein. Dort tat er sein Leben lang Buße dafür, einmal Jude gewesen zu sein, und bot bei Bedarf seine Kenntnisse der hebräischen Sprache und Schrift an.

Nachdem er einen raschen Blick auf die vernarbten Wunden des Alten geworfen hatte, nahm Capiferro eine Kerze von der Kirschholzbank, die vor ihm stand, und zündete sich damit seine Pfeife an. „Darf ich?", fragte er und blies eine graublaue Rauchwolke in die staubgeschwängerte Luft.

Zarfati zuckte mit den Schultern.

„Zugegeben, die Bereitschaft Eures Priors hat mich sehr gewundert", sprach er weiter und deutete auf die verwitterten Bögen des Skriptoriums, in dem sie saßen. „Ich hätte nicht erwartet, dass er so entgegenkommend sein würde, mir die Unterstützung eines seiner ältesten Mönche anzubieten."

„Bruder Tommaso Mancino ist ein hilfsbereiter Mensch", bestätigte der Konvertit mit einem nervösen Lächeln. „Er hat das, was Paolo de' Francis fehlt."

Obwohl er darüber gerne mehr erfahren hätte, vermied es Capiferro, darauf einzugehen. Die Kirche war voller Schmeichler, die, um sich das Wohlwollen des einen oder anderen Würdenträgers zu sichern, zwischen ihren Worten Köder auslegten, um unliebsame Wahrheiten, Verleumdungen oder scharfe Kritik so schnell wie möglich an die gewünschten Adressaten zu bringen.

Deshalb zwang er sich, seine Abneigung gegen den Generalinquisitor zu verbergen, legte das Totenregister aus der Synagoge in der Via dei Sabbioni auf das Pult und schlug es auf.

„Scheint ziemlich alt zu sein", bemerkte Zarfati.

Capiferro nickte nur. „Ich möchte, dass Ihr mir bestätigt, ob diese Übersetzung korrekt ist", sagte er und deutete auf den von Pinhas Navarro übersetzten Absatz.

Bevor er antwortete, zog der alte Mönch eine halbrunde Berylllinse aus der Tasche und legte sie auf die entsprechende Passage.

„Es handelt sich um einen Nachruf, um einen kurzen Text über einen Gelehrten, der in dieser Stadt am 7. März 1280 gestorben ist."

„Aha!", bemerkte Capiferro, fast ein wenig enttäuscht, dass der Sephardi die Wahrheit gesagt zu haben schien.

„Sein Name", fuhr Zarfati fort, „war …" Er hielt inne.

„Ja?" Capiferro klopfte mit dem Pfeifenstiel auf das Pergament.

„Ararita", verkündete der Konvertit, während er die Stirn runzelte.

„Stimmt etwas nicht?"

„Nichts von Bedeutung. Ich war einen Moment von dem Satz darunter abgelenkt. Hier, seht Ihr?" Er vergrößerte mit seiner Linse eine Zeile des Nachrufs.

„Was könnte das heißen?"

„Der Satz lautet in etwa: ‚Als gnädiges Zugeständnis wurden seine sterblichen Überreste verbrannt.'"

„Das hat Pinhas verschwiegen", murmelte der Sekretär mit verschlagenem Lächeln, überzeugt, endlich einen Trumpf gegen Girolamo Svampa in der Hand zu haben.

Der alte Mönch fuhr mit einer Hand über die Bartstoppeln, die sein halbes Gesicht bedeckten. „Das könnte auf eine Verbrennung auf dem Scheiterhaufen hindeuten. Der Vollzug eines Urteils eines kirchlichen Gerichts …"

„Natürlich! Genau das, was ich erwartet habe", Capiferro nickte und klappte das Register zu.

„Ihr habt das erwartet?"

Capiferro blies eine dicke Rauchwolke aus. „Ein jüdischer Gelehrter, der in einem abgelegenen Grab beerdigt wurde, ein Friedhof voller Teraphim und wer weiß was für Teufelswerk, das muss ein Geisterbeschwörer gewesen sein! Und da es schon damals die Heilige Inquisition gab, hatte ich gehofft, dass er verhaftet und offiziell von kirchlichen Ermittlern verhört wurde."

„Wollt Ihr damit sagen", Zarfati glaubte seinen Ohren nicht zu trauen, „Ihr habt *gehofft*, dass dieser arme Jude Höllenqualen erleiden musste?"

Statt zu antworten, betrachtete Capiferro die sperrigen Truhen, die in den Bogengängen aufgestellt waren. Als er um ein Treffen ersucht hatte, hatte der Prior ihm erklärt, dass dieses Gebäude erst kürzlich dem Kloster angegliedert worden war. Bevor es zum Sitz der Inquisition und dem Heiligen Kreuz geweiht worden war, hatte es den Namen „Crocette" getragen und etwa 200 Jahre lang das *Studium Universitario*, die Universität Ferraras, beherbergt.

„Ich habe mich gefragt", begann er und ließ die Finger knacken wie ein Organist, bevor er sie auf die Tasten seines beeindruckenden Instruments legt, „ich habe mich gefragt, in welchem Teil dieses undurchdringlichen Labyrinths wohl die Gerichtsakten der Inquisitoren Ferraras lagern."

„Nun, das kommt darauf an. Aus welchem Jahr stammt die Information, nach der Ihr sucht?"

„Natürlich aus dem Jahr 1280!", antwortete der Sekretär der Indexkongregation mit einem triumphierenden Lächeln. „Das Jahr, in dem, wenn der Nachruf zutreffend ist, unser Ararita zum Tode verurteilt wurde!"

26.

Via delle Vigne

Die Abenddämmerung legte sich rötlich-violett auf den Hügel mit den Grabsteinen, wie ein Pinselstrich auf ein Bild. Bruder Girolamo hüllte sich fester in seinen schwarzen wollenen Umhang und beobachtete den Mann, der mit einer Holzschaufel das Grab öffnete.

Es hatte nur einer Handvoll Münzen bedurft, um den dunkelhäutigen Mann namens Baruk Hazaq, einen der Verwalter des jüdischen Friedhofs, zu überzeugen, den Leichnam Solomon Cordoveros wieder auszugraben. Und noch leichter war es gewesen, einen Anatomen zu finden, der die sterblichen Überreste heimlich untersuchte. Und doch spürte der Inquisitor kein Bedauern, diese Männer bestochen zu haben. Menschen waren Spielsteine, hatte Monsignore Ridolfi irgendwann zu ihm gesagt, und mit dieser Auffassung war er voll und ganz einverstanden. Auch wenn er, ausgehend von seinem inneren moralischen Kompass, sein Vorgehen mit der Suche nach der Wahrheit rechtfertigte.

„Die Zeit drängt", sagte eine Stimme hinter ihm.

Der Inquisitor wandte sich um und blickte in zwei dunkle Augen, die hinter den Brillengläsern noch größer wirkten.

„Wenn es zur Vesper läutet, müssen ich und Meister Baruk wieder ins Ghetto zurück", fuhr Pinhas Navarro fort.

„Das macht nichts, es gibt bereits jemanden, der mir helfen wird, die Arbeiten zu beenden." Svampa drehte sich zum Eingangstor des Friedhofs um und deutete auf zwei rot gekleidete Geistliche, die am Rand des Feldes warteten.

Sie kamen aus einem der heiligen Giustina geweihten Kloster, nur einen Steinwurf vom jüdischen Friedhof entfernt. Der Inquisitor war daran vorbeigekommen, als er dem Sephardi zum Gottesacker gefolgt war, und hatte sofort erkannt, dass es der ideale Ort war, um den Leichnam heimlich zu untersuchen, weit weg von den neugierigen Blicken Paolo de' Francis' und dem Rabbinischen Gericht. Deshalb hatte er die rot gekleideten Geistlichen gefragt, ob sie zur Mitarbeit bereit wären, und man hatte ihm als Unterstützung die beiden Mönche angeboten. Wieder im Austausch gegen eine geringe Summe.

„Aber", gab Pinhas schüchtern zu bedenken, „waren wir uns nicht einig, dass die Untersuchung des Leichnams in meiner Anwesenheit stattfindet, damit ich mich vergewissern kann, dass er nicht entweiht wird?"

Als wolle er eine Antwort in dem sich ständig ändernden Farbenspiel am Himmel finden, betrachtete Girolamo Svampa die immer dunkler werdenden Schattierungen der Wolken. „In Anbetracht der späten Stunde müsst Ihr Euch wohl auf mein Wort verlassen."

„Rabbi Solomon war ein großer Gelehrter. Versprecht mir wenigstens, dass der Anatom seine Organe nicht mehr beschädigt als nötig", bat ihn der Rabbi.

„Damit Cordoveros Seele, seine *Nefesch*, nicht gestört wird?", stichelte der Inquisitor.

Die Lippen des Juden verzogen sich verärgert. „Auch deshalb, ja."

„Den Zustand des Leichnams und alle Verletzungen zu untersuchen, die zum Tod geführt haben könnten, ist für mich zwingend geboten, um die Umstände seiner Ermordung aufzuklären", versuchte Svampa zu erklären. „Und auch wenn Ihr mich um größtmögliche Vorsicht bittet, kann ich den Ablauf der Untersuchung nicht voraussehen."

„Ich frage mich, ob diese penible Genauigkeit wirklich nötig ist", Navarros Tonfall verriet jetzt offenen Protest, „die Art der

Verletzung deutet darauf hin, dass Cordovero ermordet wurde! Daran gibt es keinen Zweifel! Und das ist meiner Meinung nach das einzig wichtige Detail, das wir zu bedenken haben."

„Ich habe nicht gesagt, dass Ihr unrecht habt", lenkte Svampa ein, „aber bereits ein einzelnes Haar an der falschen Stelle kann in diesem Stadium der Ermittlungen eine entscheidende Wendung bedeuten …", er hielt inne, sich fast sicher, gehört zu haben, dass Baruks Schaufel einen dumpfen Laut verursacht hatte. Er blickte in seine Richtung und wartete darauf, dass dessen mit einer Mütze bedeckter Kopf aus der Grube auftauchte.

„Habt Ihr ihn gefunden?"

Baruk nickte.

„Sehr gut", sagte der Inquisitor leise, während er den Mönchen von Santa Giustina mit einem Blick zu verstehen gab, dass sie den Leichnam nun bergen konnten. Doch dann hielt er einen Moment lang erstaunt inne. Die beiden verabschiedeten sich gerade von einer dunkel gekleideten Gestalt, mit der sie offenbar kurz zuvor gesprochen hatten.

„Wer war das?", fragte Girolamo Svampa, als sie vor ihm standen.

„Ein neugieriger Spaziergänger, der wissen wollte, was wir um diese Uhrzeit am jüdischen Friedhof zu suchen haben", antwortete der eine.

Der Inquisitor blickte die im Dämmerlicht liegende Straße entlang, an der zu beiden Seiten lange Reihen von Hütten standen. In diese Richtung war der Unbekannte verschwunden. Er fragte sich, ob er ihm nachgehen sollte, um herauszufinden, um wen es sich handelte.

Aber es waren nur noch Schatten zu sehen.

„Haltet die Trage bereit", ordnete er an und schaute wieder zu den beiden Geistlichen. „Und eine Decke gegen den Gestank."

27.

Kloster San Domenico

„Rasch, leuchtet hierher!", befahl Capiferro.

Zarfati gehorchte und hielt die fast abgebrannte Kerze vor den Kodex, den der Sekretär in der Hand hielt.

Sie waren die beiden einzigen Menschenseelen in der Crocette di San Domenico, verloren in einem Labyrinth aus Pergament und Tinte, auf der Suche nach einer Beute, die sich seit Stunden vor ihnen verbarg, irgendwo zwischen den Aufzeichnungen von Inquisitoren, die seit drei Jahrhunderten tot waren. Nach Einbruch der Dämmerung war es zwischen diesen Mauern so dunkel, dass die große Öllampe an der Decke nicht ausreichte, um den Raum einigermaßen zu erhellen.

„Schnell, schnell", drängte Capiferro, während er hartnäckig wie ein Spürhund durch die Pergamentseiten blätterte. „Haltet die Flamme näher, bei der Heiligen Jungfrau Maria! Vielleicht haben wir dieses Mal etwas gefunden!"

Der Konvertit war zu erschöpft, um ihm zu widersprechen. Aus seinen Augen sprach eine Mischung aus Bewunderung und Beunruhigung. „Sollten wir nicht schlafen gehen und die Suche morgen fortsetzen?"

„Unsinn!", wies Capiferro den Vorschlag zurück und las laut vor. *„Anno nativitate Domini 1280, mensis martiis …* Hört Ihr das? Es handelt sich um ein Vernehmungsprotokoll des damaligen Inquisitors von Ferrara, ein Dominikaner mit dem Namen Florio da Vicenza."

„Noch eine Vernehmung", seufzte der Konvertit. „Seitdem wir hier sind, habt Ihr mindestens fünfzig Protokolle gelesen …"

„Habt Ihr vielleicht Besseres zu tun?", blaffte Capiferro und las weiter.

„Hört genau zu! Es scheint, dass unser Florio da Vicenza im März 1280 einen Juden aus Ferrara wegen vermeintlicher *Crimen magiae* zum Tod auf dem Scheiterhaufen verurteilt hat." Ungeduldig blätterte er weiter. „Ein *Hebraeus nefandissimus*, steht hier. Ein Meister einer Schwarzen Kunst namens *Goetia,* wobei es sich, wie Ihr wisst, um das Anrufen von Dämonen handelt."

„Das klingt tatsächlich sehr nach dem, was Ihr sucht", räumte Zarfati ein. „Aber … wie können wir uns sicher sein, dass er genau jener Jude ist, der in dem Text erwähnt wird, den ich Euch übersetzt habe?"

Capiferro hob abwehrend die Hand und las weiter. *„Eius nomen celat aenigma,* verkündet der Inquisitor Florio", er strich sich über den Bart. „Im Wesentlichen heißt das, dass der Name dieses jüdischen Geisterbeschwörers ein Geheimnis birgt … ein Geheimnis, über das besagter Florio rein gar nichts schreibt, als ob er Angst hätte oder dessen Bedeutung nicht hätte schriftlich festhalten wollen …"

Er wandte sich wieder dem Text zu. „Aber dieser verfluchte Name *muss* doch irgendwo auftauchen!"

„Kraft juristischer Regeln und gemäß dem gesunden Menschenverstand kann der Inquisitor ihn nicht verschwiegen haben."

„Aber wie bereits gesagt, hier steht er nicht. Der Text endet mit dem Todesurteil und der Liste der Zeugen, die bei der Urteilsverkündung dabei waren, aber die Identität des Verurteilten enthüllt er nicht!"

„Und wenn eine Seite fehlt?"

Capiferro hörte gar nicht hin, sondern starrte auf das Vernehmungsprotokoll, bis er schließlich verwundert aufseufzte.

„Was habt Ihr entdeckt?", drängte Zarfati.

Anstelle einer Antwort deutete Capiferro auf ein Symbol in Form eines stilisierten Kreuzes am Rand des Abschnitts.

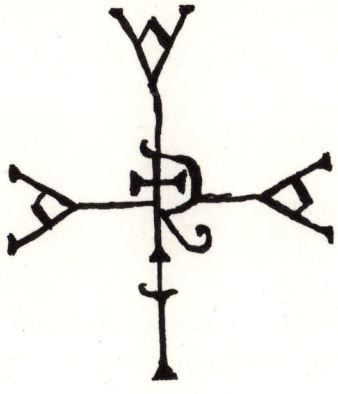

28.

Krypta der Chiesa Santa Giustina

Unter der gewölbten Decke aus grauem Stein ließ das flackernde Licht einer einzigen Kerze die grünliche Färbung des Leichnams aus dem Dunkel hervortreten. Ein nackter alter Mann, die Haare schlammverkrustet, lag rücklings auf einem Katafalk.

Über die Leiche beugte sich ein schwarz gekleideter Mann. Seine Augenbrauen waren leuchtend rot, als wären sie von Rubens gemalt, auf seinem Gesicht lag der wachsame Ausdruck eines Fuchses, der eine zu leichte Beute wittert.

„Ihr garantiert mir, dass die Öffnung dieses Leichnams keine Anklage beim Heiligen Offizium nach sich zieht?"

„Ich habe Euch mein Wort gegeben", bekräftigte Svampa.

Nach kurzem Zögern begann der Mann behutsam, Solomon Cordoveros toten Körper abzutasten. Er ging nicht gerade wie ein Metzger vor, war aber auch kein Chirurg, sondern ein Magister an der Universität Ferrara. Ein *Doctor anatomiae*, der daran gewöhnt war, die Körper von Verstorbenen zu untersuchen, um die Art von Wahrheit zu finden, auf die die Theologie des Heils keinen Wert legte, die aber von der Mutter Kirche toleriert wurde, solange es abseits ihres Blicks geschah.

Svampa stand mit verschränkten Armen etwas abseits und betrachtete die Handbewegungen des Gelehrten, der mit der Genauigkeit eines routinierten Geliebten das Gesicht, den Hals und den Brustkorb des verwesenden Leichnams abtastete, bis er sich an ihn wandte.

„Soweit der Verfallszustand des Gewebes ein Urteil zulässt, sehe ich auf dieser Seite des Körpers keinerlei Verletzung oder Prellung", und ohne eine Reaktion abzuwarten, kniete sich der Anatom auf den Boden, um auch die Rückseite des Leichnams zu begutachten. „Helft mir, ihn umzudrehen."

Bevor der Inquisitor der Bitte nachkam, drehte er sich in Richtung des Eingangs der Krypta, in der Hoffnung, diese lästige Aufgabe einem der beiden rot gewandeten Mönche übertragen zu können, die die Leiche ins Untergeschoss des Klosters getragen hatten. Aber als er dort niemanden sah, war er gezwungen, sich dem Katafalk zu nähern.

„Kommt schon, so schlimm ist der Gestank gar nicht", ermunterte ihn der Anatom mit einem sadistischen Lächeln auf den Lippen.

Aber es war nicht so sehr der Verwesungsgeruch, der Svampa abstieß, sondern die Erkenntnis, dass ihn die Augenhöhlen voller Maden in beeindruckender Weise an Gabriele da Saluzzo erinnerten.

Ist das etwa Eure Art, mich zu verfolgen?, kicherte er in sich hinein.

Dann griff er nach einem Zipfel des Leichentuchs, auf dem der Körper lag, und hob ihn zusammen mit dem Anatomen an, um ihn umzudrehen. Keine leichte Aufgabe, die mehr Aufwand erforderte, als Girolamo sich vorgestellt hatte. Dabei kam er den faulenden Flecken auf dem Brustkorb und den Genitalien näher, als ihm lieb war.

Einen Anfall von Übelkeit unterdrückend, den der Verwesungsgeruch in ihm ausgelöst hatte, verzog sich Svampa so rasch wie möglich in die hinterste Ecke der Krypta, dabei hielt er sich den Ärmel der Kutte vor die Nase. Vor seinen Augen spielte sich eines der grauenerregendsten Schauspiele ab, denen er jemals beigewohnt hatte.

Eine klaffende Wunde auf Solomon Cordoveros Rücken, die vom Nacken bis zum Kreuzbein reichte, wie mit einem Lineal gezogen. Sie erinnerte an einen zu einem obszönen Lächeln geöffneten

Mund, und inmitten dieses Lächelns, gleich einem Rund aus kleinen gelblichen Zähnen, ragten die Rippen heraus.

„Wie es aussieht, hat jemand versucht, ihm die Haut abzuziehen", bemerkte der Anatom. „Ein präziser Schnitt. Trotz der Nekrosen an den Wundrändern lässt das Bild der Wunde den Schluss zu, dass der Schnitt mit einer einzigen, von unten nach oben geführten Bewegung ausgeführt wurde. Etwa so!" Er schloss die rechte Hand um den imaginären Griff eines Messers und simulierte den Tathergang.

„Der Schnitt scheint keine inneren Organe verletzt zu haben", erwiderte der Inquisitor. „Auch wenn er eine schlimme Verletzung darstellt, war er nicht die Todesursache."

„In der Tat. Es muss an anderer Stelle eine weitere Verletzung geben, die zum Tod führte", bestätigte der Mann mit den fuchsroten Augenbrauen, der sich jetzt dem Nacken zuwandte.

„Und wo?"

Der Anatom antwortete nicht, sondern nahm einen Stab aus Elfenbein aus seiner auf einem Hocker offen stehenden Tasche und zog damit die Wundränder am Nacken des Opfers etwas weiter auseinander. „Hier", murmelte er.

„Genauer bitte, erklärt mir, was Ihr seht", forderte Svampa ihn auf.

„Wirklich merkwürdig", bemerkte der Magister.

Bruder Girolamo zwang sich, den Gestank zu ignorieren, und näherte sich dem Katafalk. Er wollte mit eigenen Augen sehen, was der Anatom meinte.

Aber er erkannte nichts außer dem Elfenbeinstab, mit dem der Anatom in einer Wunde herumstocherte, in der es vor weißlichen Maden wimmelte.

„Hier", wiederholte der Mann in Schwarz und lenkte den Blick des Inquisitors auf den Bereich, wo die Halswirbelsäule mit dem Schädel verbunden war. „Genau hier."

Nach einer kurzen Unsicherheit meinte Svampa eine Knochenfraktur zu erkennen. „Das Genick wurde gebrochen?"

Der Anatom schüttelte den Kopf. „Nein, es wurde etwas entfernt. Mit einem Skalpell."

„Einem Skalpell?", wiederholte Svampa.

„Die *wahre* Tatwaffe. Ein Skalpell, das unter dem Nacken eingeführt wurde, um etwas zu entfernen, das durch den Schnitt entlang der Wirbelsäule zum Vorschein gekommen war."

„Wovon genau sprecht Ihr? Könnte es ein Stück Schädelknochen sein?"

„Ein Wirbel", erklärte der Magister und zog die Augenbrauen hoch. „Um genau zu sein: der oberste Halswirbel, jener Teil der Wirbelsäule, der die Aufgabe hat, den Kopf zu halten, so wie Atlas, der das Himmelszelt trägt, wie man früher sagte."

Der Inquisitor konnte sein Erstaunen nicht verbergen. „Aus welchem wahnwitzigen Grund sollte ein Mensch einen anderen töten, um eine solche Trophäe aus seinem Körper zu entnehmen?"

Als würde sich hinter diesen Worten ein Fluch verbergen, entwich dem *Magister anatomiae* plötzlich ein schrecklicher Klagelaut und wie ein Schlauch, aus dem die Luft entweicht, sank er über Cordoveros Körper zusammen. Hinter ihm musste jemand stehen.

Doch bevor Girolamo Svampa etwas erkennen konnte, erlosch die Kerzenflamme. Das Zischen einer Klinge durchschnitt den dunklen Raum.

29.

„Bemerkenswert!", stellte Capiferro fest, während er das Symbol am Rand des Protokolls betrachtete. „Auf den ersten Blick wirkt es wie eine geometrische Figur, aber mir kommt es wie ein *Nomen crucifixum* vor."

Zarfati, der hinter ihm stand, reagierte erstaunt: „Diesen Begriff habe ich noch nie gehört."

„Weil ich ihn gerade geprägt habe", erklärte der Sekretär voll Stolz.

„Und was soll das bedeuten?"

Anstatt zu antworten, entfernte sich Capiferro vom *Armarium* des Archivs und legte den Pergamentkodex auf ein Schreibpult direkt unter der Deckenlampe. „Habt Ihr jemals ein Kanzleidokument aus dem Mittelalter zu Gesicht bekommen?"

„Äußerst selten, um ehrlich zu sein."

„Demnach kennt Ihr die Monogramme nicht, mit denen Karl der Große, Berengar I. und Friedrich II. ihre Dokumente unterzeichnet haben?"

„Monogramme?", wiederholte der Konvertit in einem Ton, als hätte er einen bitteren Geschmack im Mund. „Meint Ihr vielleicht die Abkürzung der Namen in Zeichen, wie bei Christus? Das *Chrismon*, aus den beiden übereinander geschriebenen griechischen Buchstaben X und P?"

Der Sekretär nickte. „Auch Albrecht Dürer hatte eines, bestehend aus einem A und einem D, um seine Drucke zu signieren. Aber es gibt auch kompliziertere Beispiele, wie dieses hier." Er deutete auf das Zeichen in Kreuzform am Rand des Textes. „Nun, ich glaube, dass *dieses* Zeichen eine ähnliche Bedeutung hat."

„Und was hat es dann mit der Bezeichnung *Nomen crucifixum* auf sich?"

Capiferro zuckte mit den Schultern. „Betrachtet es als meinen persönlichen Vorschlag, ein Monogramm in Kreuzform zu beschreiben."

„Ihr verwirrt die Menschen gerne, oder? Hat Euch das schon einmal jemand gesagt?"

„Mein Mitbruder ist noch schlimmer", versicherte Capiferro und widmete sich wieder dem kleinen, rätselhaften Symbol.

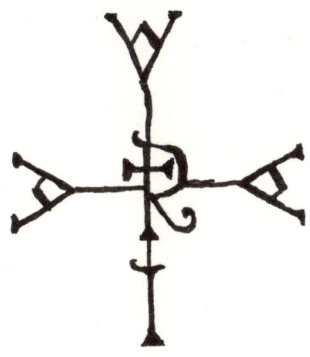

„Wenn Ihr die Mitte anschaut", sagte er nach kurzem Nachdenken, „könnt Ihr ein übereinandergelegtes R und ein T erkennen." Dann deutete er auf die Ränder. „Hier hingegen tauchen drei A auf, eines auf den Kopf gestellt und zwei auf die Seite gelegt, während wir ganz unten ein I erkennen."

„Das stimmt", bestätigte der alte Mönch.

„Der Inquisitor Florio da Vicenza muss sich amüsiert haben, als er diesen *Codex figuratum* geschaffen hat."

„Meint Ihr? Ich frage mich vielmehr, warum er sich darüber so viele Gedanken gemacht hat!"

„Das werden wir verstehen, wenn wir das Rätsel gelöst haben", entgegnete Capiferro und murmelte dann: „*Itra … Atra … Tira … Atira …*"

„Was macht Ihr?"

„Ich kombiniere die Buchstaben, um ihre verborgene Bedeutung herauszufinden", antwortete Capiferro und fuhr über das Schreibpult gebeugt fort: *„Arari … Arirat … Ararat …"*

„Das ist doch Zeitverschwendung", brummelte der Konvertit, während er sein Missfallen hinter einem Gähnen verbarg. „Wenn Ihr tatsächlich weiter die Akten untersuchen wollt, dann macht besser weiter! Offensichtlich enthält dieses Protokoll nicht die Informationen, nach denen Ihr sucht und …"

Capiferro schlug mit der flachen Hand auf das Pult.

„Und?" Zarfati zuckte zusammen.

Als habe er die Anwesenheit des Alten vergessen, ging Capiferro um das Schreibpult herum. „Aber natürlich!", sagte er mit triumphierendem Lächeln, als hätte er gerade eine prall gefüllte Schatztruhe geöffnet. „Aber natürlich!"

„Wovon sprecht Ihr?", fragte Zarfati, der immer verwirrter schien.

„Er ist es! Wir haben ihn gefunden."

„Wer, er?"

„Habt Ihr es immer noch nicht begriffen?", antwortete er knapp. „Ararita! Der *Nomen crucifixum* lautet Ararita!"

30.

Einen kurzen Augenblick lang hatte Svampa das Gefühl, sein Leben ausgehaucht zu haben.

Ein dunkel gekleideter Mann, vielleicht mit einem Messer bewaffnet. Mehr hatte er nicht sehen können, bevor die Kerze erloschen war, und jetzt herrschte in diesem Raum, der intensiv nach Tod roch, vollkommene Dunkelheit. Er hielt sich dicht an die Wand gedrückt und versuchte die Bewegungen des Angreifers zu erahnen.

„Wer seid Ihr? Was wollt Ihr?", rief er, bedauerte es aber sofort. Wer auch immer der Mann war, der den Raum betreten hatte, er sah ebenso wenig wie er. Folglich zwang er sich zu schweigen und versuchte sich die Dimensionen des Raums ins Gedächtnis zu rufen. Er bewegte sich in die Richtung, wo er den Ausgang vermutete. Doch nach wenigen Schritten spürte er den Luftzug einer Klinge, die dicht an seinem Gesicht vorbeifuhr, sodass er sich rasch über den Katafalk beugte.

Ein dumpfes Geräusch war zu hören, dann schlurfende Schritte und die Klinge rauschte über seinen Kopf hinweg.

In diesen kaum hörbaren Angriffen lag etwas Übernatürliches, als ob der unsichtbare Gegner kein Wesen aus Fleisch und Blut wäre, sondern ein Geist. Ein Kaliban, der aus dem Schatten geboren und es gewohnt war, im Stillen vorzugehen.

Der Inquisitor schob diese Gedanken beiseite und versuchte erneut den Ausgang zu erreichen, aber da er rein gar nichts erkennen konnte, prallte er gegen einen Türpfosten. Der Angreifer nutzte die Gelegenheit, die Klinge streifte Svampa am rechten Arm. Ein Fehler, den der Inquisitor ausglich, indem er auf gut Glück zurückschlug und dem Unbekannten einen Treffer an der Schulter verpasste. Dann tastete er sich weiter und gelangte in den Nebenraum, eine Krypta, in die durch das Gitterfenster auf der Straßenseite fahles Licht fiel.

Er suchte hinter einer Säule Schutz und versuchte wieder zu Atem zu kommen, ohne jedoch den Durchgang, den er gerade passiert hatte, aus den Augen zu verlieren. Dort tauchte er auf, ein hochgewachsener Mann, in einen Umhang gehüllt, der ein Priestergewand zu sein schien. Sein Angreifer kam mit vor der Brust verschränkten Armen auf ihn zu. In der rechten Hand hielt er ein langes Messer, den Kopf hatte er zur Seite geneigt, als wäre er in eine Art diabolisches Nachdenken versunken.

Aber was den Inquisitor am meisten beeindruckte, war seine Art, sich fortzubewegen. Fast schwerelos, langsam und gleichmäßig, beinahe schwebend, man hatte den Eindruck, er berühre den Boden nicht.

Mit der gleichen Leichtigkeit drehte er jetzt den Kopf zur anderen Seite und dann nach oben, wie ein Wolf, der den Geruch der Beute wittert.

Sollte er fliehen oder sich dem geheimnisvollen Unbekannten stellen? Bevor Svampa eine Entscheidung treffen konnte, bemerkte er gerade noch rechtzeitig, dass sein Gegenüber die Klinge gehoben und in seine Richtung gestoßen hatte.

Die Säule rettete ihn.

Doch nur kurz, er musste zurückweichen, um einer weiteren Attacke zuvorzukommen, dabei stolperte er über eine Treppenstufe, die im Halbdunkel lag, und fiel auf die Knie, er hob die Arme, um sich gegen die Klinge zu schützen.

Er stellte sich vor, wie das Messer in ihn eindrang, als ein Schuss durch die Krypta hallte.

„Für die Höllenhunde!", war eine Stimme zu hören.

„Habt Ihr ihn getroffen?", fragte eine andere.

Svampa verstand nicht, was vor sich ging. Was war mit seinem Angreifer geschehen?

Als er niemanden vor sich sah, richtete er seine Aufmerksamkeit auf die Schießpulverwolke vor ihm, die in Richtung der Gewölbedecke zog und sich dort auflöste. Und nach einem kurzen Moment der Unsicherheit erkannte er die Umrisse zweier Personen. Ein Mann und eine Frau.

31.

„Was macht *Ihr* denn hier?", rief Svampa und erhob sich. Sein Unbehagen wuchs.

„Mein Herz hätte auf ein wenig mehr Dankbarkeit gehofft", erwiderte die Frau und schob sich eine rote Locke aus der Stirn.

„Immerhin haben wir ihm gerade das Leben gerettet", bekräftigte ihr Begleiter.

Der Inquisitor konzentrierte seine Aufmerksamkeit auf den Mann, um sich zu vergewissern, ob er das bärtige Gesicht, das unter einem schmutzigen Hut mit breiter Krempe versteckt war, auch wirklich erkannt hatte. „*Du* solltest in Mailand bei deiner Tochter sein!"

Cagnolo steckte die Pistole in den Ledergürtel zurück, den er um die Taille geschnallt hatte.

„Meiner geliebten Matilda geht es gut. Sie steht unter dem persönlichen Schutz von Kardinal Borromeo, seine Fürsorge ging so weit, dass er schon anfing, mir auf die Nerven zu gehen, um ehrlich zu sein."

„Wie dem auch sei", antwortete Bruder Girolamo. „Ich habe dir befohlen, dort zu bleiben, bis ich weitere Anweisungen erteile."

„Oh, aber dieses Mal waren es Anweisungen von jemand anderem", kicherte Cagnolo und warf einen vielsagenden Blick auf die Frau an seiner Seite.

„Um der Wahrheit die Ehre zu geben", stellte Margherita Basile klar, „folgen wir beide den Anweisungen eines anderen." Dann legte sie in einem spontanen Anflug von Besorgnis die Hände auf Svampas Arm: „Aber Girolamo … Ihr seid ja verletzt!"

„Nichts Ernsthaftes", er wich zur Seite, während sein Blick sich in der Dunkelheit der Krypta verlor. Er hatte sich von dem Schock, dem Tod ins Auge gesehen zu haben, noch nicht ganz erholt, als ihn schon eine Welle der Verlegenheit überrollte.

Sie war hier, stand direkt vor ihm, unerwartet, wie in seinen Träumen … oder Albträumen!

„Wer war der Mann, der Euch nach dem Leben getrachtet hat?", riss ihn Cagnolo aus seinen Gedanken.

„Wenn du besser gezielt hättest, müssten wir uns diese Frage jetzt nicht stellen", erwiderte der Inquisitor bissig.

„Ich hatte Angst, Euch zu treffen", rechtfertigte sich der treue Gefährte.

Aber Svampa war bereits wieder in Gedanken versunken und trat in die Mitte der Krypta. Wie konnte es sein, dass der Angreifer so schnell verschwunden war und dabei keinerlei Spuren hinterlassen hatte, fast wie ein Geist? „Habt Ihr ihn nicht flüchten sehen?", fragte er und versuchte seine Gefühle zu verbergen.

Margherita zuckte mit den Schultern. „Das Schießpulver hat uns für einen Moment blind gemacht."

„Aber Ihr seid doch die Treppe heruntergelaufen", insistierte Svampa und deutete auf die einzige Verbindung nach oben. „Habt Ihr nicht wenigstens gehört, wie er an Euch vorbeistürmte?"

„Nein, das kann ich Euch versichern", erwiderte die Frau und wandte sich hilfesuchend an Cagnolo, der stirnrunzelnd sagte: „Vielleicht gibt es noch einen anderen Ausgang."

Um weitere Diskussionen zu vermeiden, ging Svampa nicht darauf ein. Der geheimnisvolle Mann mit dem Messer war genau so verschwunden, wie er aufgetaucht war: aus dem Nichts und geräuschlos. Ob es einen Geheimgang in die Krypta gab? Aber das war nur eines von vielen Rätseln, auf die der Inquisitor im Augenblick keine Lösung fand.

Entschlossen, wenigstens jenes Rätsel zu lösen, das er gerade vor sich hatte, wandte er sich an Margherita. „Wer hat Euch angewiesen, mir nachzuspionieren?"

„Niemand", antwortete Margherita mit einem listigen Lächeln auf den Lippen.

„Aber Ihr habt gerade gesagt …"

„Ich bin nicht in Ferrara, um Euch zu unterstützen, sondern wegen einer anderen Ermittlung. Aber Ihr könnt Euch glücklich schätzen, dass ich Mittel und Wege gefunden habe, Euch aus dieser misslichen Lage zu retten."

„Das verstehe ich nicht", erwiderte Girolamo Svampa und schüttelte den Kopf, immer noch wie betäubt von der Tatsache, vor der Frau zu stehen, die in den vergangenen Jahren sein Leben durcheinandergewirbelt und seinen Widerstand ins Wanken gebracht hatte. „Wenn es nicht um mich geht, was hat Euch dann hierhergeführt?"

Bevor Margherita antworten konnte, waren von oben schwere Schritte zu hören.

„Teufel noch eins!", fluchte eine Stimme, während das flackernde Licht einer Flamme die Dunkelheit erhellte.

„Das war ein Schuss! Ein verdammter Schuss!"

Einen Augenblick später betrat Ottavio Sacripante die Krypta, eine Fackel in der Hand und zwei Soldaten im Schlepptau.

„Wusste ich es doch!", knurrte er und blickte zu Girolamo Svampa. „Ich wusste, dass es mit Euch zu tun hat!"

Der Inquisitor reckte lediglich stolz das Kinn. Der Bargello gab den Soldaten den Befehl, die Umgebung zu untersuchen, und ließ seiner Wut freien Lauf. „Und diese beiden?" Er richtete den Schein der Fackel auf Cagnolo und Margherita. „Wer, um Himmels willen, ist denn das?"

Statt einer Antwort zog Margherita Basile einen Brief aus ihrem Ausschnitt und deutete mit einem engelsgleichen Lächeln auf das kleine Siegel, mit dem er verschlossen war.

Das reichte, denn Sacripante wich zurück, als hätte er den Teufel persönlich gesehen.

Die Frau steckte das kostbare Dokument in eine Tasche und nickte Cagnolo zu. Nebeneinander gingen sie in Richtung Treppe.

„Ich vertraue darauf, Euch bald wiederzusehen, Girolamo", verabschiedete sie sich und stieg die Stufen hinauf, ruhig und gelassen, als würde sie ins Theater gehen. „Und wenn Euch danach ist, findet Ihr mich in der *Locanda dell'Angelo*."

Der Inquisitor, der mitnichten vorhatte, sie ohne weitere Erklärungen gehen zu lassen, wollte ihr gerade folgen, als ein Schreckensschrei durch die Krypta hallte.

„Was zum Teufel ist denn jetzt wieder los?", wollte der Bargello wissen.

Ein Soldat kam mit schreckensgeweiteten Augen aus dem Raum mit dem Katafalk gestürzt. „Mein Herr, kommt schnell. Das müsst Ihr mit eigenen Augen sehen!"

„Ganz sicher werde ich das, genau deshalb hat mich der Kardinallegat hierhergeschickt", grinste Sacripante und packte den Inquisitor am Handgelenk.

32.

Ferrara, Schloss

Während er in einen Speisesaal geführt wurde, der von einem großen Leuchter in Form eines Wagenrads erhellt wurde, gelang es Girolamo Svampa beim Anblick von Francesco Cennini de' Salamandri nicht, eine Mischung aus Beschämung und Abscheu zu unterdrücken.

Der Kardinal saß an der kurzen Seite eines üppig gedeckten Tisches, sein Mund triefte vor Soße und er schaufelte das Essen in sich hinein, doch sein Gesichtsausdruck verriet, dass er mit dem Koch nicht zufrieden war.

Der Inquisitor versuchte seinen Ekel vor dem Schmatzen, den Resten auf dem Teller und dem durchdringenden Knoblauchgeruch zu unterdrücken, befreite sich aus dem Griff des Soldaten, der ihn hergebracht hatte, und trat entschlossenen Schrittes in die Mitte des Raumes.

„Möchtet Ihr kosten?", fragte der Kardinal und hielt ihm einen gebratenen Rebhuhnschenkel hin.

„Ich bin keiner Eurer Hunde", gab der Inquisitor zurück, immer noch außer sich, dass er festgenommen worden und Margherita ihm entwischt war.

Piccarda saß hoch aufgerichtet und stolz zur Rechten des Prälaten, als wäre sie seine junge Gemahlin, und lachte amüsiert auf.

Girolamo Svampa würdigte sie keines Blickes.

„Was auch immer der Grund ist, weshalb mich die Soldaten hierhergeschleppt haben", beschwerte er sich, „ich halte es weder für den richtigen Ort noch für die richtige Zeit, um darüber zu sprechen."

Er drehte sich um und wollte gehen.

„Ganz im Gegenteil, Ihr werdet Euch den Grund *jetzt* anhören!", donnerte Salamandri und gab dem Soldaten ein Zeichen, dem Inquisitor den Weg zu versperren.

Svampa hielt den Blick weiter in Richtung Ausgang gerichtet und erwiderte in abfälligem Ton: „In diesem Fall wischt Euch das Kinn sauber, Eure Eminenz. Ich toleriere es nicht, dass man mit einem von welcher Speise auch immer verklebten Gesicht mit mir spricht."

„Aber die Beschnittenen toleriert Ihr", antwortete Salamandri in ätzendem Ton, während er sich eine an den Rändern bestickte Serviette vor den Mund hielt. „Sogar über alle Maßen."

„Drückt Euch klarer aus", forderte Girolamo.

„Seit Eurer Ankunft in Ferrara habt Ihr mehr Zeit im Ghetto verbracht als an irgendeinem anderen Ort."

„Da meine Anwesenheit in dieser Stadt mit dem Mord an einem Juden zu tun hat, halte ich mein Verhalten für mehr als gerechtfertigt."

„Betrifft das auch die Schändung von Leichen?", verschärfte der Kardinal den Ton. „Ist auch dieses frevelhafte Vorgehen Eurer Meinung nach gerechtfertigt?"

„Angesichts der Beweise, die ich dank dieser Untersuchung in Händen halte …", begann Svampa zu erklären.

Salamandri donnerte mit der Faust so kräftig auf die Tischplatte, dass das Geschirr schwankte. „Ein ermordeter *Magister anatomiae*! Ein geschätztes Mitglied der Universität von hinten auf barbarischste Weise erstochen, während er den Leichnam eines Juden untersuchte, den man auf Euer Ersuchen hin auf einem Friedhof ausgegraben hat!"

Der Inquisitor zuckte mit den Schultern. „Es handelt sich dabei um einen jener bedauernswerten Vorfälle, die nun mal während der Untersuchung eines Verbrechens vorkommen können."

„Ein bedauernswerter Vorfall?", wiederholte der Prälat mit zornesrotem Gesicht. „So bezeichnet Ihr den Mord an einem armen Christenmenschen?"

„Ich bin ebenso erschüttert wie Ihr", pflichtete ihm Girolamo heuchlerisch bei. „Aber wenn ich in Gedanken die Tatsachen und die Umstände noch einmal nachverfolge, die mich veranlasst haben, den Rat dieses *Magister anatomiae* zu suchen, kann ich Euch versichern, dass ich nicht das geringste Risiko gesehen habe." Er schloss die Augen und beschwor die Szenerie noch einmal herauf. „Das Ganze sollte in einem abgelegenen Raum vonstattengehen, eine Überprüfung der Umstände, unter denen Solomon Cordovero zu Tode gekommen ist ... doch plötzlich und unvermutet tauchte ein Meuchelmörder in der Krypta auf."

„Habt Ihr diesem Meuchelmörder wenigstens ins Gesicht gesehen?", wollte Salamandri wissen. „Würdet Ihr ihn wiedererkennen, wenn er noch einmal vor Euch stünde?"

Der Inquisitor schüttelte den Kopf. „Es war dunkel, das Ganze ging viel zu schnell. Und es hätte nicht viel gefehlt und ich hätte das Nachsehen gehabt."

„Wenn Sacripante nicht eingegriffen hätte, wäre dies wahrscheinlich genau so geschehen."

Svampa unterdrückte seine Verwunderung.

Anscheinend hatte der Bargello die Anwesenheit von Margherita Basile und Cagnolo verschwiegen. Ein Umstand, der ihn über den Inhalt des Briefes nachdenken ließ, dem es Margherita zu verdanken hatte, den Ort des Angriffs ohne weitere Schwierigkeiten verlassen zu können. Von wem konnte er stammen? Wer verfügte über eine solche Autorität?, fragte er sich.

„Apropos Sacripante, konnten seine Männer herausfinden, in welche Richtung der Mörder verschwunden ist?"

Der Prälat wechselte einen Blick mit Piccarda, die dem Gespräch scheinbar unbeteiligt folgte. „Die Krypta von Santa Giustina ist sehr alt, es scheint mehrere Fluchtwege für all diejenigen zu geben, die sich durch den Keller davonstehlen wollen."

„Mit anderen Worten, sie haben nichts gefunden", resümierte Svampa, dann spürte er eine Hand auf seinem verletzten Arm.

„Andere hatten bei ihrer Suche mehr Glück!", hörte er eine atemlose Stimme hinter sich.

Girolamo Svampa fuhr herum und blickte in Capiferros hochzufriedenes Gesicht.

Der Sekretär der Indexkongregation hielt ihm ein Bündel Pergament entgegen. „Nun? Seid Ihr nicht neugierig, was ich entdeckt habe?"

33.

Ohne sich um das Chaos auf dem Tisch zu kümmern, breitete Capiferro die verstaubten Pergamente aus.

„Ist das nötig?", protestierte Salamandri, während Piccarda ungerührt an einem Rebhuhnflügel knabberte.

Als ob er mit Svampa allein im Raum wäre, schlug der Sekretär den umfangreichsten der Kodizes auf und deutete auf ein Kreuzsymbol am Rand einer Seite. „Lest das", drängte er, „sagt Euch das etwas?"

Nachdem er einen Blick in das aufgeregte Gesicht seines Gefährten geworfen hatte, konzentrierte sich der Inquisitor auf das kleine Zeichen. „Es könnte ein Monogramm sein."

„Stimmt, und zwar ein *Nomen crucifixum*."

„Und was könnte es bedeuten?"

„Ararita."

Svampa konnte sich eines Schauderns nicht erwehren. „Mit anderen Worten", flüsterte er, „es ist Euch gelungen, etwas über das Grab herauszufinden, das Cordovero aufgesucht hat, bevor er ermordet wurde."

Capiferro nickte entschieden.

„In diesem Fall", fuhr der Inquisitor mit einem argwöhnischen Blick auf den Kardinallegaten fort, „wäre es angezeigt, unter vier Augen in unserer Unterkunft weiterzusprechen …"

Der Sekretär räusperte sich, wie um etwas Besonderes anzukündigen. „Der jüdische Geisterbeschwörer Ararita", sein rechter Zeigefinger fuhr unter der Textzeile entlang, „wurde Anno Domini 1280 vom damaligen Generalinquisitor Ferraras, Florio da Vicenza, zum Tode verurteilt." Er legte eine Hand auf den Text. „Das ist das Protokoll über das Urteil des damaligen Kirchengerichts, zusammen mit den Anklagepunkten und den Namen der Zeugen, die bei der Verlesung des Urteils anwesend waren."

„Aber was hat das alles zu bedeuten?", stammelte Salamandri verwirrt.

„Das bedeutet ... wenn dieser Esel von Paolo de' Francis statt Bücher zu verbrennen einen Blick in diese Dokumente aus dem Archiv geworfen hätte, wäre der Fall längst gelöst worden!"

„Zäumen wir das Pferd nicht von hinten auf", unterbrach ihn Bruder Girolamo. „Ihr habt die Ermittlungen auf brillante Weise vorangebracht, das muss ich zugestehen, aber allein deswegen eine Verbindung zwischen Ararita und dem Mord an Cordovero ..."

„Auf alle Fälle ist es eine erste Spur", unterbrach Capiferro und bevor sein Mitbruder widersprechen konnte, zog er ein weiteres Dokument aus dem Bündel, das bereits Schimmelflecken aufwies und von dem eine kleine Spinne herunterkrabbelte, die sich zum Entsetzen Piccardas in die Mitte des Tisches flüchtete.

„Das Protokoll des Prozesses sagt nicht alles", erklärte er und schlug es vorsichtig auf. „Florio da Vicenza hat es vorgezogen, gewisse Einzelheiten in diesem Memorandum festzuhalten, eine eher persönliche Stellungnahme, als ob er es für zu gefährlich gehalten hätte, sie im offiziellen Bericht zu erwähnen."

„Eine eher ungewöhnliche Praxis", meinte der Kardinal, der sich offensichtlich bemühte, den Sinn dieses Gesprächs zu erfassen. „Selbst für die weit zurückliegende Zeit, von der Ihr sprecht."

Capiferro reagierte nicht und lenkte Svampas Interesse auf eine Textpassage am unteren Rand der Seite. „Wie es scheint, fürchtete Florio da Vicenza Ararita so sehr, dass er es vorzog, seinen Namen in Form eines Monogramms zu schreiben, als ob er damit die bösen Mächte bannen könnte. Und doch lässt sich an diesem Punkt des Textes ...", voller Begeisterung las er weiter, „unser guter Florio zu einer Offenbarung hinreißen! Nicht über die Bedeutung des Namens des *Magus* Ararita, das ist klar, aber über das

Hauptmotiv, weshalb der Jude vom Kirchengericht verurteilt worden ist."

Svampa beugte sich über das Dokument. „Hier ist von einem Edelstein die Rede ...", sagte er, während er den lateinischen Text in verschnörkelter Handschrift entzifferte. „Wie es scheint, ist Ararita als Geisterbeschwörer angeklagt worden, weil er im Besitz eines *Lapis diabolicus* war, eines Edelsteins mit diabolischen Kräften, dessen Name hier auch erwähnt wird ..."

„Der berühmte *Sapphirus iestrigalis*", bestätigte Capiferro und nickte.

„Davon habe ich noch nie gehört", gab Salamandri zu.

„Weil der Stein ein weiteres Geheimnis von Florio da Vicenza war, ein Geheimnis, das ich nur mithilfe von Pater Giuseppe Zarfati lösen konnte."

„Wer ist das?", wollte Svampa wissen.

„Ein ehemaliger Rabbiner mit Brandwunden an den Füßen", antwortete sein Mitbruder, um dann mit bedeutungsschwangerer Stimme zu wiederholen: *„Sapphirus iestrigalis."*

„Der Hexensaphir?", fragte Piccarda mit unschuldigem Augenaufschlag.

Der Sekretär schüttelte den Kopf. „Florio da Vicenza trieb ein hintersinniges Spiel mit Assonanzen, um etwas anderes auszudrücken als das, was er niedergeschrieben hatte, was aber genauso klingt, wenn man es laut ausspricht. Damit es nur von denjenigen verstanden werden konnte, die mit den Fallstricken des Themas vertraut waren."

„Ein vorsichtiger Mann", bemerkte Girolamo Svampa.

„In Wahrheit hatte er panische Angst", entgegnete Capiferro. „Und in Kürze werdet Ihr auch wissen, warum."

„Nun denn, wir hängen an Euren Lippen", drängte der Kardinallegat.

Doch bevor er dem Drängen nachgab, holte der Sekretär eine dünne Pergamentrolle aus der Tasche, entrollte sie und erklärte mit einer gewissen Verlegenheit: „Das sind die Notizen, die der gute Zarfati gemacht hat, die Sprache der Juden beherrsche ich nicht." Dann begann er vorzulesen. „*Sapphirus* bezieht sich mit großer Wahrscheinlichkeit auf das hebräische Wort *Sefer*", er hielt kurz inne. „*Iestrigalis* dagegen ist ein Bezug auf *Jetzira*."

„Daraus werde ich nicht recht schlau", seufzte Salamandri.

„*Sefer Jetzira* ist der Titel eines seltenen Zauberbuchs, das heißt, eine Abhandlung über die Schwarze Kunst, die man auch *Das Buch der Formung* nennt."

Schließlich fügte er, mit einem finsteren Seitenblick auf Svampa, hinzu: „Ein Werk, das die gelehrtesten und gefährlichsten Kabbalisten benutzt haben, um toter Materie Leben einzupflanzen."

„Aber das ist Gotteslästerung!" Der Kardinal wurde nervös. „Nur Gott ist der Schöpfer allen Lebens!"

„Hier geht es nicht um Schöpfung, sondern um *Formung*", stellte der Sekretär klar und wollte gerade weitere Erklärungen geben, als ein Soldat in den Speisesaal stürmte, blankes Entsetzen in den Augen.

„Was zum Teufel ist passiert?" Salamandri sprang auf.

Der Soldat musste gerannt sein, so schnell er konnte, das verriet sein hochrotes Gesicht. Er atmete ein paar Mal tief durch und presste dann heraus: „Sie haben einen weiteren ..."

„Was faselst du denn da", drängte der Prälat. „Raus mit der Sprache, verdammt! Sag, was du zu sagen hast!"

„Eine Leiche. Noch ein ermordeter Jude."

Teil drei

Conceptio mortis
Met

34.

*Synagoge in der Via dei Sabbioni,
27. Oktober, Morgengrauen*

Der Körper lag am Rand des Hofes, der rechte Arm lehnte auf der Kante des roten Marmorbrunnens, der Kopf war auf eine Schulter gekippt. Man hätte ihn für einen Schlafenden halten können, wäre da nicht die vertikale klaffende Wunde vom Brustkorb bis zum Becken gewesen, die sich wie ein mandelförmiges Auge über dem Gewirr der Eingeweide öffnete.

Svampa erinnerte dieses Szenario an eine Abbildung in einem Buch von Berengario da Carpi, *Isagogae breves*, wo mit der gleichen nüchternen Deutlichkeit die inneren Organe einer Frau dargestellt worden waren.

In diesem Fall jedoch handelte es sich um einen Mann.

Geleitet vom flackernden Licht der Fackeln, die das fahle Morgenlicht durchbrachen, schritt der Inquisitor durch die Menschenmenge, die sich rund um den makabren Ort des Geschehens versammelt hatte, um sich Bonaiuto Alatinos sterbliche Überreste näher anzusehen.

„Vorsicht", sagte Capiferro hinter ihm, der aufmerksam jeden einzelnen Anwesenden im Hof musterte.

Svampa nickte nur.

Es war nicht leicht gewesen, die Erlaubnis zu bekommen, das Ghetto zu dieser frühen Stunde zu betreten, weil die Autorität des Kardinallegaten und die Präsenz seiner Soldaten die Mitglieder des Rabbinischen Gerichts eher erzürnt als besänftigt hatten. Einige von ihnen waren jetzt ebenfalls vor Ort und betrachteten schweigend den Leichnam.

Aber der Inquisitor kümmerte sich nicht um derartige Komplikationen. Ein weiterer ermordeter Jude, nicht einmal zwei Tage nach seiner Ankunft in Ferrara, das konnte kein Zufall sein. Vor allem, wenn dieser ihm noch vor wenigen Stunden die Erlaubnis erteilt hatte, im Archiv der Synagoge Dokumente einzusehen, die den Fall betrafen, den er gerade untersuchte.

Und doch fühlte sich Bruder Girolamo wohler, als er die Verletzungen des Opfers aus der Nähe untersuchen konnte.

Zweifellos ein einziger entschlossener Schnitt, von oben nach unten geführt, mit dem offensichtlichen Ziel, Knochen und innere Organe zu entblößen.

Genau wie bei Solomon Cordovero.

Von diesen Überlegungen geleitet, konzentrierte er seine Aufmerksamkeit auf den Brustkorb, wo der Schnitt das knöcherne Weiß des Brustbeins freigelegt hatte, und aus dem die Rippen herausragten, wie ein grotesker Korpus eines Musikinstruments.

In diesem Wahnsinn lag Methode.

Eine verborgene Genialität, von der Svampa einen Augenblick lang fasziniert war.

„Der Nichtjude scheint sein Vergnügen zu haben", flüsterte eine Stimme voller Verachtung.

Der Inquisitor hob suchend den Blick und erkannte einen jungen Mann, dessen hämisches Grinsen von einer Fackel beleuchtet wurde.

Er kannte das Gesicht.

„Rabbi Daniel wollte Euch nicht beleidigen", war eine Frauenstimme zu hören.

Noch ein bekanntes Gesicht.

„Andererseits, werter Mönch", fügte Dolce Fano in freundlichem Ton hinzu, „müsst Ihr verstehen, dass die Leute hier schon die ganze Nacht warten, um die sterblichen Überreste des hochverehrten Bonaiuto an einen würdigeren Ort zu bringen, um ihm den gebührenden Respekt zu erweisen."

„Das verstehe ich und ich bin dankbar, dass man bis zu meiner Ankunft gewartet hat, bevor man den Leichnam fortbringt."

Wie als Antwort darauf tauchte Baruk Hazaq aus dem Halbdunkel des Innenhofes auf, hob den Leichnam mithilfe zweier kräftiger Männer an und legte ihn auf eine Bahre.

Dabei wurden im Licht der Fackeln am unteren Rand des Brunnens zwei mit Blut gemalte Buchstaben sichtbar. Die Menge schrie entsetzt auf.

Bruder Girolamo kniete sich auf den Boden, um Genaueres zu erkennen. Hebräische Buchstaben.

תם

„Was bedeutet das?", fragte er an die Umstehenden gewandt. Niemand antwortete.

„Was bedeutet das?", wiederholte er.

Erneutes Schweigen.

Ein spannungsgeladenes Schweigen. Dann spürte er eine Hand auf seiner Schulter.

Es war Capiferro.

„Lasst uns gehen", schlug er vor. „Hier erreichen wir nichts mehr, wir haben bereits alles gesehen."

Svampa schüttelte den Kopf. „Ich habe noch eine letzte Frage." Er blickte zu Dolce Fano. „Werdet Ihr Bonaiuto von einem Anatomen untersuchen lassen?"

„Aber warum?"

„Wenn mein Verdacht zutrifft", antwortete der Inquisitor kryptisch und wandte sich zum Ausgang, „dürfte ihm ein Knochen fehlen."

35.

Als Pinhas Navarro die Haustür öffnete, hallten die Glocken der Kathedrale und der nahen Chiesa San Romano durch die Gassen des Ghettos.

„Schon wieder Ihr?" Der Rabbi konnte sein Erstaunen nicht verbergen, als er die beiden Dominikaner auf der Schwelle stehen sah.

„Habt Ihr die traurige Nachricht schon gehört?", fragte Capiferro zurück. „Heute Nacht wurde Bonaiuto Alatino ermordet."

Pinhas Navarro wurde leichenblass.

„Umgebracht auf eine Art und Weise", präzisierte Svampa, „die an Solomon Cordovero erinnert."

Der Sephardi zog sich ins Halbdunkel seines Hauses zurück, er wirkte wie ein verängstigtes Tier. „Dann hat man ihm auch … den Rücken aufgeschlitzt?"

„Den Bauchraum und den Brustkorb", stellte der Inquisitor ungerührt klar.

„Ich … ich wusste das nicht", stammelte Pinhas Navarro. „Gestern habe ich mich sofort nach dem *Arvit* schlafen gelegt und bin erst vor Kurzem aufgewacht, um das *Schacharit* zu beten."

Capiferro betrat das Haus. „Dann habt Ihr den Lärm in den Gassen heute Nacht nicht gehört? Das erscheint mir doch sehr unwahrscheinlich! Die Rufe, mit denen die Neuigkeit verbreitet wurde, die Soldaten des Kardinallegaten, die an den Toren Einlass ins Ghetto begehrten …"

„Dann wurde Rabbi Alatino innerhalb des Ghettos getötet", in Pinhas Stimme lag Angst.

„Im Innenhof der Synagoge in der Via dei Sabbioni", bestätigte Bruder Girolamo.

„Nun?", ließ Capiferro nicht locker und hob misstrauisch die Augenbrauen. „Seid Ihr sicher, dass Ihr wirklich nichts gehört habt?"

„Ich habe einen tiefen Schlaf. Und die Via dei Sabbioni ist weit von der Via Gattamarcia entfernt … weit genug, um den Lärm nicht bis …"

Er hielt inne.

Neben ihm war ein Mädchen aufgetaucht.

„Rahel!", sagte er in vorwurfsvollem Ton. „Geh sofort in dein Zimmer zurück, bevor …"

„Ist das Eure Tochter?", fragte der Inquisitor.

Der Sephardi seufzte.

„Das Mädchen, dem wir das Auffinden von Cordoveros Leichnam verdanken, wenn ich mich nicht irre", bemerkte Svampa, während er das unbeteiligte Gesicht des Mädchens betrachtete. „Das trifft sich gut, ich wollte ihr sowieso ein paar Fragen stellen."

„Das ist ja etwas ganz Neues!", mischte sich Capiferro ein. „Seit wann habt Ihr Eure Meinung über die Sinnlosigkeit von Aussagen von Augenzeugen geändert?"

Girolamo hielt den Blick auf Rahel gerichtet.

Kastanienbraune Haare, schwarze Augen, die ihn fast zu durchbohren schienen. Hinter dem unbeteiligt wirkenden Gesicht schien ein sturmumtostes Meer zu lauern.

„Das habe ich nicht, zumindest, was Erwachsene angeht. Sie sind oft ungenau, neigen einer Partei zu und sagen bewusst die Unwahrheit. Aber Kinder nicht. Auch wenn sie manchmal lügen, erinnern sie sich besonders an Kleinigkeiten, durch die man, auf die eine oder andere Weise, zur Wahrheit gelangen kann."

„In diesem Fall muss ich Euch enttäuschen", wandte Pinhas ein und strich dem Mädchen über den Kopf. „Rahel ist von Geburt an stumm."

„Sehr bequem", in Capiferros Stimme lag unverhohlenes Misstrauen. „Ein schwerhöriger Vater und eine stumme Tochter!"

„Ihr könnt jeden im Ghetto fragen", verteidigte sich der Sephardi. „Seit sie das Licht der Welt erblickt hat, hat Rahel kein einziges Wort gesprochen."

Svampa schien das nicht zu stören, er betrat nun ebenfalls das Haus. „Die Sprache ist nicht das einzige Mittel, mit dem man sich verständigen kann. Aber in Anbetracht der besonderen Situation sollten wir uns anderen Fragen zuwenden."

„Und welchen?", fragte der Rabbi überrascht.

„Dass mein Mitbruder und ich an Eure Tür geklopft haben, hat damit zu tun, dass wir schnellstmöglich jemanden brauchen, der für uns zwei hebräische Buchstaben übersetzen kann, die am Fundort von Bonaiuto Alatinos Leiche entdeckt wurden. Buchstaben, deren Bedeutung uns bis jetzt niemand erklären wollte."

Hinter Pinhas dicken Augengläsern blitzte Panik auf. „Und um welche Buchstaben handelt es sich?"

„Holt mir Papier und Federkiel, ich habe sie mir für Euch genau eingeprägt", erwiderte Capiferro.

36.

Via dei Sabbioni

Yosef Zalman entfernte sich raschen Schrittes von der Synagoge, als er jemanden hinter sich bemerkte.

„Bei den Wunden des Hiob!", rief er, nachdem er sich umgedreht hatte. „Nach einem Trauerfall mit einer Frau zu sprechen, bringt Unglück!"

Unter dem grauen Wollschal, mit dem sie sich gegen die morgendliche Feuchtigkeit zu schützen versuchte, lachte Dolce Fano zischend auf. „In diesem Fall pass gut auf, du könntest der Nächste sein!"

„Soll das eine Drohung sein?", fragte er, dann setzte er seinen Weg durch die schlammige Gasse fort.

„Eine Drohung?" Die Frau folgte ihm. „Du bist der Letzte, der über Drohungen sprechen sollte!"

Erneut betrachtete er sie, dieses Mal aber nur kurz.

„Sprich nicht so laut, du Unglückselige", er deutete mit dem Kopf auf die neugierigen Blicke der vorbeieilenden Passanten und die Silhouetten der Lauscher hinter den Fenstern. „Willst du vielleicht, dass man uns hört und irgendein Dummkopf deine Unterstellungen ernst nimmt?"

„Das sind keine Unterstellungen", zischte sie und packte ihn am Arm. „Heraus damit, was hast du ihm gesagt, nachdem ihr mich aus dem Tempel geworfen habt?"

Zalman befreite sich wütend aus ihrem Griff. „Das geht dich nichts an!"

„Du hast eine Bemerkung über Pinhas Navarro gemacht und über den Tod des Mannes aus Safed."

„Bei den Heiligen Gesetzestafeln!", entgegnete er und zog sie in einen dunklen Hauseingang. Dann fuhr er seufzend fort, ohne ihr dabei ins Gesicht zu sehen: „Was sollte eine Frau schon von diesen Dingen verstehen?"

„Ich verstehe genug, um zu ahnen, dass wir alle in Gefahr sind. Oder stimmt das etwa nicht?"

„Es mag sein, dass du recht hast", versuchte der Aschkenasi zu beschwichtigen. „Aber wenn du meinem Rat folgst, liebe Freundin, dann gehst du jetzt sofort nach Hause und hörst auf, arme *Maskil* zu belästigen!"

Dolce jedoch blieb mit vor der Brust verschränkten Armen und entschlossenem Gesichtsausdruck vor ihm stehen. „Zwing mich nicht, mich an das Rabbinische Gericht zu wenden. Wenn sie erfahren, dass du mit Bonaiuto Alatino ein Geheimnis geteilt hast …"

„Das würdest du nicht wagen."

„Bist du dir da sicher, Rabbi Yosef?"

„Nun gut!" Er gab auf und seufzte tief. „Du willst wissen, was ich Bonaiuto gestern gesagt habe? Du wirst es erfahren. Ich habe mit ihm über Rabbi Pinhas gesprochen. Über den Verdacht, den dieser Halbspanier bezüglich des Todes von Solomon Cordovero hegt."

„Was für einen Verdacht?" Die Witwe blieb hartnäckig, um ihm deutlich zu verstehen zu geben, dass sie sich so nicht abspeisen lassen würde.

Zalman unterdrückte einen Fluch.

„Hab wenigstens den Mut, mir in die Augen zu schauen! Oder muss ich den Verdacht haben, dass du mir etwas vormachst?"

„Würdest du die Vorschriften des Talmuds tatsächlich kennen, wüsstest du, dass es verboten ist, nach einer Trauerfeier in Gesellschaft einer Frau zu sein, da der Todesengel neben ihr geht …", dabei berührte er beschwörend die Tefillin, die in die Falten seines Hutes genäht waren. „Und du bist gerade aus dem Raum gekommen, in dem die Totenwache für Bonaiuto gehalten wird, wenn ich mich nicht irre."

„Worauf wartest du dann noch? Befriedige meine Neugier, Rabbi Yosef, damit der Todesengel verschwinden und woanders Unglück bringen kann!", entgegnete Dolce Fano, ihr Mund war zu einer finsteren Grimasse verzogen.

„Pinhas glaubt, dass Cordoveros Mörder aus dem Ghetto stammt", offenbarte Zalman schließlich.

Die Witwe riss überrascht die Augen auf. „Einer ... von uns?"

Zalman nickte knapp.

„Und gegen wen richtet sich sein Verdacht?"

„Gegen niemand Bestimmtes, aber er glaubt, dass die Tat einen okkulten Hintergrund hat."

„Was meinst du damit?"

Bevor er antworten konnte, musste Rabbi Yosef einen letzten, inneren Widerstand überwinden. „Pinhas vermutet, dass der Mord von einem Ritus inspiriert ist, der von unseren Vorfahren im alten Ägypten und Babylonien praktiziert wurde. Ein archaischer Ritus, wodurch man dem Leblosen erneut Leben einhauchen kann."

„Ich ...", murmelte Dolce, „ich verstehe nicht."

„Ich hatte dich gewarnt." Zalman zog missbilligend die Augenbrauen hoch. „Ich hatte dir gesagt, dass es sich um unfassbare Geheimnisse handelt! Geheimnisse, in denen du dich verlieren kannst!"

Wie um das Gegenteil zu beweisen, versank die Frau in tiefes Nachdenken, die Arme unverändert vor der Brust verschränkt. Schließlich warf sie dem Rabbiner einen intensiven Blick zu. „Und wodurch könnte der alte Pinhas zu diesem Schluss gekommen sein?"

„Durch ein Zeichen", erklärte der Aschkenasi.

„Und wie sieht das aus?"

„Es sind zwei Buchstaben", antwortete Yosef Zalman, während eine Vorahnung sein Gesicht verfinsterte. „Die gleichen Buchstaben, die mit Blut neben den Leichnam Bonaiuto Alatinos geschrieben wurden."

37.

Via Gattamarcia

An den Wänden von Pinhas Navarros Arbeitszimmer war eine Reihe von kleinen Nischen in die Wand geschlagen worden. Es sah aus wie in einem im Schatten liegenden Taubenschlag. Ein Zuhause für Gedanken und Staub. Durch die Ritzen der geschlossenen Klappläden eines Fensters fielen schmale Lichtstreifen auf einen Schreibtisch aus Mahagoni im spanischen Stil, der durch seine wuchtige Opulenz fast erdrückend wirkte.

Nachdem Svampas Blick den Raum durchmessen hatte, konzentrierte er sich auf Capiferro, der sich wie ein Freibeuter benahm, der gerade eine Galeone geentert hatte. Er beugte sich über den Schreibtisch und fuhrwerkte mit den Tintenfässern und den daneben aufgereihten Federkielen herum.

„Ich darf doch um etwas Zurückhaltung bitten", mahnte der Sephardi besorgt, während er ein Blatt Papier und eine Rohrfeder aus einem hölzernen Kästchen zog. „Hier, bitte schön."

Der Sekretär griff ohne Umschweife danach, tauchte die Spitze der Gänsefeder in ein Tintenfass in Form eines Affenkopfes, kniff die Augen zusammen und zeichnete mit sicherer Hand zwei Buchstaben auf das Blatt.

תם

Pinhas beobachtete ihn und fragte zweifelnd: „Seid Ihr sicher?"

„Aber natürlich, das sind eindeutig die Zeichen, die wir neben Bonaiuto Alatinos Leiche gefunden haben."

„Das stimmt", bestätigte Svampa.

„Aber sind sie wirklich haargenau gleich? Ich möchte nicht anmaßend sein, aber mit den Augen eines Christen sehen sich die Buchstaben des hebräischen *Alephbets* sehr ähnlich. Ich versichere Euch, dass Menschen, die unserer Sprache nicht mächtig sind, schnell das *alef* mit *shin* und das *daled* mit *lamed* verwechseln, oder auch …"

„In meinem Gedächtnis ist jedes kosmografische System, jedes alchimistische Symbol oder Beglaubigungssiegel gespeichert, egal, ob es von den Merowingern stammt oder erst letzte Woche erstellt wurde", unterbrach ihn Capiferro mit überheblichem Lachen. „Und Ihr, werter Rabbiner, habt die Dreistigkeit, meine Fähigkeit anzuzweifeln, zwei krakelige Buchstaben wiederzugeben, die ich vor nicht einmal einer Stunde gesehen habe?"

„Ich wollte Euren Intellekt nicht schmälern", flötete Pinhas in dem Versuch, sich zu verteidigen, „aber …"

„Genug jetzt, verlieren wir keine Zeit", drängte Capiferro und schob ihm das Blatt zu. „Sagt mir, was dort geschrieben steht. Was ist so furchterregend, dass die Juden, die bei Bonaiuto Alatinos Leichnam gestanden haben, keinen Ton herausgebracht haben?"

Pinhas Navarro starrte auf die beiden Buchstaben und schwieg.

„Ist es so unaussprechlich?" Svampa war kurz davor, die Geduld zu verlieren.

„Nein, tatsächlich nicht. Aber trotzdem, mein verehrter Pater, bitte ich Euch zu verstehen … für die Gelehrten des *Sohar* sind Buchstaben nicht einfach nur die Darstellung von Lauten, sondern authentische Überreste der göttlichen Gnade, die lebendige Essenz, die der allmächtige Jahwe durch seinen wunderbaren Atem am Anfang der Zeit ausgesprochen hat, um das Universum zu schaffen. Habt Ihr verstanden? Deshalb kann jeder Akt des Aussprechens oder, schlimmer noch, des Interpretierens auch nur eines einzigen Wortes manchmal schwer sein."

„Wollt Ihr uns etwa mit dem heidnischen Polytheismus indoktrinieren, der sich in Wahrheit hinter dem vermeintlichen Monotheismus des Judentums verbirgt …?", fragte Capiferro gereizt.

„Ein unangemessener Vorwurf von jemandem, der drei Gottheiten in einer anbetet", gab Pinhas mit leiser Stimme zurück.

Capiferro zuckte zusammen, als wäre er mit einem Schwall kochend heißem Wasser übergossen worden. „Wie könnt Ihr es wagen? Sagt das noch einmal, wenn Ihr den Mut dazu habt!"

„Jetzt reicht es!", unterbrach Svampa, der Capiferro mit seiner imposanten Statur um Haupteslänge überragte. Noch immer mitgenommen vom Angriff in der Krypta, schob er seinen Mitbruder vom Schreibpult weg und warf dem Juden einen finsteren Blick zu. „Meister Navarro, werdet Ihr mir nun endlich die Bedeutung dieser verdammten Buchstaben enthüllen oder muss ich sie Euch mit einer Zange aus dem Mund ziehen?"

„*Met* …, das Wort, das Ihr entdeckt und Euer Mitbruder aufgeschrieben hat, ist *met*!", antwortete der Sephardi aufgeregt.

„Das heißt?"

Pinhas umfasste das silberne Medaillon an seinem Hals. „Tod."

„Dann muss der Mörder ein Idiot gewesen sein", zischte Capiferro, „warum sollte er sonst das Offensichtliche vermerken und ‚Tod' neben einen gerade Ermordeten schreiben?"

Der Inquisitor zögerte und blickte den Rabbiner fragend an. „Nach dem, was Ihr gerade erklärt habt, beinhaltet im Verständnis der Juden jeder einzelne Buchstabe eine Essenz. Nun, welche besondere Bedeutung haben dann die beiden Symbole, die dieses Wort bilden?"

Pinhas war sichtlich verlegen und ließ den rechten Zeigefinger auf dem Blatt von rechts nach links wandern. „Das hier", er deutete auf das מ, „ist ein *mem*. Dann kam er zum zweiten Buchstaben, ת. „Das hier dagegen ist ein *tau*."

„Fahrt fort", forderte ihn Svampa auf, ohne sich von der Bedeutungsschwere der Erklärung beeindrucken zu lassen. Der Sephardi schien von etwas Heiligem zu sprechen.

„*Mem* ist einer der drei Mutterbuchstaben, die ersten, die Gott geschaffen hat. Häufig mit Tod und Wiedergeburt verbunden, ist es das wichtigste Symbol, um es für Euch Christen verständlich zu machen, für das Wasser, sowohl für das Wasser in der Tiefe und das Unergründliche der Unterwelt als auch für die schützende und Leben spendende Kraft der Quellen der Flüsse."

„Wasser ...", murmelte Bruder Girolamo. „Bonaiuto Alatinos lebloser Körper wurde neben einem Brunnen gefunden."

„Unter *tau* versteht man Siegel", fuhr Pinhas fort. „Die Bedeutung ist schwer zu erklären, häufig mit dem Brustkorb verbunden, genauer gesagt, mit dem Schrein, in dem das Herz und die reinen Flammen der göttlichen Liebe wohnen."

„Auch das ergibt Sinn", Capiferro war wie elektrisiert. „Bei Alatinos Leiche war der Brustkorb geöffnet, als hätte der Mörder das Herz enthüllen wollen."

„An Eurer Stelle würde ich mich vor voreiligen Schlüssen hüten", riet der Sephardi.

„Was wollt Ihr damit sagen?"

Wieder tastete Pinhas nach dem Medaillon. „Ich meine damit, dass Ihr die Zeichen so interpretiert, als ob ein Christ sie hinterlassen hätte."

„Dann ist der Mörder Eurer Meinung nach ..."

„Ein Jude", antwortete der Alte und nickte, während er die Augen hinter den Brillengläsern zusammenkniff. „Ein Jude, ohne Zweifel! Und ich muss Euch sagen, dass ein Jude niemals so oberflächlich handeln würde."

„Drückt Euch klarer aus", forderte ihn der Sekretär auf.

„Die Buchstaben neben der Leiche sind nicht allein Allegorien, um wieder einen für Euch Nichtjuden vertrauten Begriff zu verwenden, sie sind göttliche Werkzeuge, himmlische Kraftkanäle, die sich ins Königreich des Geistes ergießen ... Als solche haben sie nicht das Ziel, mysteriöse Nachrichten an die Welt der Lebenden zu senden, sondern gehorchen einem Ritual."

Svampa war einen Moment lang abgelenkt, weil Rahel auf der Türschwelle des Arbeitszimmers auftauchte. Als er auf dem Gesicht seines Mitbruders die gleiche Verwunderung entdeckte, musste er wieder an die Position denken, in der Solomon Cordoveros

Leichnam gefunden worden war. Auch er schien kurz vor seinem Tod einen Ritus zelebriert zu haben. Die *Nefesch,* den Geist eines Verstorbenen, zu beschwören, der in den Knochen des Kabbalisten Ararita ruhte. Aber warum? Mit welchem Ziel?

Der Inquisitor war im Begriff, sich zu verlieren, in Spekulationen einzutauchen, die ihm keine Klarheit schenken würden. Im Gegenteil, er würde sich zum Sklaven einer gotteslästerlichen Lehre und eines unheimlichen heidnischen Buchstabenkultes machen. Ein archaischer Fallstrick, der ihn gegen seinen Willen in den Bann zog und in ein immer dichteres und klebrigeres Spinnennetz verwickelte.

Aber obwohl ihm bewusst war, dass er seine Vernunft einer gefährlichen Prüfung aussetzte, konnte er nicht umhin, den Rabbiner zu fragen: „Und von welchem Ritual sprechen wir?"

„Das könntet Ihr nicht verstehen."

„Da haben wir es! Erst neugierig gemacht und dann im Stich gelassen!" Capiferro klatschte in die Hände, während sein Blick wie magisch angezogen auf die Nischen an der Wand fiel. Nischen, in denen, im Halbdunkel kaum sichtbar, zahlreiche Bücher standen.

„Und wenn sich die Antwort, die Ihr uns verweigert, in einem dieser Bücher verbirgt?"

38.

Mit entschlossenem Gesichtsausdruck ging Pinhas Navarro vom Schreibpult zur Wand und breitete die Arme aus, als ob er die Bücher in den Nischen vor einer schrecklichen Bedrohung schützen wollte.

„In diesen Büchern gibt es nichts, was auf die Schwarze Kunst hindeutet! Darin wird nirgends ein Ritual zur Geisterbeschwörung beschrieben!", verkündete er.

„Und doch behauptet Ihr, den Zusammenhang zwischen Solomon Cordovero und dem Grab von Ararita sowie die tiefere Bedeutung der Buchstaben neben Bonaiuto Alatinos Leichnam zu kennen", entgegnete Capiferro.

„Weil es sich um uraltes Wissen handelt", verteidigte sich der Sephardi, „eine mündlich überlieferte Tradition."

„Tatsächlich?", spottete Capiferro. „Gerade ihr Juden, die ihr von den Buchstaben und Zahlen so besessen seid, dass ihr jede Nichtigkeit zu Papier bringt, sollt ausschließlich mündlich überliefertes Wissen besitzen?" Capiferro ging am Rabbi vorbei und schaute sich die Bücher genauer an. „Eine respektable Sammlung, wie es scheint. Anstatt Zeit damit zu verschwenden, Cordoveros Zimmer zu untersuchen, hätte ich mich lieber hier umsehen sollen."

Pinhas ließ sich nicht einschüchtern und forderte ihn in provokantem Tonfall auf: „Sucht doch! Sucht, wenn es Euch gefällt! Ich möchte gerne sehen, wie Ihr mit Eurem Kirchenlatein zurechtkommt, wenn Ihr vor einer Bibliothek mit hebräischen Schriften steht."

„Ein einziges Buch würde mir genügen", zahlte der Sekretär mit gleicher Münze zurück. „Das *Sefer Jetzira*. Besitzt Ihr eine Ausgabe?"

„Vorsicht, bringt da nichts durcheinander, Padre Francesco", unterbrach der Inquisitor, dabei fragte er sich, ob sich hinter der ostentativen Verachtung seines Mitbruders für die jüdische Kultur nicht doch ein obsessiver Drang verbarg, der Lösung des Rätsels näherzukommen. „Wenn Solomon Cordovero auf Araritas Grab ermordet wurde, können wir annehmen, dass es eine Verbindung zwischen Ararita und dem Buch gibt, aber einen Zusammenhang mit Bonaiuto herzuleiten wäre gewagt, denn nach unserem bisherigen Erkenntnisstand wusste er nichts über Ararita, geschweige denn über das Buch in seinem Besitz."

„Und wenn ich doch auf der richtigen Spur bin?", wandte Capiferro ein und deutete auf den Rabbi. „Schaut in sein Gesicht! Seht, wie es sich verändert hat, seitdem ich das *Sefer Jetzira* erwähnt habe."

Auch wenn er gerne widersprochen hätte, musste Svampa feststellen, dass sich auf dem Antlitz des Alten leichenhafte Blässe ausgebreitet hatte. „Und? Seit wann stellen wir Hypothesen auf der Basis eines Minenspiels auf?"

„Nun kommt schon, mein Freund!", versuchte ihn der Sekretär umzustimmen. „Dieser Jude hat uns von Anfang an nicht die Wahrheit gesagt und uns verwirren wollen, habt Ihr das nicht bemerkt? Er hat sich einen Spaß daraus gemacht, uns Halbwahrheiten und Auslassungen zu präsentieren, einen Nebelschleier vor unsere Augen zu legen, damit wir uns mit Nebensächlichkeiten abgeben!"

„Und wie kommt Ihr zu dieser Schlussfolgerung?"

Statt zu antworten, drehte sich Capiferro ruckartig zum Rabbi um und verkündete: „Ich suche das *Sefer Jetzira*!" Er spuckte den Namen aus wie einen Fluch. „Das Buch, das ehemals im Besitz von Ararita war! Das Zauberbuch, von dem Florio da Vicenza voller Angst und Abscheu gesprochen hat! Das Handbuch zur Geisterbeschwörung, das, da verwette ich meine Pfeife drauf, die Anleitung für die magischen Rituale ist, die mit den beiden Morden zusammenhängen, zu deren Aufklärung mein Mitbruder und ich Euch befragen."

„Euer Hass auf mein Volk lässt Euch falsche Schlüsse ziehen", verteidigte sich Pinhas.

„Tatsächlich? Ich glaube vielmehr, dass Euer Geist getrübt ist. Stimmt es vielleicht nicht, dass Ihr das Sterberegister der Synagoge in der Via dei Sabbioni ungenau übersetzt habt?"

Svampa war von diesem Vorwurf überrascht und warf seinem Mitbruder einen kritischen Blick zu. „Wie kommt Ihr zu einer solchen Anschuldigung?"

„Dank Bruder Giuseppe Zarfati, dem Konvertiten. Er hat mir eine andere Übersetzung zum selben Text geliefert. Oder besser gesagt, eine vollständige", er zog seine Pfeife aus der Tasche und richtete sie wie eine Waffe auf Pinhas Navarro. „Dieser Schurke hat uns Informationen vorenthalten."

„Warum sagt Ihr mir das jetzt erst?", fragte der Inquisitor ungehalten.

„Ich wollte es schon gestern Abend tun, im Speisesaal des Kardinallegaten, gerade als wir von der Nachricht über die Ermordung Alatinos unterbrochen wurden." Der Sekretär konzentrierte sich wieder auf seine Erklärungen. „Um es kurz zu machen: Am Ende des Eintrags über Ararita wird erwähnt, dass dieser vor mehr als zwei Jahrhunderten nach einem Prozess wegen des Verdachts auf Geisterbeschwörung zum Tod auf dem Scheiterhaufen verurteilt wurde. Ein elementar wichtiges Detail, das uns der verehrte Rabbi mit byzantinischer Schläue verschwiegen hat."

Der Inquisitor war verbittert, nicht aus Wut, sondern aus Enttäuschung über einen Mann, dem er durch eine seltene und einzigartige Gemütsregung das Recht auf Zweifel zugestanden hatte. Voller Bitterkeit wandte er sich dem Rabbi zu: „Ihr habt uns allerdings genarrt, Meister Navarro." Trotz des ausgesprochenen Vorwurfs klang seine Stimme sachlich, als würde er von einem Naturphänomen sprechen.

„Ich habe Euch schon gestern gewarnt", eiferte sich Capiferro. „Wer weiß, was uns dieser Sohn Judas' noch verheimlicht hat!"

„Ihr … Ihr täuscht Euch", stammelte Pinhas, nachdem er einen flüchtigen Blick auf die kleine Rahel geworfen hatte, die immer noch unbeteiligt auf der Türschwelle zum Arbeitszimmer stand. „Ich habe versucht, Euch auf die richtige Spur zu lenken … Euch in die Geheimnisse der Niederwerfung vor dem Grab einzuweihen, Euch die dreigeteilte Seele und die Bedeutung des Wortes *met* zu erklären. Das alles ist wahr, glaubt mir! Alles ausgesprochen wichtige Hinweise."

„Und trotzdem habt Ihr uns über einige Punkte im Dunkeln gelassen", Capiferro blieb hartnäckig, wie ein Ankläger, der vor Gericht einen Verdächtigen befragt.

„Warum?"

„Ich hielt sie nicht für wichtig."

„Und wer seid Ihr, um zu entscheiden, was wichtig für uns ist und was nicht?"

Der Jude schlug die Augen nieder.

„Seid aufrichtig! Ihr habt den Hinweis auf Araritas Prozess ausgelassen, um uns die Existenz des *Sefer Jetzira* zu verheimlichen. Weil dieses Zauberbuch, von dem Ihr behauptet, es nicht zu kennen, der Grund für den Mord an Solomon Cordovero und vielleicht auch an Bonaiuto Alatino ist, habe ich recht?"

Svampa beobachtete das Zwiegespräch, ohne ein Wort zu sagen. Er verharrte schweigend, genau wie Rahel. Nein, dachte er. Die Ursache des Mordes an Cordovero und Alatino ließ sich nicht in Buchseiten finden, sie hatte vielmehr mit der Entfernung der Knochen zu tun! Als ob es dem Mörder weniger um die Tat an sich gegangen wäre, sondern darum, dem Körper eine Art Trophäe zu entreißen, das Verbindungsteil zwischen Halswirbelsäule und Schädel beim ersten und die milchweiße Verzweigung des Brustbeins beim zweiten Mord.

„Ich verstehe nicht, wovon Ihr sprecht", verteidigte sich Pinhas hartnäckig.

Aber Capiferro ließ ihn nicht aus dem Blick, er näherte sein Gesicht dem Pinhas Navarros. „Weicht nur aus! Ich bin fest davon überzeugt, dass Ihr das Buch sehr genau kennt."

„Und wenn dem so wäre?", räumte der Jude ein. „Das ist an sich noch kein Verbrechen!"

„Da wäre ich mir nicht so sicher. Ararita wurde zum Tode verurteilt, nur weil er im Besitz des Buches war."

„Ararita wurde wegen der Unwissenheit Eures Volkes umgebracht!", widersprach der Sephardi. „Er war ein weiser Mann! Ein Erleuchteter! Und das Buch, das er besaß, hatte nichts Gotteslästerliches!"

„Umso besser!", schnitt ihm Capiferro das Wort ab. „Auf einmal scheint Ihr bestens Bescheid zu wissen. Viel besser, als Ihr uns eben noch zu verstehen geben wolltet …"

„Genug jetzt! Ich habe schon viel zu viel gehört!", war eine Stimme aus dem Hintergrund zu vernehmen.

Zur Überraschung aller stürmte die finstere Gestalt Paolo de' Francis' in den Raum, gefolgt von zwei mit Arkebusen bewaffneten Soldaten.

39.

Locanda dell'Angelo

„Lasst es, er soll allein zurechtkommen …", sagte Margherita Basile.

„Aber werte Dame …", wandte Cagnolo ein.

„Er muss allein zurechtkommen!", wiederholte sie, während sie in der Truhe wühlte, die zu Füßen des Himmelbettes stand.

Cagnolo stand am Fenster und überwachte die Straße, dabei sinnierte er über Margheritas Wankelmut, ein für Frauen typischer Charakterzug. Oder jedenfalls für die Frauen, die er in seinem Leben kennengelernt hatte. Wie seine Ehefrau, diese arme Seele, die er bis zu ihrem Tod gleichermaßen geliebt und gehasst hatte, oder diese Dirne in Prag, die ihn während des Böhmischen Krieges in ihrem Bett empfangen und ihm den Typhus angehängt hatte, bevor sie mit einem protestantischen Soldaten durchgebrannt war.

Nur Matilda war anders.

Matilda, sein Engel, seine über alles geliebte Tochter, war jedoch von einem anderen Fluch gezeichnet. Ein Wahnsinn, der sie von innen verzehrte und sie für immer Kind bleiben ließ, unfähig, sich gegen die Boshaftigkeit der anderen zu wehren.

„Nun?" Margheritas Frage ließ ihn zusammenzucken. „Ist der Informant angekommen?"

Cagnolo erkannte aus dem Augenwinkel, wie sie eine prall gefüllte Geldbörse und eine Samtmaske aus der Truhe nahm, die der venezianischen Moretta ähnelte. Dann wandte er seine Aufmerksamkeit wieder der Straße zu und sah die dunklen Umrisse einer

Kutsche, die am Rand des Innenhofs hielt. „Wie es aussieht, ja", antwortete er und kam dann wieder auf das Thema zurück, über das sie gerade gesprochen hatten. „Ein wenig Entgegenkommen von Euch würde schon reichen, eine kleine Hilfe, nur ein Wort, das würde ihm die Aufgabe wesentlich erleichtern", sagte er mit einem gewissen Unbehagen.

„Ihm die Aufgabe erleichtern? Aber warum? Reicht es denn nicht, dass wir ihm das Leben gerettet haben?"

„Aber wenn er wenigstens wüsste …", der Diener ließ nicht locker.

„Ihr seid loyal und das respektiere ich", entgegnete Margherita Basile ungehalten, „aber ich habe mit diesem Mann noch eine Rechnung offen, versteht Ihr? Eine persönliche Angelegenheit, wegen der ich von ihm eine Wiedergutmachung erwarte, und das Letzte, was ich tun will, ist, ihm das Gefühl zu geben, an seinen Lippen zu hängen."

„Mit anderen Worten, Ihr lasst ihn zappeln wie eine Maus in den Fängen einer Katze … allein der Genugtuung wegen, ihn besiegt zu haben?"

Statt zu antworten, verbarg die Frau das Gesicht hinter der Maske, schob die Haare unter die Kapuze des Kurtisanenumhangs und warf Cagnolo die Börse zu. „Wenn ich ihm immer noch etwas wert bin, wird er zu mir kommen!"

„Wie … wie Ihr meint", konnte der Diener gerade noch sagen, dann folgte er dem Wink seiner neuen Herrin und begleitete sie ins Erdgeschoss des Wirtshauses.

In jeder Frau steckt ein Teufel, hatte ihm ein Priester einmal gesagt.

Auf Margherita Basile wollte diese Aussage nicht so recht zutreffen. In ihr verbarg sich die ganze Hölle, dachte er, während sie die Treppe nach unten gingen.

40.

Via Gattamarcia

Nachdem er in der Mitte des Arbeitszimmers stehen geblieben war, verschränkte Paolo de' Francis die Arme vor der Brust und warf Pinhas Navarro einen finsteren Blick zu. „Ergreift diesen Juden", befahl er den Soldaten.

„Was hat das zu bedeuten?", fragte Girolamo Svampa in einem Ton, der die Soldaten einen Moment innehalten ließ. „Ich ermittle in diesem Fall und dulde keinerlei Einmischung!"

„Eure Arbeit ist getan", widersprach der Generalinquisitor von Ferrara entschieden und gab seinen Soldaten ein Zeichen, seinen Befehl auszuführen. „Und jetzt tretet beiseite, Bruder Girolamo, Ihr habt diesen Geisterbeschwörer lange genug hofiert."

„Pinhas Navarro ist kein Geisterbeschwörer."

„Tatsächlich?", fragte Paolo de' Francis mit herausforderndem Lächeln, „dabei habe ich gerade gehört, wie Euer Mitbruder schwere Vorwürfe gegen ihn erhoben hat. Von der Lüge bis zur Unterschlagung von Beweisen! Von der Kenntnis gotteslästerlicher Lehren bis zum Besitz von Büchern der *Ars Goetia*!"

„Das habe ich nur so gesagt", versuchte Capiferro abzuwiegeln.

Paolo de' Francis hörte nicht auf ihn und genoss den Anblick des leichenblassen und zitternden Pinhas Navarro, der an den Armen gepackt und mit Gewalt in Richtung Ausgang gezerrt wurde.

„Ihr habt dazu kein Recht!", protestierte Girolamo Svampa.

Sein Rivale hatte währenddessen seine Aufmerksamkeit auf die Wandnischen gerichtet. „Rasch!", rief er einer zweiten Gruppe

Soldaten zu, die gerade den Raum betreten hatten. „Greift euch die Bücher und nehmt sie mit. *Alle!*"

„Ihr wollt diese Bücher doch nicht etwa verbrennen?", empörte sich Capiferro.

„Wozu sollten sie sonst gut sein, Padre Francesco?", entgegnete Paolo de' Francis, auf seinen Lippen lag ein maliziöses Lächeln. „Wollt Ihr sie etwa lesen, diese Bücher? Etwas über die verbotene Lehre der Kabbala erfahren?"

„Nein, nein", wiegelte Capiferro ab und erbleichte. „Ich wollte nur andeuten, dass in diesen Büchern womöglich Beweise vorliegen könnten …"

„Meiner Meinung nach gibt es Beweise genug!", erklärte der Generalinquisitor. „Ausgehend von dem, was ich in diesen Mauern gehört habe, ist es offensichtlich, dass Pinhas Navarro in die Morde an Cordovero und Alatino verwickelt ist, wenn er sie nicht sogar selbst begangen hat! Und schlimmer noch, dieser Jude scheint die Lehren des Zauberers Ararita gesammelt zu haben, der vor Jahrhunderten von einem meiner verehrten Vorgänger verurteilt worden ist!"

„Ihr wisst über Ararita Bescheid?", fragte Svampa erstaunt.

Paolo de' Francis lächelte boshaft und erwiderte: „Armselige, erbärmliche Dummköpfe! Glaubt ihr wirklich, ich hätte tatenlos zugesehen, wie ihr eure Nasen in meine Angelegenheiten steckt? Giuseppe Zarfati war so freundlich, mich über eure Fortschritte im Archiv von San Domenico in Kenntnis zu setzen. Und was den Mord an Bonaiuto Alatino angeht, hatten mir meine Spione den Stand der Dinge bereits zugetragen, bevor ihr auch nur einen Fuß ins Ghetto gesetzt habt!"

„Trotzdem habt Ihr falsche Schlüsse gezogen", gab Girolamo zurück und drehte sich zur Tür, durch die Pinhas fortgebracht worden war. Dort sah er Rahel stehen, die sich an den Türpfosten klammerte, wie ein kleiner, furchtsamer Matrose im tosenden Sturm. Ihr Anblick tat ihm in der Seele weh.

„Wenn Ihr einen Prozess riskieren wollt, weil Ihr einen Juden verteidigt …", warnte Bruder Paolo.

Aber Svampa, dem der Klang dieser Stimme zunehmend Übelkeit bereitete, streckte eine Hand nach ihm aus, als wolle er ihm an die Gurgel gehen. „*Ich* werde meinerseits", er schloss die Hand direkt vor seinem Gesicht zu einer Faust, „Euer Vorgehen vor der gesamten Kommission des Heiligen Offiziums anzeigen. Und seid versichert, mein anmaßender Mitbruder, dass ich keine Ruhe geben werde, bis Ihr Eures Amtes enthoben werdet, das Ihr gerade mit Eurer Dummheit entehrt habt!"

Ungerührt von dem Lärm, den die achtlos in einen Karren geworfenen Bücher verursachten, trat Girolamo Svampa auf das Mädchen zu, nahm es unter seinen Umhang und ging mit ihr zum Ausgang.

„Bei der heiligen Messe, wartet gefälligst auf mich!" Capiferro folgte ihm.

Doch der Inquisitor zögerte nur kurz, bevor er die sonnendurchflutete Straße erreichte, und sah gerade noch, wie die zusammengekrümmte Gestalt von Rabbi Pinhas auf einen Ochsenwagen gezerrt wurde. Eine Szene, die ihn an die Verhaftung seines unschuldigen Vaters erinnerte und die sich tief in seinem Herzen eingebrannt hatte.

Er unterdrückte einen wütenden Aufschrei und zog den Ärmel seines Umhangs vor Rahels Augen, damit sie diesen Anblick nicht ertragen musste.

„Komm, wir gehen. Ich verspreche dir, dass deinem Vater Gerechtigkeit widerfahren wird."

41.

Via dei Sabbioni

Dolce Fanos Haus war so groß, dass in ihm nicht nur eine, sondern zwei Synagogen Platz gefunden hätten. Das imposante Gebäude hatte eine Doppelfassade mit breiter Loggia, die bis an den südlichen Rand des Ghettos reichte und sich auf ein großzügiges Portal öffnete, in dessen Mitte nun die Hausherrin stand, hin- und hergerissen zwischen Erstaunen und Misstrauen.

„Ich traue meinen Ohren nicht", murmelte die Witwe. „Rabbi Pinhas verhaftet?"

„Ich konnte es nicht verhindern", erwiderte Girolamo Svampa.

Statt darauf einzugehen, wandte Dolce ihre Aufmerksamkeit Rahel zu, die sich wie eine verängstigte Schwalbe unter den Arm des Inquisitors geflüchtet hatte.

„Wenn ich sie nicht fortgebracht hätte, wäre sie in der Gewalt der Soldaten Paolo de' Francis' geblieben."

„Das ehrt Euch. Jeder andere Christ, den ich kenne, hätte seine Hände in Unschuld gewaschen."

„Ich dachte, sie Euch anzuvertrauen."

Dolce musterte das Mädchen erneut. „Eine gute Idee, kommt herein." Sie trat zur Seite und gab den Blick auf das Innere des Hauses frei.

Svampa hielt inne, dann schaute er sich zu Capiferro um und sagte ungerührt: „Mein Mitbruder wartet draußen."

„Habt Ihr mich etwa mit Eurem Pferd verwechselt?", empörte sich Capiferro.

„Eher mit einem Maultier", konterte der Inquisitor. „Ein Maultier, das über seine Fehler nachdenken muss."

Dann ging er mit Rahel an der Hand durch den mächtigen roten Terrakottabogen, der über dem Hauseingang thronte, und gelangte in ein Vestibül, von dem zahlreiche Innenräume abgingen. Direkt gegenüber lag ein großzügiger Garten.

„Vor mir", erklärte Dolce Fano stolz, während sie in Richtung Garten gingen, „gehörte dieser Palazzo den Consumati, einer reichen christlichen Kaufmannsfamilie, die ihn verlassen musste, als er in das Ghetto eingegliedert wurde."

Svampa warf einen Blick durch eine geöffnete Tür und erkannte einen mächtigen Kamin aus Naturstein und eine mit herrlichen Fresken geschmückte Wand. „Ich nehme an, für Euch war es ein gutes Geschäft."

„Das Anwesen ist 2.000 Scudi wert und ich habe es für kaum 150 erworben. Das ist kein Wunder, alles, was zum sogenannten Judenviertel gehört, erlebt unweigerlich einen Wertverlust. Menschenleben eingeschlossen."

„Doch lebt Ihr nicht direkt im Ghetto, sondern am äußeren Rand", antwortete der Inquisitor und tat so, als habe er den letzten Satz nicht gehört. „Hinter der Loggia und dem Bogengang meine ich die Tore gesehen zu haben, die die Via dei Sabbioni vom Rest der Stadt trennen."

„Mein Besitz erstreckt sich fast bis zur Via Paradiso", bestätigte sie und lief über den smaragdgrünen Rasen. „Das ist wegen der Geschäfte meiner Familie nicht anders möglich."

„Ihr besitzt eine Bank und verleiht Geld?", fragte er in Erinnerung an Pinhas Navarros Worte.

Dolce nickte.

„Und doch", folgerte Girolamo, „erlaubt Euch diese Position ‚an der Grenze', wenn wir es so nennen wollen, nicht nur mit Eurem Volk Geschäfte zu machen, sondern auch mit den Christen in Ferrara, die nur durch das Tor des Ghettos gehen und an Eure Tür klopfen müssen."

„So ist es tatsächlich."

„Unter Missachtung der Regeln, die die kirchlichen Autoritäten aufgestellt haben."

„Seid Ihr hier, um mich den Soldaten Salamandris auszuliefern, verehrter Pater?", fragte die Witwe mit ironischem Unterton und nahm auf einer weißen Kalksteinbank unter einem ausladenden Kirschbaum Platz. Auch Svampa setzte sich, ließ aber zwischen sich und Dolce Platz für Rahel. „Mit solchen Dingen haben meine Ermittlungen nichts zu tun", erwiderte er ausweichend und warf der Jüdin einen unergründlichen Blick zu.

„Ihr wirkt gar nicht wie ein Mann der Kirche", provozierte sie nach kurzem Zögern weiter.

„Und doch bin ich einer", antwortete Bruder Girolamo, während ihn plötzlich das Gefühl streifte, eine andere Frau vor sich zu haben, eine Frau, die mit all ihrer Respektlosigkeit Zweifel an seiner Entscheidung gesät hatte, mehr als alle anderen Frauen jemals zuvor. „Bevor ich Euch dieses Mädchen in Obhut gebe", sagte er, um das dreiste Lächeln Margherita Basiles aus dem Kopf zu verbannen, „bitte ich Euch um Erlaubnis, sie einer kurzen Befragung zu unterziehen."

„Aber ... soweit ich weiß, ist Rahel stumm!"

„Das trifft zu, aber ihr Gehör funktioniert einwandfrei. Und da sie Augenzeugin der Ereignisse gewesen ist, über die ich Klarheit gewinnen möchte, kann ich auf ihre Sicht der Dinge nicht verzichten."

„Das verstehe ich", nickte Dolce und strich zärtlich über die schwarzen Haare des Mädchens. „Auch wenn ich mich ehrlich gesagt frage, wie Ihr das bewerkstelligen wollt."

42.

Svampa kniete sich vor Rahel hin und schaute ihr tief in die Augen, deren Iris die Farbe von schlammigem Wasser hatten.

Pinhas Navarros Tochter war ein merkwürdiges Kind. Sie wirkte apathisch und zeigte keinerlei Gefühlsregung. Wie ein von innen verschlossener Schrein, auch wenn nicht ganz klar wurde, ob sie sich schützen oder etwas *vor der Außenwelt verbergen* wollte. Aber es war nicht an ihm, darüber zu urteilen, dachte er, war er doch selbst gerade für seine ausgeprägte Lakonie, seine Zurückgezogenheit und seine Scheu vor seiner Umgebung bekannt.

„Ich muss dir jetzt einige Fragen stellen", sagte er freundlich. „Und du musst mir nur mit ja oder nein antworten, indem du nickst oder den Kopf schüttelst. Hast du verstanden?"

Rahel starrte ihn regungslos an.

„Du musst keine Angst haben, es ist zu deinem Besten und zu dem deines Vaters."

„Vielleicht würde etwas Gebäck helfen, damit sie sich sicherer fühlt?" Dolce Fano klatschte in die Hände und ein Diener, der am Rand des Gartens gewartet hatte, tauchte auf.

„Aman, bring uns Mandelkekse und *Cahve.*"

Der Inquisitor sah dem Diener nach, der eilfertig ins Haus ging, und konzentrierte sich wieder auf das Mädchen.

„Ist es richtig, dass du den Toten erkannt hast, der auf dem alten Friedhof neben der Kirche der Jesuaten gelegen hat? Solomon Cordovero?"

Nach kurzem Zögern nickte Rahel.

„Warst du allein?"

Wieder nickte sie.

Bruder Girolamo verzog den Mund zu einem Lächeln, was nur selten geschah. „Siehst du, es ist gar nicht so schwer."

Dann dachte er an die Berichte von Ludovico Ludovisi und Paolo de' Francis und stellte die nächste Frage. „Hat dir jemand gesagt, dass du nach Rabbi Solomon suchen sollst?"

Das Mädchen schüttelte den Kopf.

„Dann hast du es von dir aus getan?"

Sie nickte.

Svampa sagte nichts dazu. Es fiel ihm schwer zu glauben, dass die kleine Rahel von sich aus entschieden hatte, frühmorgens das Ghetto zu verlassen und nach einem Mann zu suchen, der Gast im Hause ihres Vaters gewesen war.

„Bist du sicher, dass du nicht den Wunsch deines Vaters oder einer anderen Person erfüllt hast?"

Sie nickte.

Der Inquisitor gab auf und wechselte das Thema. Er kam zu einem Punkt, der ihn über alle Maßen neugierig machte.

„Jetzt möchte ich gerne wissen, wie du die Leiche finden konntest. Bist du Rabbi Solomon vielleicht gefolgt?"

Rahel schüttelte den Kopf.

„Dann wusstest du, wohin er gehen würde."

In den Augen des Mädchens war ein kurzes Zögern zu erkennen.

„Hast du Gespräche belauscht?", versuchte Svampa den Grund ihrer plötzlichen Zurückhaltung herauszufinden.

Doch ihre Miene wurde nur noch reservierter.

„Hast du gehört, wie Rabbi Solomon mit jemandem über den alten Friedhof gesprochen hat?"

Rahel schien nicken zu wollen, aber dann schweifte ihr Blick zu dem Diener, der mit einem Tablett in der Hand in den Garten zurückkam.

„Du kannst es hier abstellen, Aman", sagte Dolce und deutete auf die steinerne Bank. „Wir kommen allein zurecht." Dann schenkte sie Svampa ein mildes Lächeln. „Meint Ihr nicht, es wäre besser, eine kleine Pause zu machen?"

Erst wollte er widersprechen, doch dann wurde ihm klar, dass er das Mädchen schon allzu sehr bedrängt hatte. Er seufzte. „Ich habe noch eine letzte Frage, aber die kann warten."

„Rahel ist Euch für Eure Rücksichtnahme sicher dankbar", sagte die Witwe und deutete einladend auf das Tablett. Dann griff sie nach einer Karaffe und goss eine dampfende bernsteinfarbene Flüssigkeit in zwei Porzellantassen. *„Cahve.* Kennt Ihr das?"

Svampa schnupperte. „Ich habe ihn in Kairo getrunken", er griff mit beiden Händen nach der Tasse. „Dort nennt man ihn *Qahwah.*" Dabei kam ihm in den Sinn, wie er damals vor dem Geisterbeschwörer gestanden hatte, der unter der Maske des Doktor Corvus in Mailand Angst und Schrecken verbreitet hatte. Er trank einen Schluck. „Er wird dort stark gesüßt serviert."

„Einige Gelehrte der Thora halten ihn für eine Droge", vertraute Dolce ihm an und lächelte maliziös. „Aber noch wird sein Genuss toleriert."

Statt einer Antwort nahm der Inquisitor einen zweiten Schluck und wandte sich wieder dem Mädchen zu, das versonnen an einem Keks knabberte.

„Würdest du mir eine letzte Frage beantworten, Rahel?"

Sie wischte sich die Krümel von den Lippen und nach einer gewissen Überwindung nickte sie.

„Wenn du nicht sprechen kannst, wie konntest du den Jesuaten erklären, dass der Tote Rabbi Solomon ist?"

Das Mädchen starrte ihn an.

„Hatte er vielleicht etwas dabei, einen Brief oder ein Siegel, auf dem sein Name stand?", versuchte er zu erklären. „Etwas, das du bei ihm gefunden und dann den anderen gezeigt hast?"

Rahel schüttelte den Kopf.

„Wie hätte es dir sonst gelingen …", murmelte er.

Als Antwort berührte sie mit dem Zeigefinger das Tablett und begann ihn auf und ab zu bewegen, als würde sie schreiben.

Girolamo Svampa sah verwirrt zu Dolce, dann wieder zu Rahel. „Möchtest du damit sagen, dass du … geschrieben hast?"

Das Mädchen nickte.

„Lasst Papier und Stift bringen", forderte er die Witwe auf. „Das möchte ich mit eigenen Augen sehen."

„Aman! Hast du den Wunsch unseres Gastes gehört?", rief Dolce, bevor sie sich wieder an Svampa wandte. „Noch ein wenig *Cahve*, während wir warten?" Und ohne seine Antwort abzuwarten, füllte sie seine Tasse auf. „Übrigens, ich hätte fast vergessen, dass …", das Timbre ihrer Stimme war jetzt eine Oktave tiefer.

Der Inquisitor zog fragend die Augenbrauen hoch.

„Diese merkwürdige Bitte heute Morgen, kurz bevor Ihr die Synagoge verlassen habt", ihre Stimme war nur noch ein Flüstern. „Der Wunsch, die Knochen Bonaiuto Alatinos zu untersuchen."

„Ich erinnere mich. Was ist damit?"

„Nun, ich habe mir die Freiheit genommen, Baruk, den Friedhofswärter, zu bitten, diesem Wunsch nachzukommen", ihre Stimme brach.

Svampa spürte ihre Erschütterung.

„Ihr hattet recht", sagte Dolce Fano nach kurzem Innehalten. „Bonaiuto Alatino ist ein kleiner Knochen entfernt worden."

„Welcher genau?"

„Der Schwertfortsatz am unteren Ende des Brustbeins."

Der Inquisitor rief sich erneut die anatomischen Darstellungen Berengario da Carpis ins Bewusstsein, in der Hoffnung, diesen Teil des menschlichen Skeletts vor seinem inneren Auge auftauchen zu sehen. Aber ohne Erfolg, denn so gut konnte er sich an das Buch nicht mehr erinnern, das er vor Jahren durchgeblättert hatte. Im Gegensatz zu Capiferro, der mit seinem Elefantengedächtnis jedes Detail auf jeder einzelnen Seite, die er irgendwann einmal gesehen hatte, für immer speicherte.

Aber der musste ja draußen warten.

Svampa wollte ihn gerade hereinrufen, als der Diener wieder auftauchte und Rahel eine Wachstafel hinhielt. Mit einem Knochenstift schrieb sie langsam einzelne Buchstaben des hebräischen Alphabets, einen nach dem anderen.

„Was schreibt sie?"

„Solomon Cordoveros Namen", antwortete Dolce Fano.

„Dann hat sie die Wahrheit gesagt", flüsterte er, ohne die Augen von Rahel zu wenden, die dem Namen noch drei Buchstaben hinzufügte.

תמא

Voller Staunen bemerkte Bruder Girolamo, dass ihm diese Buchstaben bekannt vorkamen. „Das sieht aus wie das Wort, das neben Bonaiuto Alatinos Leiche geschrieben stand. *Met*, Tod."

„Das stimmt. Doch Rahel hat den Buchstaben *alef* vorangestellt, der erste des hebräischen Alphabets, das Wort lautet jetzt *emet*, was eine ganz andere Bedeutung hat."

„Und zwar welche?"

„Wahrheit."

„Aber aus welchem Grund hätte sie das tun sollen?", fragte er und schaute in Rahels ausdrucksloses Gesicht.

„Eine ziemlich komplizierte Frage für ein Kind, das von Geburt an stumm ist, meint Ihr nicht auch?", bemerkte Dolce und griff nach der Wachstafel. „Vielleicht, verehrter Padre, solltet Ihr anderen diese Frage stellen." Dann verwischte sie die ungelenken Buchstaben des Mädchens und schrieb etwas in lateinischer Schrift.

„Sprecht mit ihm", schlug sie vor und reichte ihm die Tafel, dabei umspielte ein vielsagendes Lächeln ihre Lippen.

Girolamo las einen Namen.

„Und wer ist das?"

„Der größte Kabbala-Experte, den es in Ferrara gibt", sagte sie und lächelte komplizenhaft. „Und der tiefste Stachel in Paolo de' Francis' Fleisch."

„Und wo kann ich ihn finden?"

„Das werde ich Euch sagen, aber nur unter einer Bedingung."

43.

Als der Inquisitor Dolce Fanos Haus verließ, war Capiferro verschwunden.

Erstaunt blickte er sich um, um irgendwo die schwarze Kapuze zu entdecken, über der graublaue Rauchwölkchen schwebten, aber alles, was er sah, waren feindselig wirkende Gesichter, die ihn durch die Fenster der Häuser anstarrten.

Der in seinem Stolz verletzte Sekretär musste gegangen sein, um ihn zu ärgern, um zu unterstreichen, dass er trotz allem im Recht war.

Soll er doch in seinem eigenen Saft schmoren, dachte Svampa und ging zu dem großen Eisentor am östlichen Ende der Via dei Sabbioni. Seit ihrer Ankunft in Ferrara war Capiferro ein anderer Mensch. Misstrauisch, reizbar, fest überzeugt, ständig von Feinden umgeben zu sein. Es wäre einfacher gewesen, die Ermittlungen ohne ihn zu führen.

Aber welche Ermittlungen? Er fürchtete, an einem toten Punkt angelangt zu sein. Er hatte nichts in der Hand außer der Zeugenaussage eines stummen Mädchens und einer Ansammlung von Hirngespinsten über Magier und Geisterbeschwörer.

Die einzige belastbare Spur waren die Knochen, flüsterte ihm eine innere Stimme zu.

Die Knochen, die aus Cordoveros und Alatinos Körper entfernt worden waren. Durch diese Beweisstücke würde er die Wahrheit aufdecken können.

In diese Gedanken versunken, schweifte sein Blick zu den Bögen des lang gestreckten Portikus neben Dolce Fanos Anwesen. Dabei fiel ihm auf, dass dieser Säulengang bis an die Grenze des Ghettos reichte.

Ein düsterer Weg, durch den sich Christen, die Geld brauchten, in der Dämmerung ins Ghetto schlichen, um an die Tür der reichen Jüdin zu klopfen. Die Torwächter duldeten ein solches Kommen und Gehen. Sicherlich gab es noch weitere geheime Zugänge, durch die verschwenderische Kirchenmänner und bankrotte Adlige das Ghetto betreten und verlassen konnten, ohne dabei gesehen zu werden.

Geheimgänge wie der, den Solomon Cordovero benutzt haben musste, um zum alten Friedhof von Borgo di Sotto zu gelangen.

Doch selbst wenn es tatsächlich so gewesen war, bedeutete das noch gar nichts. Denn es gab keinerlei Beweise, dass Dolce Fano Cordovero geholfen hatte, an den Ort zu gelangen, an dem er ermordet worden war. Und auch nicht dafür, dass sie an der Ermordung Bonaiuto Alatinos beteiligt war.

Aber weshalb hätte sie ihm sonst ein so verfängliches Angebot machen sollen?

In diese Fragen versunken, zeigte Svampa den Soldaten am eisernen Tor seine Ernennungsurkunde zum Inquisitor und ging durch eine sonnendurchflutete Gasse in Richtung Westen, die so eng war, dass die Karren und Wagen ihre liebe Mühe hatten, aneinander vorbeizukommen.

Eine Person im Austausch gegen eine andere. So hatte Dolce Fano es ausgedrückt.

Sie ermöglichte es ihm, einen Mann zu treffen, der wertvolle Informationen zur Aufklärung der Morde liefern konnte, und im Gegenzug würde er ihr helfen, eine Spionin zu finden, die seit Kurzem in der Stadt war. Eine Frau, von der anscheinend niemand etwas wusste, nur, dass sie feuerrote Haare hatte.

44.

Kloster San Domenico

Nachdem er das kleine Dominikanerkloster hinter sich gelassen hatte, ging Padre Capiferro im gleißenden Mittagslicht weiter zur Crocette di San Domenico.

Er hatte es satt, wie ein Dummkopf behandelt zu werden. Er, der den wichtigsten Entscheidungen des *Index librorum prohibitorum* vorsaß! Er, der den Bann über die Werke von Wilhelm von Ockham, Girolamo Savonarola, Rabelais und Paolo Sarpi verhängt hatte! Wie konnte Svampa, dieser bockige Solipsist, es wagen, ihn vor den Bewohnern des Ghettos zu demütigen?

„Zum Teufel mit ihm und seinen Launen", brummelte er, während er den beiden bewaffneten Wachposten am Tor einen finsteren Blick zuwarf.

„Würdet Ihr das noch mal wiederholen, Euer Gnaden?", fragte einer der beiden.

„Ich habe die Erlaubnis einzutreten", herrschte Capiferro ihn an und schaute in den dunklen Eingang. „Paolo de' Francis erwartet mich."

Die Soldaten lösten die überkreuzten Hellebarden, verbeugten sich ehrerbietig und gaben den Weg frei.

Der Sekretär der Indexkongregation trat ohne ein weiteres Wort über die Schwelle.

Zum Teufel!, dachte er verbittert. Wie kam Svampa dazu, ihn zu maßregeln, wo er doch das Richtige tat. Einen Verdächtigen befragen. Lügen aufdecken. Indizien im Licht der Erkenntnis betrachten ... War das nicht der tiefere Sinn der Begriffe *indagatio* und *inquisitio*? War das nicht das hehre Ziel aller Kirchenmänner im Dienst des Heiligen Offiziums?

Doch statt ihm dankbar zu sein, hatte ihn dieser Miesepeter ohne zu zögern vor den Juden zurechtgewiesen, mit dem fadenscheinigen Hinweis auf ein abstruses moralisches Prinzip, das es ihm verbat, jemanden anzuklagen, bevor man von dessen Schuld nicht absolut überzeugt war!

Soll er sich doch allein amüsieren!, schimpfte er innerlich. Er würde in der Zwischenzeit nicht untätig bleiben. Er war überzeugt, auf der richtigen Spur zu sein, und um sie bis zum Ende verfolgen zu können, würde er einen Pakt mit dem Gegenspieler schließen müssen, dem Bücherverbrenner, der noch weitaus schlimmer war als Bruder Girolamo. Umso demütigender würde Svampas Niederlage sein!

Doch trotz seines verletzten Stolzes und der brodelnden Wut auf seinen Mitbruder wusste Capiferro ganz genau, dass er seine Entscheidung tief im Inneren nicht für gut befand. Er verspürte eine Unzufriedenheit, die sich noch steigerte, nachdem er das Archiv durchschritten hatte und die Stufen zu den unterirdischen Verliesen der Crocette nach unten stieg. Der durchdringende Brandgeruch war ein Indiz dafür, dass hier nicht nur Bücher verbrannt wurden.

Aber die ganze Wucht seiner Frustration traf ihn erst, als er einen nur mit flackernden Kerzen beleuchteten Gang durchquert und die Zelle erreicht hatte, in der Pinhas Navarro mit Ketten an einen Holzstuhl gefesselt worden war.

Mit Schaudern blickte er auf den Scharfrichter, die Eisenzangen und die glühenden Kohlen.

„Nun, mein guter Padre, bleibt nicht auf der Schwelle stehen", forderte ihn Paolo de' Francis mit einem boshaften Lächeln auf. „Ihr kommt gerade rechtzeitig, um der Befragung beizuwohnen."

Teil vier

Idolum mortis
Golem

45.

Via Ripagrande

Svampa ließ die engen Gassen, die sich im Süden des Ghettos verzweigten, hinter sich und stand auf einer belebten Straße. Die Leute hier waren unterschiedlich gekleidet, es gab in Lumpen gehüllte Würfelspieler in den Bogengängen, Aristokraten in Reisekleidung, dazwischen Karrenlenker und Kaufleute, deren lärmende Rufe die Luft erfüllten.

Der Inquisitor schätzte die Stille und es kostete ihn große Überwindung, sich an das laute Durcheinander zu gewöhnen. Dann ließ er den Blick über die Häuserreihen nach Westen schweifen, dorthin, wo die wuchtige päpstliche Festung stand, die keinerlei Sinn für ausgewogene Proportionen erkennen ließ, und deren gezackte Türme und Mauern sich in der Ferne verloren.

Nur noch einen Moment Geduld, sagte er sich. Bald bist du am Ziel.

Aber je länger er inmitten dieses Gewimmels unterwegs war, desto mehr hatte er das Gefühl, ersticken zu müssen. Irgendwann sah er sich gezwungen, vor einem sich zum Fluss hin öffnenden riesigen Portal innezuhalten, hinter dem sich vor Anker liegende Schiffe gegen den strahlend hellen Himmel abhoben.

Er musste lächeln.

Das war in der Tat ein gutes Versteck, das sich Margherita Basile da ausgesucht hatte. Ein Sammelbecken für Kaufleute und Reisende jeder Art, unweit eines Binnenhafens, der ihr im Notfall eine sofortige Flucht ermöglichen würde.

Aber er hätte von dieser geheimnisumwitterten Frau auch nichts anderes erwartet. Und mit diesem Gedanken wuchs in ihm das Unbehagen und gleichzeitig der Wunsch, sie wiederzusehen.

Seit ihrem letzten Zusammentreffen waren drei Monate vergangen, frei von Verpflichtung oder Zwang, sich offenbaren zu müssen, was sie füreinander empfanden. Aber die Erinnerung an diese vergangenen Momente, die sie der Welt abgetrotzt hatten und die jetzt fast nur noch in seiner Fantasie zu existieren schienen, waren auch gepaart mit dem Stolz auf den Widerstand, der ihn dazu gebracht hatte, sie ohne Erklärung zu verlassen.

Wie ein Feigling.

Oder war es eine kluge Entscheidung gewesen?

Bevor er auf diese Fragen eine Antwort finden konnte, wurde er von einem Sonnenstrahl getroffen, der sich durch ein aufreißendes Wolkenloch drängte und von einem vergoldeten Eisenschild am Rand der Straße reflektiert wurde.

Ein Schild, auf dem ein Engel mit ausgebreiteten Flügeln zu sehen war. Er hatte sie gefunden!

Svampa wandte sich ohne zu zögern in diese Richtung und betrat den Schankraum, in dem der Feuerschein eines Kamins die Figuren des Wandfreskos zum Leben zu erwecken schien.

„Ich suche jemanden", sagte er zum Wirt hinter der Theke. „Eine Frau."

„Kompliment, mein guter Mönch!", kicherte der tölpelhaft wirkende Mann. „Wie wäre es, wenn Ihr Euer Vergnügen nicht hier, sondern in einem Kloster sucht und eine Nonne damit belästigt?"

Girolamo Svampa packte ihn am Kragen und zog ihn zu sich heran.

„Würdet Ihr das gerne vor dem Folterknecht der Inquisition wiederholen?"

„Beim heiligen Georg …", erwiderte der Mann mit zitternder Stimme. „Ich konnte doch nicht wissen, dass Ihr …"

„Eine rothaarige Frau und ihren Begleiter", unterbrach der Inquisitor.

„Einen Mann auch …?" Der Wirt zögerte. „Seid Ihr sicher?"

„Ein bewaffneter Mann, dem ein Ohr fehlt."

„Ich wüsste nicht …"

„Muss ich die Soldaten des Kardinallegaten rufen?"

„Nein, um Himmels willen … eine Frau, wie von Euch beschrieben, und ein Mann mit Schwert und Pistole … ja, wenn ich noch mal darüber nachdenke, erinnere ich mich." Er warf einen vielsagenden Blick zur Treppe, die in den ersten Stock führte.

Der Inquisitor ließ ihn los. „Welches Zimmer?"

„Das größte, das mit dem Balkon an der Fassade, Ihr könnt es nicht verfehlen."

Einen Augenblick später eilte Svampa bereits die Stufen hinauf und durchquerte den Flur, von dem mehrere Zimmer abgingen, als ihn plötzlich ein Geräusch von brechendem Holz zur Vorsicht mahnte.

Es kam aus dem Zimmer, zu dem er unterwegs war.

Er ging jetzt langsam und auf Zehenspitzen, und als er einen Schritt von der Schwelle entfernt war, öffnete er vorsichtig die Tür einen Spaltbreit, um nach innen zu blicken.

Er sah den Rücken eines Mannes, der auf dem Boden kniete und seine Hände unter die Matratze des Himmelbetts geschoben hatte.

Den umgeworfenen Möbeln und den auf dem Boden verstreuten Gegenständen nach zu urteilen, musste der Dieb bereits jeden Winkel des Zimmers durchsucht haben. Nur das Bett fehlte noch. Der Mann trug eine Soldatenuniform, alles deutete darauf hin, dass er nichts stehlen wollte, sondern nach etwas suchte.

Aber dass es Ottavio Sacripante höchstpersönlich war, der sich nun umdrehte, um zu sehen, wer an der Tür stand, damit hatte er nun wirklich nicht gerechnet.

46.

San Domenico, Verlies

„Ist das nicht etwas übertrieben?", fragte Capiferro und ließ den Blick von Pinhas Navarros von Panik gezeichnetem Gesicht zu Paolo de' Francis schweifen, der zufrieden lächelte. „Eine solche Behandlung hat dieser Mann nicht verdient."

„Das sagt gerade *Ihr*? Ihr, der Ihr mit Euren Anschuldigungen meinen Verdacht auf ihn gelenkt habt?"

„Die Folter braucht es nicht, der Rabbi wird auf jede Frage antworten, das versichere ich Euch."

„Aber habt Ihr ihn selbst nicht vor einigen Stunden noch einen Lügner genannt?"

„Das stimmt", musste der Sekretär zugeben. „Doch es hat ausgereicht, ihn mit einigen gezielten Fragen unter Druck zu setzen, um …"

„Ist das Euer Ernst? Ihr vertraut tatsächlich einem Juden?"

Nein, war Capiferro versucht zu antworten, doch dann nagten die Gewissensbisse an ihm, dass letztendlich er für die Verhaftung des Alten verantwortlich war. Unerträglich, ihn unter der Folter leiden zu sehen.

„Jude oder nicht, er ist zu alt, um die glühenden Eisen des Folterknechts auszuhalten. Er würde sterben, noch bevor er einmal durchgeatmet hat."

Der Generalinquisitor verzog verärgert den Mund. „Ihr würdet Euch über die Widerstandskraft der spanischen Juden wundern."

„Ich habe genug Erfahrung in solchen Dingen. Oder glaubt Ihr, dass man in Rom die Geständnisse durch freundliche Zuwendung erreicht?"

„Wollt Ihr wissen, was ich wirklich denke?", ereiferte sich Paolo de' Francis. „Ich denke, dass Euch die Nähe zu Girolamo Svampa verweichlicht hat." Und zu Pinhas' großem Entsetzen griff er nach dem Feuerhaken und rührte in den glühenden Holzscheiten im Kessel herum. „Ich glaube, dass die umständlichen Methoden Eures Mitbruders eine übergroße Vorsicht, ja, wenn nicht gar Abscheu gegenüber den schweren, aber notwendigen Aufgaben unseres Heiligen Offiziums in Euch geweckt haben."

„Weder Girolamo Svampa noch ich neigen zu übergroßer Milde", versicherte Capiferro, dabei versuchte er möglichst unbeteiligt zu wirken, als er de' Francis beobachtete, wie er das glühende Feuereisen aus dem Kessel zog. „Allerdings haben wir bei vielen Befragungen die Erfahrung gemacht, dass ein wohlüberlegtes Vorgehen oftmals erfolgreicher ist als die Folter."

„Aber heute ist das Eisen gerade einmal lauwarm", entgegnete Paolo de' Francis ironisch und kam der Wange des Gefangenen mit dem Schürhaken gefährlich nah. „Und doch wird es ein Zeichen hinterlassen." Mit dem sadistischen Lächeln eines Kindes, das ein Insekt quält, versengte er die Barthaare des Rabbis.

Capiferro zog seinen Tabakbeutel aus der Tasche und stopfte seine Pfeife, um den Brandgeruch nicht ertragen zu müssen.

„Gestehe, Jude!", rief der Generalinquisitor währenddessen. „Gestehe, was du über Solomon Cordoveros Tod weißt! Sag die Wahrheit! Hast du seinen Leib auf dem heiligen Boden neben der Jesuatenkirche geschändet?"

„Was soll das?", griff Capiferro ein, bevor Pinhas etwas sagen konnte. „Darum geht es doch gar nicht, oder?"

„Oh doch. Ich glaube, das ist genau das Ziel der Ermittlungen. Den Verantwortlichen für die Morde zu finden, damit Ihr und Euer Mitbruder so schnell wie möglich nach Rom zurückkehren könnt."

„Da stimme ich Euch zu. Aber warum hätte sich Rabbi Pinhas so weit vom Ghetto entfernen und dem Risiko aussetzen sollen, von den Soldaten entdeckt zu werden, nur um einen Mann zu ermorden, der Gast bei ihm gewesen ist?"

Der Einwand machte den Generalinquisitor nervös, der weiter mit dem Feuerhaken die Barthaare des Gefangenen versengte. „Hast du gehört, Rabbi, der Teufel hat dir einen Verteidiger geschickt."

„Redet nicht solchen Unsinn!", erregte sich Capiferro.

„Aber Ihr habt ja recht", erwiderte Paolo de' Francis zu seiner Überraschung. „Wenn ich mich recht erinnere, beschuldigt Ihr diesen Juden eines anderen Verbrechens, das nicht weniger verachtenswert ist. Besitz verbotener Bücher."

„Eines einzigen Buches, des *Sefer Jetzira*", stellte der Sekretär klar.

„Noch nie gehört", knurrte Paolo de' Francis und nickte dem Scharfrichter zu, der mit vor der Brust verschränkten Armen auf der Türschwelle stand und wartete.

Capiferro beschlich ein ungutes Gefühl. Was hatte der Generalinquisitor vor? De' Francis verschwand in der Nachbarzelle und kam nach einer Weile mit einem voll beladenen Holzkarren zurück.

„Sind das die Bücher, die bei Pinhas Navarro beschlagnahmt wurden?", fragte Capiferro, um sich ganz sicher zu sein.

Paolo de' Francis nickte.

„Und was wollt Ihr tun?"

„Ganz einfach. Wenn das *Sefer Jetzira* oder wie auch immer es heißt, dabei ist, reicht das aus, um alle Bücher zu verbrennen und die darin niedergeschriebenen teuflischen Lehren ein für alle Mal auszumerzen."

„Um Himmels willen, tut das nicht! In diesen Büchern steht der Name Jahwes geschrieben, des barmherzigen Gottes …", Pinhas zappelte auf dem Stuhl herum, an den er gekettet war.

„Schweig, Jude!", herrschte ihn der Generalinquisitor an. „Oder du wirst *meine* Barmherzigkeit kennenlernen!"

„Wollt Ihr tatsächlich all diese Bücher den Flammen übergeben, ohne nicht wenigstens den Inhalt zu prüfen?", fragte Capiferro.

„Ihr seid doch nicht etwa erpicht darauf, sie zu lesen, Padre?", fragte der Inquisitor mit einem scheinheiligen Lächeln zurück.

Erst jetzt wurde Capiferro klar, dass er in die Falle getappt war. Die Anschuldigung, die sich hinter dieser Frage verbarg, war schwerwiegend. *Curiositas*! Die schlimmste Sünde, die ein Kirchenmann begehen konnte, der mit der Zensur von Werken betraut war, die sich gegen die kirchlichen Lehren richteten. Noch dazu, wenn es sich um das Judentum betreffende Bücher handelte!

„Los doch, gebt es endlich zu!", forderte ihn de' Francis provozierend auf, der keinen Hehl mehr aus seinen Absichten machte. „Habt Ihr im Laufe Eurer Ermittlungen etwa das dringende Bedürfnis entwickelt, die Lehren des *Sefer Jetzira* zu lesen, die jeden gottesfürchtigen Menschen, wie Ihr selbst sagt, entsetzen müssten?"

„Um Gottes willen, nein!", verteidigte sich der Sekretär.

„Worte allein reichen nicht", sagte Paolo de' Francis mit Nachdruck und hielt ihm eine schwarze Eisenzange hin. „Wenn Ihr meinen Verdacht tatsächlich ausräumen wollt, müsst Ihr es mir beweisen."

Der Sekretär warf einen angewiderten Blick auf das Werkzeug. „Und was soll ich damit anfangen?"

„Ein Buch nach dem anderen vor meinen Augen ins Feuer werfen!"

47.

Locanda dell'Angelo

Svampa zuckte zurück, noch bevor Sacripante ihn durch den Türspalt erkennen konnte.

Den Bargello statt Margherita Basile hier anzutreffen, hatte ihn so sehr verwirrt, dass er sich nicht entscheiden konnte, ob er fliehen oder ins Zimmer treten und Ottavio Sacripante über den Grund seiner Anwesenheit befragen sollte. Nur über eines war er sich völlig im Klaren: Er hatte nur wenig Zeit für seine Entscheidung, bald würde man ihn entdecken.

Er war immer noch unschlüssig, als ihn ein leises Knarren der Dielen herumfahren ließ. Es kam von einer schwarz verhüllten Gestalt, die sich ihm rasch näherte.

Sacripantes Komplize?, fragte er sich, während er ein Messer aus seinem Umhang zog.

Die Gestalt hob den Schleier, der ihr Gesicht verdeckt hatte, und legte einen Zeigefinger auf die Lippen.

Der Inquisitor konnte gerade noch einen überraschten Aufschrei unterdrücken. Es war Piccarda, die Geliebte des Kardinallegaten!

„Rasch, folgt mir."

Er starrte sie an.

„Beeilt Euch", drängte sie und wirkte plötzlich überraschend scharfsinnig. „Wenn der Gnadengeber uns zusammen sieht, wird er uns umbringen …"

„Warum seid ihr hier?", flüsterte er. „Wer schickt Euch?"

Immer noch auf Zehenspitzen, schlich Piccarda zur Treppe. „Folgt mir, ich bringe Euch zu ihr."

48.

San Domenico, Verlies

Capiferro hatte in seinem Leben nur selten geweint und noch seltener waren die Augenblicke gewesen, in denen er seine Tränen hatte zurückhalten müssen. Aber jetzt, als er das erste Buch mit der Zange ergriff und über den knisternden Feuerkessel hielt, musste er einen Hustenanfall vortäuschen, um seine feuchten Augen vor Paolo de' Francis zu verbergen.

„Ist Euch bewusst, dass wir mit dem Verbrennen der Bücher möglicherweise wichtige Beweismittel zerstören könnten?"

„Nichts, was man beim Verhör des Gefangenen nicht auch erfahren könnte", der Generalinquisitor blieb unerbittlich, dabei fixierte er den alten Mann, der angekettet auf dem Stuhl saß.

Der Sekretär blickte in die gleiche Richtung und bemerkte auf Pinhas' Gesicht die gleiche Trauer, die auch er empfand. Worte verbrennen. Ideen verbrennen. Das schlimmste Verbrechen, mit dem sich die Menschheit beflecken konnte. Denn in den unermesslichen Sphären des menschlichen Denkens trugen selbst die abwegigsten Ideen und die furchterregendste Ketzerei zur Großartigkeit des labyrinthartigen großen Ganzen bei.

In diese Gedanken versunken, spürte er, dass er dem Juden in diesem Moment viel näher war als dem Geistlichen, mit dem er den Glauben und die Ordenszugehörigkeit teilte. Dann öffnete er die Zange und ließ das Buch in die lodernden Flammen fallen.

„Gut so!", lobte Paolo de' Francis so laut, dass er Pinhas' schmerzliches Wimmern übertönte. „War das denn so schlimm?"

„Ach was", gab der Sekretär betont ungerührt zurück, während er sich fragte, welches unwiederbringliche Gedankengut vor seinen Augen in Flammen aufging.

„Ist das nicht Alltagsgeschäft für Euch?", insistierte der Generalinquisitor.

„In der Tat", presste Capiferro zwischen den Zähnen hervor.

In diesem Punkt sagte er die Wahrheit. In Ausübung seines verantwortungsvollen Amtes hatte er Tausende Bücher auf den Index gesetzt und damit zur Verbrennung auf dem Scheiterhaufen freigegeben. Aber vor seiner Entscheidung hatte er jedes einzelne sorgfältig aufgeschlagen und den Inhalt geprüft, Seite für Seite, um die zu Papier gebrachten Erkenntnisse in der unermesslichen Bibliothek seines Geistes zu speichern.

„Dann macht doch bitte weiter, damit ich den Generalkommissar des Heiligen Offiziums nicht davon in Kenntnis setzen muss, dass Ihr eine Schwäche für jüdische Bücher habt."

Capiferro zwang sich zu einem ironischen Lächeln: „Nicht doch." Er griff nach einem weiteren Buch.

„Nein, das nicht! Das ist die Thora!", schrie der Rabbi entsetzt auf.

„Wie bitte?" Paolo de' Francis tat so, als hätte er ihn nicht verstanden.

„Der Pentateuch, ein heiliger Text, der auch bei Euch Christen erlaubt ist! Dieses Buch dürft Ihr nicht verbrennen!", stellte Pinhas unmissverständlich klar.

Capiferro wollte die Zange gerade zurückziehen, als er den strengen Blick seines Mitbruders auf sich spürte.

„Nun gut", seufzte er und warf auch die Thora ins Feuer.

Dann versuchte er so gut wie möglich zu verdrängen, welches Verbrechen er beging, und warf ein drittes, dann ein viertes Buch in die Flammen, in der Hoffnung, die Trauer, die er im Herzen spürte, nicht nach außen dringen zu lassen. Paolo de' Francis ließ ihn nicht aus den Augen, beobachtete jede Bewegung, wie ein Geier vor der sich windenden Beute.

Bis Rabbi Pinhas in hysterisches Gelächter ausbrach.

„Was ist los, Jude?", herrschte ihn der Generalinquisitor an. „Hat dich der Anblick der Flammen womöglich in den Wahnsinn getrieben?"

„Meine Gedanken waren noch nie klarer!", antwortete der Sephardi, ohne mit dem Lachen aufzuhören.

„Welche Gedanken meinst du, Unglückseliger? Reue? Oder den Wunsch, weitere Lügen zu verbreiten?"

„Keine Reue und keine Lügen", erwiderte Pinhas Navarro und die Kette um seinen Hals klirrte. „Nur das Mitleid für zwei Dummköpfe, die nicht wissen, was sie tun."

„Drückt Euch klarer aus, alter Mann", forderte Capiferro ihn auf, dankbar für die Gelegenheit, die ihm auferlegte Prüfung unterbrechen zu können.

Pinhas' Gelächter wurde von einem Schluchzen abgelöst. „Ihr wagt es, Euch gerecht und erleuchtet zu nennen, und habt Angst vor einem Buch! Einem einzigen Buch! So große Angst, dass Ihr sogar bereit seid, alle zu verbrennen, nur um euch davon zu befreien!"

„Und wäre das etwa kein angemessener Preis?", wandte Paolo de' Francis ein.

„Mag sein. Vorausgesetzt, es befindet sich in diesem Raum. Aber dem ist nicht so. Das *Sefer Jetzira* ist ganz woanders!"

„Und wo?", brach es aus Capiferro heraus.

„Kommt darauf an, welche Ausgabe Ihr meint. Das hebräische Werk oder die lateinische Übersetzung."

49.

„Es gibt also zwei Ausfertigungen des *Sefer Jetzira*, eine hebräische und eine lateinische, seid Ihr sicher?", fragte Capiferro.

„Das war jedenfalls Solomon Cordoveros Vermutung", antwortete Pinhas.

„Aber Cordovero war ein Pilger aus Judäa, der gerade aus Venedig nach Ferrara gekommen war", gab der Sekretär zu bedenken. „Wie konnte er so gut über das geheimnisvolle Werk Bescheid wissen, dass er in der Lage war, eigene Mutmaßungen darüber anzustellen?"

„Die Gerüchte waren bis zur Serenissima vorgedrungen, Gerüchte über jemanden, der die Lehren des *Sefer Jetzira* verfälschte, als Beleidigung Jahwes."

„Wollt Ihr damit andeuten, dass Cordovero nach Ferrara gekommen war, um diesen Gerüchten auf den Grund zu gehen?"

Pinhas versuchte eine bequemere Sitzposition zu finden, bei jeder Bewegung klirrten die Ketten. „Ihr versteht nicht, wie gefährlich das ist. Jede unangemessene Anwendung des *Sefer Jetzira* kann schwerwiegende Konsequenzen haben."

„Tu nicht so scheinheilig, die Schwarze Kunst deines Volkes ist immer und überall gefährlich", unterbrach ihn de' Francis.

„Das stimmt nicht. Dieses Buch beschäftigt sich nicht mit der Schwarzen Kunst, sondern mit der *Formung*."

„Formung?", fragte der Generalinquisitor angewidert. „Und was soll das heißen?"

„Bruder Giuseppe Zarfati, Euer Konvertit, hat bereits mit mir darüber gesprochen", schaltete sich Capiferro ein. „Es handelt sich um ein Prozedere, durch das Gedanken, Buchstaben des Alphabets und Materie bestimmte Eigenschaften von anderen erhalten können, im Rahmen eines Prozesses, der vom Einfachen zum Komplexen führt, um schlussendlich der Materie Leben einzuhauchen."

„Mit anderen Worten: Zauberei", stellte der Generalinquisitor fest.

„Ganz im Gegenteil, es handelt sich um einen natürlichen Vorgang", widersprach Pinhas, „basierend auf den Regeln des Allmächtigen. Die Macht, in Jetziras Reich andere Formen zu erschaffen, kommt direkt von Gott."

„Und was habe ich mir unter Jetziras Reich vorzustellen?", fragte de' Francis Interesse heuchelnd.

„Eine der vier Welten, in die die Schöpfung unterteilt ist."

Nachdem er Capiferro einen vielsagenden Blick zugeworfen hatte, nickte der Generalinquisitor. „Es gibt in der Tat vier von Gott geschaffene Welten, aber das, was der Jude gemeint hat, ist sicher nicht die wahrnehmbare Welt, in der wir leben. Da es auch nicht das Paradies oder das Fegefeuer sein kann, muss es die Hölle sein. Ergo ist der Allmächtige, über den er mit einer solchen Ergebenheit spricht, ohne Zweifel der Teufel."

„Nein!", empörte sich Navarro. „Um in Jetziras Reich formen und gestalten zu können, muss man ein *Zaddik* sein, ein Gerechter! Menschen, die so reinen Geistes sind, dass sich in ihnen der Glanz der *Sephiroth* widerspiegelt."

„*Sephiroth*?" Capiferros Neugier war geweckt.

„Das sind die zehn Emanationen Gottes", erklärte Pinhas und für einen Augenblick überzog ein beseeltes Lächeln sein Gesicht. „Es sind Gefäße, himmlische Elemente voll anbetungswürdiger Eigenschaften, die ER, der Unendliche und Unergründliche, mit seinem eigenen Atem aus der *Machashabah*, den Gedanken des Abgrunds, erweckt. Und ihre Namen sind …"

„Es reicht!", fuhr Paolo de' Francis mit einer Mischung aus Wut und Ungeduld dazwischen. „Unter dem Vorwand, auf unsere Fragen zu antworten, versucht dieser Jude uns mit seinen gotteslästerlichen

Lehren zu indoktrinieren! Und Ihr, Padre Francesco, scheint Gefallen daran zu finden!"

„Ich versichere Euch …", versuchte Capiferro zu beschwichtigen.

„Es reicht, habe ich gesagt", schnitt ihm de' Francis das Wort ab und wandte sich an den Gefangenen. „Du hast dieses verdammte Buch erwähnt. Also, wo finden wir es? In wessen Besitz befindet es sich?"

„Ich … Das weiß ich nicht", stammelte der Rabbi.

„Belüg mich nicht, Jude. Steckt Cordovero dahinter? Hat er es auf dem alten Friedhof in diesem Loch gefunden? Sag die Wahrheit! Er hat es dir gezeigt und du wolltest mehr über die Geheimnisse des *Sefer Jetzira* wissen, hast dich von deiner Neugier verführen lassen und ihn umgebracht!"

„Nein, so war es nicht. Ihr habt überhaupt nichts verstanden!"

„Das werden wir noch sehen", knurrte Paolo de' Francis und seine Augen glühten vor Wut. Dann drehte er sich zum Scharfrichter um, der in der Ecke der Zelle wartete. „Du, komm her!"

„Aber das muss doch nicht …", versuchte Capiferro zu vermitteln.

„Schweigt, Judenfreund!", wies ihn der Generalinquisitor in die Schranken, dann befahl er: „Los, beeil dich, nimm das glühende Eisen!"

Pinhas versuchte sich verzweifelt zu wehren. „Ihr verschwendet Eure Zeit, ich schwöre! Ich habe keine Ahnung, wo die Bücher sind!"

„Und doch hast du gerade den Eindruck erweckt, es ganz genau zu wissen!"

„Ich habe nur erklärt, dass sich das *Sefer Jetzira* nicht in meinem Besitz befindet!", versuchte der Gefangene klarzustellen und warf einen Blick auf den Hünen, der gerade eine glühende Eisennadel aus dem Kessel zog.

„Um der Wahrheit die Ehre zu geben, hast du noch mehr gesagt. Du hast von zwei Ausfertigungen gesprochen, einer in hebräischer und einer in lateinischer Sprache."

„Das hat Cordovero vermutet", erwiderte Pinhas zögernd. „Diesen Verdacht hegte er erst, nachdem er in der Via dei Sabbioni gewesen war!"

„Via dei Sabbioni!", rief Capiferro. „Dort, wo Bonaiuto Alatino zu Tode gekommen ist!"

Der Alte nickte. „Er hat die aschkenasischen Rabbiner befragt … Die Aschkenasim sind nach der alten Tradition sehr viel profundere Kenner der Lehren der Formung als die Levantiner …"

„Und? Was hat dir Cordovero noch erzählt?"

Pinhas starrte auf das rot glühende Eisen, das seiner Hand immer näher kam. „Nichts, ich schwöre. Er war in dieser Angelegenheit sehr verschwiegen, weil …", seine Stimme zitterte und er versuchte sich dem Folterknecht zu entwinden, der sein rechtes Handgelenk umklammert hielt. „Und verschwiegen ist er auch geblieben, das müsst Ihr mir glauben!"

Statt einer Antwort gab Paolo de' Francis dem Hünen das Zeichen, die Eisennadel unter den Nagel von Pinhas Navarros rechtem Zeigefinger zu schieben.

„Nun?", fragte er erneut, nachdem der Schmerzensschrei verebbt war. „Was hat dir Solomon Cordovero vor seinem Tod noch anvertraut?"

50.

Via delle Volte

Während er der schweigsamen Piccarda folgte, betrachtete Girolamo Svampa die antiken Backsteinbögen, die wie das Gerippe einer Krypta unter freiem Himmel über ihm schwebten und die Gebäude auf beiden Seiten der Straße miteinander verbanden.

Auf ihrem verschlungenen Weg wurden sie nicht nur von Schatten begleitet. Hin und wieder, in einem Hauseingang oder einer dunklen Ecke, tauchten finster dreinblickende Gestalten oder Dirnen auf, die Freiern ihren Körper anboten. Seine junge Führerin bahnte sich unbeeindruckt ihren Weg, vergewisserte sich immer wieder, dass ihnen niemand folgte, und blieb schließlich vor einem mit Eisen beschlagenen Holzportal stehen und betätigte den Türklopfer.

Beim dritten Mal tauchten hinter dem Guckloch misstrauische Augen auf, geflüsterte Worte waren zu hören, die Svampa, der hinter Piccarda stand, nicht verstehen konnte.

„Vulpecula", antwortete die junge Frau ohne zu zögern, um dann einen Schritt zurückzutreten, als sich das Portal mit einem schrillen Quietschen öffnete.

Kurze Zeit später gingen sie in mostgeschwängerter Luft einen finsteren Korridor entlang, zwischen ausladenden Reihen großer Fässer hindurch, bis zu einer hölzernen Galerie. Von dort aus blickte Svampa in einen Keller, in dem Männer an Tischen saßen, Karten spielten oder würfelten.

„Kommt", rief Piccarda, die bereits die Treppe hinunterstieg.

Der Inquisitor folgte ihr zögernd, er vermochte nicht zu sagen, ob er in eine Falle tappte oder nicht. Aber als er unten angekommen war und die maskierte Frau erblickte, verschwanden alle Zweifel.

Sie saß in Gesellschaft zweier Männer an einem abseitigen Tisch, in der einen Hand hielt sie aufgefächerte Spielkarten, eine schwarze Maske verdeckte den oberen Teil ihres Gesichts. Sie schien sich wohlzufühlen und war im Gespräch mit einem der Männer, der ihr gegenübersaß, während der andere die Szenerie mit verschränkten Armen beobachtete, als wäre er ihr Kuppler.

Svampa hatte ein einziger Blick genügt, um die Kartenspielerin hinter der schwarzen Maske zu erkennen, und er wollte gerade auf sie zugehen, als Piccarda ihn zurückhielt. „Wartet. Wartet ab, bis die Partie vorbei ist." Mit dem koketten Lächeln einer Kurtisane, die sich mit ihrem Liebhaber ein verschwiegenes Plätzchen sucht, zog sie ihn in eine Nische im Schatten der Galerie. „In der Zwischenzeit wird niemand auf uns achten."

„Tatsächlich?" Der Inquisitor hatte den Eindruck, dass alle Augen auf ihm ruhten.

„Ihr seid nicht der einzige Mann Gottes, der sich in diesem Keller aufgehalten hat. Es sind viele, die nach dem Magnifikat hierherkommen, um Zerstreuung zu suchen."

„Einige waren bereits verloren, bevor sie die Weihe empfingen", entgegnete er bitter.

„Soll das ein Geständnis sein?", fragte Piccarda provozierend.

Aber Svampa antwortete nicht, sondern starrte weiter die maskierte Frau an. Auch wenn er nicht verstehen konnte, worüber sie mit ihrem Gegenüber sprach, genügte es, ihr aufreizendes Lächeln zu sehen, um eine beißende Eifersucht und auch eine gewisse Neugier in sich wahrzunehmen. „Gesteht Ihr wenigstens, welche Art von Komplizenschaft Euch mit Margherita Basile verbindet?"

„Das wird sie Euch selbst sagen", antwortete Piccarda mit vielsagendem Lächeln. Dann schob sie ihn gegen die Wand und drückte sich an ihn. „Aber bis dahin verhalten wir uns so, dass wir keinen Verdacht erregen."

„Es genügt, wenn Ihr neben mir sitzt", belehrte er sie, während er sich an sein erstes Zusammentreffen mit Margherita erinnerte. Und an die Ohrfeige, die sie ihm auf dem Torre dei Venti verpasst hatte, der Beginn einer tiefen und sinnlichen Beziehung, wie sie sich ein Dominikaner nicht einmal ansatzweise vorstellen sollte.

Dann nahm er seine Rolle an und unter Aufbietung seiner ganzen Geduld ertrug er Piccardas Nähe, so lange, bis die Frau mit der Maske sich von ihrem Spielpartner verabschiedete und mit ihrem Beschützer allein blieb.

Der Inquisitor schob Piccarda von sich, trat aus dem Versteck und ging zügig auf Margherita Basile zu.

„Seid gegrüßt", sagte sie. „Setzt Euch, bitte."

Doch statt ihrer Bitte nachzukommen, warf Svampa einen finsteren Blick auf den Mann neben ihr. „Was hat diese Farce zu bedeuten?"

„Tut, was die Dame sagt", forderte Cagnolo ihn auf und verbarg seine Verwirrung hinter der Krempe seines Hutes. „Bitte, zerstört unser Inkognito nicht."

„Das werde ich nicht", versprach der Inquisitor, bevor er sich setzte. „Nun? Muss ich vielleicht auch ein Spielchen machen?", fragte er und deutete mit einem provozierenden Lächeln auf die Karten auf dem Tisch.

„Nur, um den Schein zu wahren", antwortete die Frau und begann mit flinken Fingern zu mischen. „Sagt mir, Verehrtester, was beherrscht Ihr besser, Primiera oder Zecchinetta?"

„Können wir nicht einfach nur so tun als ob?", fragte er.

„Nun gut, aber das ist nicht gerade unterhaltsam."

„Mit Euch habe ich mich noch nie gelangweilt", erwiderte Svampa, während er das halbe Dutzend Karten in die Hand nahm, die sie ihm aufgefächert gereicht hatte. „Zum Beispiel, indem Ihr mir sagt, was Ihr in dieser Spelunke zu suchen habt."

Margherita zuckte mit den Schultern. „Ich sammle Informationen. Ihr habt Eure Methoden, ich habe meine."

„Informationen über Kardinal Salamandri?", fragte er.

Cagnolo entfuhr ein Fluch.

„In diesen Mauern ist es üblich, keine Namen zu nennen", stellte sie ungerührt klar. „Aber wie habt Ihr das erraten?"

„Ihr habt ihn durch seine junge Geliebte ausspionieren lassen, oder?"

Sie nickte.

„Dann habt Ihr ihn schon vor seiner Ankunft in Ferrara überwacht?"

„Schon viel länger, als Ihr Euch vorstellen könnt. Aber das geht Euch nichts an."

Ganz im Gegenteil, wollte der Inquisitor widersprechen, aber beim Anblick des wunderbaren Lächelns, das unter der Maske erkennbar war, vergaß er seine Absicht. Ein Lächeln, vor dem er geflohen war, bevor es ihn endgültig erobert hatte. „Dann solltet Ihr wissen, dass Euch ein Scherge des Kardinals auf der Spur ist", fügte er mit gespielter Gleichgültigkeit hinzu.

„Ja und?", gab sie leichtfertig zurück.

„Er war gerade dabei, Euer Zimmer zu durchsuchen."

„Soll er nur, er wird nur falsche Spuren finden." Sie drehte die oberste Karte des Stapels um, einen Trumpf, den Bagatto.

„Mit anderen Worten, er wird nicht entdecken, dass Ihr Euch für die Bewohner des Ghettos interessiert", überraschte Svampa sie.

„Wie ... wie zum Teufel habt Ihr das herausgefunden?" Cagnolo erbleichte.

„Schweig!", herrschte Margherita ihn an.

Aber Svampa, der seiner Sache sicher war, hatte bereits zwei Karten auf den Tisch gelegt, den Papst und den Ritter der Münzen. „Der Kardinal und Ferraras jüdische Geldverleiher", erklärte er flüsternd. „Und Ihr untersucht diese Beziehung, richtig?"

Margherita legte die Karten umgehend auf den Stapel zurück. „Hat Piccarda das gesagt? Konnte diese Gans ihren Schnabel nicht halten?"

„Um der Wahrheit die Ehre zu geben, muss ich einer anderen Frau für die Enthüllung Eures Geheimnisses danken. Einer Frau, die Euren Namen und Euer Gesicht nicht kennt, aber von Eurer Anwesenheit in Ferrara Kenntnis hat und mir im Austausch gegen den Gefallen, Euch ausfindig zu machen, einen Dienst erwiesen hat."

„Und um wen handelt es sich dabei?" Margherita konnte sich die Frage nicht verkneifen.

Svampa zog eine weitere Karte aus dem Stapel, die Kaiserin. „Eine Jüdin, die mir von einer rothaarigen Frau erzählt hat, die in die Stadt gekommen sei, um Beweise dafür zu finden, dass offenbar unbemerkt Geld aus dem Ghetto fließt und die Truhen gewisser Kirchenmänner füllt." Er fixierte die grünen Augen, die wie zwei Pfeile hinter der Maske aufblitzten. „Mehr musste ich nicht wissen, um mir sicher zu sein, dass es sich um Euch handelt."

„Eine Jüdin?", fragte Margherita. „Ich will ihren Namen."

„In dieser Spelunke werden doch keine Namen genannt, oder?", fragte der Inquisitor sarkastisch zurück.

„Spielt Ihr ein Spiel mit mir, Girolamo? Als ob Eure Winkelzüge in der Vergangenheit nicht verletzend genug gewesen wären."

Der Inquisitor senkte den Blick, um seine Verlegenheit zu verbergen. Ihm war klar, dass Margherita früher oder später auf das Vorgefallene zurückkommen würde, aber mit einem solchen Frontalangriff hatte er nicht gerechnet. „Über diese Winkelzüge, immer vorausgesetzt, es handelt sich auch um solche, sprechen wir später", versuchte er den Kopf aus der Schlinge zu ziehen.

„Tut nicht so scheinheilig, sagt mir lieber, warum Ihr das Interesse an mir verloren habt."

„Wäre ich denn hier, wenn dem so wäre?", fragte er zurück, auch auf die Gefahr hin, dass Cagnolo ihn hören konnte. „Versucht zu verstehen … das ist nicht der richtige Moment, um solche Dinge zu besprechen."

„Warum nicht?", widersprach Margherita. „Ich bin keiner dieser verwelkten Asketen, mit denen Ihr sonst zu tun habt, und habe mit Sicherheit nicht ihre Geduld. Also reden wir! Trotz allem könnte gerade jetzt der richtige Moment sein, um die Natur unserer Beziehung zu klären."

„Ich habe nicht gedacht, dass ich Euch derart wütend gemacht habe", gab Svampa zu.

„Und ich muss Euch so sehr verschreckt haben, dass Ihr vor mir weggelaufen seid."

„Das lag nicht an Euch, sondern an *ihr*." Er legte die Hand auf seine Mönchskutte.

Sie lächelte, für einen Moment glaubte er, ihr schönes Gesicht hinter der Maske erkennen zu können. „Ich akzeptiere Eure Entschuldigung, auch wenn sie etwas fadenscheinig ist", erwiderte sie zufrieden. Dann schlüpfte sie wieder in ihre Rolle und fügte hinzu: „Den Namen der Jüdin will ich trotzdem wissen."

„Ihre Identität werde ich mit meinem Schweigen beschützen", der Inquisitor ließ sich nicht beeindrucken und teilte seine Befürchtungen mit ihr: „Sie wird gewiss nicht die Einzige sein, die Euch auf der Spur ist! Oder glaubt Ihr etwa, dass die Bewohner des Ghettos tatenlos zusehen werden, wenn sich eine Spionin für ihre Geldgeschäfte interessiert?"

„Ihr würdet mich wegen einer Vereinbarung mit einer Jüdin verraten? Das ist infam! Sagt die Wahrheit! Ist sie der Grund dafür, dass Ihr mich vernachlässigt?"

Svampa musste sich beherrschen, um ihr keine Ohrfeige zu verpassen. „Ich bin hier, um Euch zu warnen. Das ist die Wahrheit." Er stand auf. „Ich werde ihr sagen, dass ich Euch nicht gefunden habe."

Margherita winkte ab. Ihre Wut war verflogen, sie war jetzt überfreundlich. „Ihr könnt Dolce Fano ruhig von mir erzählen. Wer sonst sollte es sein? Ihre Geschäfte haben nichts mit meinen Interessen hier in Ferrara zu tun. Meine Identität gebt Ihr natürlich trotzdem nicht preis."

„Folglich habt Ihr längst gewusst, von wem ich gesprochen habe!"

Die Frau mit der Maske legte ihm ihren Zeigefinger unters Kinn. „Ihr spielt mit mir, ich spiele mit Euch. War das nicht die Vereinbarung?" Sie lächelte.

„Die einzige Vereinbarung zwischen uns besagt, dass Ihr mich über die Intrigen aufklären werdet, in die Ihr verwickelt seid."

„Verdächtige Gelder, die aus dem Ghetto in die Kassen des Kardinallegaten fließen", flüsterte Margherita. „Mehr müsst Ihr im Moment nicht wissen."

„Mit anderen Worten, Salamandri wird von den Juden bestochen?"

„Das vermutet der Mann, in dessen Diensten ich stehe", bestätigte sie.

„Und wer ist dieser Mann?"

„Das kann ich Euch nicht sagen, Verehrtester." Margherita begann erneut die Karten zu mischen, als ob sie ihn zu einer weiteren Partie herausfordern würde. „Aber da Ihr mir die Ehre Eurer Gesellschaft zuteilwerden lässt, nutze ich die Gelegenheit, auch Euch in einer bestimmten Angelegenheit zu warnen." Sie warf Cagnolo einen Blick zu.

Der Inquisitor horchte auf.

„Salamandri könnte in das Verbrechen verwickelt sein, in dem Ihr ermittelt."

„Erklärt mir das."

Bevor sie darauf einging, vergewisserte sie sich, dass ihre Maske noch fest saß. „Es gibt Gerüchte, dass Seine Eminenz die Identität des Mörders der beiden Juden kennt. Und nicht nur das. Er scheint ihn sogar zu schützen."

„Es ist nicht meine Art, auf Gerüchte zu reagieren. Ihr müsst mir schon Eure Quelle nennen."

„Wenn ich das tue, dann setze ich mein Leben aufs Spiel."

Girolamo Svampa seufzte. „Es liegt mir fern, ein solches Opfer von Euch zu fordern." Konnte Salamandri tatsächlich in die Morde an Cordovero und Alatino verwickelt sein? Nachdenklich stand er auf. „Ich folge Eurem Rat und kehre zu Dolce Fano zurück. Ich werde ihr berichten, dass sie von der Spionin mit den roten Haaren nichts zu befürchten hat. Ich hoffe, das wird reichen, damit sie ihr Wort hält."

„Warum lasst Ihr ihr nicht einfach eine Nachricht zukommen, anstatt Euch persönlich zu ihr zu bemühen? Ihr könntet hierbleiben und auf die Antwort warten, ohne Euch den Gefahren der Straße auszusetzen."

„Eine Nachricht? Und wie?"

Statt einer Antwort deutete Margherita unauffällig auf einen Mann in zerlumpter Kleidung, der zwei Tische weiter mit anderen Würfel spielte. „Nutzt diesen Mann als Boten. Er hat Schulden bei ihr."

„Seid Ihr sicher?"

Cagnolo lachte. „Vor Madama können die Leute hier nichts verbergen."

„In diesem Fall nehme ich den Vorschlag an."

„Aber ich erwarte eine Gegenleistung", stellte Margherita klar, dabei lächelte sie wie jemand, der geduldig gewartet hatte, bis der richtige Moment gekommen war, um die Falle zuschnappen zu lassen.

„Eine Gegenleistung?"

Sie zog eine Karte aus dem Stapel. Die Liebenden.

„Ihr habt Spielschulden bei mir", antwortete sie sibyllinisch. „Und bevor diese Geschichte zu Ende ist, verlange ich, dass Ihr sie begleicht."

51.

San Domenico, Verlies

Capiferro kehrte ohne Paolo de' Francis in Pinhas Navarros Zelle zurück.

Es war mehr als eine Stunde vergangen, seit der Generalinquisitor voller Wut und Enttäuschung den Folterknecht fortgeschickt hatte. Und jetzt, wo sich der Teufel mit eingezogenem Schwanz in die oberen Stockwerke des Klosters zurückgezogen hatte, konnte der Sekretär der Indexkongregation wieder nach seinem eigenen Gewissen handeln und offen sprechen.

„Es tut mir leid, das wollte ich nicht", sagte er, kaum dass er vor dem Gefangenen stand.

Rabbi Pinhas nickte. Er lag zusammengekrümmt in einer Ecke, gefangen in Schmerz und Demütigung, und betrachtete ihn aus seinen kurzsichtigen Augen, die ohne seine Brillengläser winzig wirkten.

„Ihr müsst mir glauben, ich bin ein Opfer der Umstände, genau wie Ihr."

„*Wie ich?*", fragte der Rabbi mit bitterem Lachen und hob seine rechte Hand, an der die Fingernägel fehlten.

Capiferro senkte den Blick und schaute zu dem Karren, auf dem noch etwa die Hälfte der Bücher lag. „Ich habe Euren Plan durchschaut. Ihr habt Euch mit Absicht foltern lassen, damit Euer Schatz aus Papier und Pergament nicht in Flammen aufgeht."

Pinhas schwieg einen Moment, wie um nachzudenken, ob diese plötzliche Freundlichkeit nicht Mittel zum Zweck war, ihn das gestehen zu lassen, was das glühende Foltereisen nicht geschafft hatte. „Ich konnte es nicht zulassen ... Ich konnte nicht zulassen, dass der Name Gottes, der Name Jahwes geschändet wird."

„Der Name Gottes?", fragte der Sekretär erstaunt.

„Ja, der Name erscheint auf jeder Seite der Bücher, die Ihr vor Euch seht", erklärte der Sephardi. „In der Thora, im *Midrasch*, in den Gebetsbüchern und im *Sohar* ... Überall findet sich der Name Gottes. Ob in offensichtlicher oder versteckter Form, in jedem Wort und jedem Buchstaben ... weil Worte und Buchstaben Flüsse sind, die aus einer einzigen Quelle stammen, nämlich aus Gott selbst. Deshalb sagt mir, verehrter Padre, ob Ihr ein schlimmeres Sakrileg kennt, als seinen Namen zu verbrennen?"

„Ich verstehe Euch", antwortete Capiferro. „In aller Aufrichtigkeit, ich bewundere Euch. Wenn ich an Eurer Stelle gewesen wäre und meine Bücher hätte retten müssen, ich hätte nicht ertragen, was Ihr ertragen habt."

Pinhas wimmerte.

Moment, dachte der Sekretär, das war kein Wehklagen.

Pinhas lachte. Er lachte und weinte zugleich.

„Geht ... geht es meiner Rahel gut?"

„Ja, Bruder Girolamo hat sie in Sicherheit gebracht."

„Wo?"

„Im Ghetto, im Haus von Dolce Fano."

Die Augen des Sephardi blitzten auf.

„Es war der erste Ort, der uns in den Sinn gekommen ist, damit die Soldaten sie nicht fortbringen."

„Ich bin Euch sehr dankbar. Rahel ist ein sanftmütiges Kind. Sie hat ... all das nicht verdient."

Der Sekretär nickte. Er hatte Tausende von Fragen an diesen Mann, aber im Augenblick empfand er nur tiefes Mitgefühl. Eine Seltenheit bei ihm, normalerweise lagen ihm eher die Bücher am Herzen. Er spürte ein gewisses Unbehagen.

„Stört Euch der Rauch?", fragte er, während er seine Gefühlsregungen mit dem Anzünden der Pfeife zu überspielen versuchte.

„Nein …", antwortete der Rabbi überrascht.

Capiferro nickte zum Dank, stieß eine Rauchwolke aus und begann in der Zelle auf und ab zu gehen. „Ich möchte ein Missverständnis ausräumen. Ich hasse die Juden und ihre Kultur, das stimmt. Aber nicht aus den Gründen, die Ihr vermutet."

Dann warf er einen Blick auf den Bücherkarren und fuhr fort: „Mein Hass beruht auf einer *Pflicht*, der kategorischen und unumstößlichen Pflicht, mich nicht von Euren unergründlichen Glaubenslehren verführen zu lassen. Denn ich bin nicht nur ein Dominikanerpater, sondern auch ein Mann, der das geschriebene Wort wertschätzt und deshalb empfänglich ist für die tiefer liegende Bedeutung von Buchstaben und Zahlen, für ihre geheimnisvolle Beziehung mit Gott und unserer Wirklichkeit. Das ist der wahre Grund, den ich Euch nicht verschweigen möchte. Und ich habe Angst, meinen Hass zu nähren. Angst, die jüdische Kabbala könnte die Quelle einer weit komplexeren Glaubenslehre als die christliche Theologie sein."

„Aber ich … ich hatte niemals vor, Euch zu indoktrinieren!", verteidigte sich der Rabbi.

„Das Risiko ist zu groß, versteht Ihr?", fuhr der Sekretär fort, als hätte er den Einwand gar nicht gehört. „Was würde mit mir geschehen, wenn ich nach all den häretischen Gedanken, Philosophien und alchimistischen Rätseln, die mir schon unter die Augen gekommen sind, feststellen würde, dass Euer *Sohar* noch weit verführerische Geheimnisse bereithält?"

Der Sephardi saß da, die verletzte und schmerzende Hand im Schoß, und betrachtete ihn schweigend.

Bis zu dem Moment, als Capiferro vor ihm stehen blieb und sagte: „Wenn ich in diesem vermaledeiten Fall klarsehen möchte, muss ich unbedingt noch etwas wissen!"

„Ihr werdet doch Paolo de' Francis nicht zurückrufen wollen?"

„Um Himmels willen, nein!", rief der Dominikanerpater und kniete vor dem Rabbi nieder. „Dieser Dummkopf stellt doch nur die falschen Fragen! Aber ich werde Euch die richtigen stellen!"

Mit einem komplizenhaften Lächeln zog er einen verrosteten Schlüssel aus dem Ärmel seiner Kutte. „Und danach bringe ich Euch von hier fort!"

52.

Via dei Sabbioni

Rabbi Zalman nahm einen Zinnbecher vom Regal, drehte ihn prüfend hin und her und warf ihn auf den Haufen Krimskrams, der bereits auf der Straße lag. „Es tut mir ja leid für den alten Wirrkopf, aber ich bin nicht für sein Unglück verantwortlich."

„Du verstehst nicht", sagte der Mann mit dem Turban auf dem Kopf. „Es wird nicht mehr lange dauern, bis sie zu dir kommen."

„Zu mir?", feixte der Aschkenasi und bemerkte die neugierigen Blicke der Umstehenden. „Komm", forderte er seinen Gefährten auf und entfernte sich von der Menschenmenge am Eingang des Pfandhauses. „Wir suchen uns einen ruhigeren Platz."

„Ich kann nicht lange bleiben, sie werden bald kommen und mich suchen und …"

„Dann geh!", knurrte Zalman. „Meinst du etwa, ich gehe kein Risiko ein, wenn man mich in deiner Gesellschaft sieht?"

Bei diesen Worten zog der Mann den Turban bis zu den Augenbrauen herunter und hob den Saum seines Umhangs bis über das Kinn.

„Ich bin hier, um dich zu warnen. Sie sind dir auf der Spur und werden dich finden."

„Nur weil ich mit Pinhas ein paar Worte gewechselt habe? Was soll der Unsinn? Ich habe mit den Morden an Solomon Cordovero und Bonaiuto Alatino nichts zu tun."

„Meinst du, die Inquisitoren geben sich mit dieser Antwort zufrieden?" Der geheimnisvolle Besucher ließ nicht locker. „Sie werden nach Beweisen suchen und dein Haus auf den Kopf stellen. Und wenn sie deine Teraphim entdecken …"

„Mit welchem Recht könnten sie sich so etwas herausnehmen?" Zalman lachte nervös. „Bei den heiligen Schriftrollen … Die Untersuchung der Verbrechen gehört vor ein Rabbinisches Gericht, nicht vor das Heilige Offizium! Und warum sollten die Nichtjuden gerade mich in Verdacht haben?"

„Wenn du dabei gewesen wärst, als sie die glühende Eisennadel unter Pinhas' Fingernägel gerammt haben", murmelte der Mann mit dem Turban, „würdest du es wissen."

„Und du warst dabei?" Rabbi Yosef Zalman zuckte zusammen. „War es so?"

„Ich stand hinter der Zellentür und habe gelauscht."

„Und was hast du gehört?"

„Pinhas hat die Aschkenasim verdächtigt."

„Unmöglich!"

„Oh doch", bekräftigte der Mann mit dem verhüllten Gesicht. „Er hat behauptet, dass das *Sefer Jetzira* in der deutschen und nicht in der levantinischen Synagoge aufbewahrt wird."

„Ach ja? Dieses verdammte spanische Halbblut!"

„Sei nicht so streng mit ihm. Paolo de' Francis' Folterknecht könnte selbst Steine zum Reden bringen."

„So heißt es, und doch … doch …"

„Endlich begreifst du, in welcher Situation du dich befindest!" Der Mann schaute ihm in das finstere Gesicht.

Zalman reagierte nicht, sondern ging nachdenklich weiter, bis zur Abzweigung in eine dunkle Gasse, in der keine Menschenseele zu sehen war.

„Sag mir", fragte er nach einer Weile, „hat Pinhas auch vom Golem gesprochen?"

„Um Himmels willen, wie kannst du dieses Wort nur laut aussprechen?" Der Unbekannte mit dem Turban schlug entsetzt eine Hand vor den Mund.

53.

Ghetto, Via Vignatagliata,
Vesper

Nachdem er in der Spelunke die Antwort von Dolce Fano gelesen hatte, starrte Girolamo Svampa auf die von rußgeschwärzten Backsteingebäuden gesäumte Straße. „Hier muss es sein", sagte er.
„Wollt Ihr Euch wirklich in diese Gasse wagen?", fragte Cagnolo erstaunt.
„Wenn du den Teufel an die Wand malen willst, hättest du auch bei ihr bleiben können."
„Madama hat darauf bestanden", antwortete der Diener, während er zärtlich über den Knauf seines Schwertes strich, als ob er nur darauf wartete, von einem Moment zum nächsten in einen Hinterhalt zu geraten.
Der Boden war durch den Schlamm rutschig. Girolamo Svampa ging einige Schritte voraus, er hielt sich den verletzten Arm und dachte an den Zwischenfall vom Vortag. Er musste zugeben, dass Margherita zu Recht darauf bestanden hatte, nur in Begleitung zu diesem Treffen zu gehen. Und doch musste noch etwas anderes dahinterstecken. „Trotz gewisser Andeutungen hat mir deine Herrin nicht erklärt, wie es Euch gelungen ist, gerade noch rechtzeitig in der Krypta der Chiesa Santa Giustina zu erscheinen, um mir das Leben zu retten."
„Wenn sie das nicht getan hat, wird sie ihre Gründe gehabt haben."

„Du wagst es, mir die Wahrheit zu verweigern, dem Mann, dem du jahrelang treu zu Diensten gewesen bist? Dem Mann, der deine Tochter beschützt hat?", herrschte Svampa ihn an.

Cagnolo seufzte.

„Nun?"

„Wir waren einem Mann auf der Spur, der wiederum Euch verfolgt hat."

Der Inquisitor erinnerte sich an den Unbekannten, der mit den beiden rot gekleideten Mönchen geplaudert hatte, während er der Exhumierung Solomon Cordoveros beigewohnt hatte. „Du meinst diese dunkel gekleidete Gestalt", er versuchte sich an das Aussehen des Mannes zu erinnern. „Sein Gesicht war von einem breitkrempigen Hut verdeckt."

Der Diener nickte.

„Und wer war das?"

„Das wissen Madama und ich nicht", er zuckte mit den Schultern. „Alles, was ich Euch sagen kann, ist, dass wir gesehen haben, wie er aus dem Haus kam, in dem gerade eine geheime Versammlung unter dem Vorsitz von Salamandri zu Ende gegangen war. Weil wir mehr über ihn wissen wollten, sind wir ihm bis zum Tor des jüdischen Friedhofs gefolgt. Und es war eine ziemliche Überraschung, dass er sich für Euer makabres Tun zu interessieren schien, das könnt Ihr mir glauben."

Svampa setzte seinen Weg fort und warf seinem Begleiter dabei einen finsteren Blick zu. Ob er die Wahrheit sagte oder ihn mit einer Halbwahrheit abspeiste, die er zuvor mit Margherita Basile abgestimmt hatte, vermochte er nicht zu sagen.

„Und der Mann, von dem du sprichst, hat auf dem Friedhof erst die beiden Mönche, die bei der Exhumierung dabei waren, ausgehorcht und ist mir dann zur Chiesa Santa Giustina gefolgt?"

„Und ist sofort nach Euch eingetreten. Aber davor hat er etwas sehr Seltsames gemacht."

„Und zwar?"

Cagnolo schob den Hut beiseite und massierte sich die Stelle, wo früher sein Ohr gewesen war. „Er hat eine Flöte aus der Tasche gezogen und hineingeblasen."

„Bist du sicher?"

„Madama hat es auch gesehen. Er spielte eine bestimmte Melodie", antwortete Cagnolo, dann pfiff er etwas und bewegte die Finger, als würde er Flöte spielen. „Erst danach hat er sich in die Kirche geschlichen."

Svampa hielt einen Moment inne, um sich die Szene vorzustellen. Eine Flötenmelodie in der Dämmerung nahe dem Eingang zu einer Krypta ... das erinnerte eher an einen Albtraum als an ein reales Geschehen. Aber warum hätten sich Cagnolo und Margherita eine solch merkwürdige Geschichte ausdenken sollen? Er hatte noch keine Antwort auf diese Frage gefunden, als er einen Mann bemerkte, der aus einem Hauseingang kam und auf ihn zuging.

„Ihr müsst Bruder Girolamo Svampa sein", sagte er und tippte sich zum Gruß an den Rand der meergrünen Mütze, die er tief über die Augen gezogen hatte, „der Inquisitor aus Rom."

„Und Ihr müsst Rabbi Jehuda Abravanel sein, der vermeintliche Kabbalist, nach dem Paolo de' Francis sucht", antwortete Svampa mit einem Blick auf das zerknitterte Papier in seiner Hand.

„Ihr gebt mir Anlass zur Eitelkeit", erwiderte der Mann mit einem Lächeln und deutete auf ein halboffenes Fenster, aus dem der Lauf einer Arkebuse ragte. „Kommt, lasst Euren Wachhund hier zurück und folgt mir. Wenn Dolce Fano die Wahrheit sagt, haben wir einiges zu besprechen."

54.

„Ihr seid also auf der Suche nach dem *Malach ha-mavet*", sagte Jehuda Abravanel, während er ins Innere eines Hauses mit verdunkelten Fenstern trat, „dem Todesengel."

„Ihr glaubt doch nicht etwa, dass die Morde an Cordovero und Alatino übernatürlichen Ursprungs sind?", bemerkte Svampa mit skeptischem Unterton.

„Zum Teil sind sie es."

Der Rabbi kramte in den Ecken eines nach Moder und Staub riechenden Raums herum, fand eine Kerze und zündete sie an. Der schwache Schein erhellte die nackten Wände.

„Ich hatte mit einem Arbeitszimmer voller Bücher gerechnet", bemerkte der Inquisitor enttäuscht.

„Glaubt Ihr wirklich, ich würde Euch in meinem eigenen Haus empfangen? Verehrter Padre, ich bitte Euch! Auch wenn Dolce Fano sich für Euch verbürgt hat, ist es mir sicher nicht gelungen, mich bis heute vor Paolo de' Francis zu verbergen, weil ich Fremden vertraut habe."

„Auch ich vertraue den Bemerkungen und Beobachtungen anderer nicht", antwortete Svampa. Der Kabbalist nickte zustimmend.

In seinem Auftreten lag keinerlei Feindseligkeit, nur Stolz und ein gewisser Hochmut, als ob er noch abwägen würde, ob Svampa es wert war, ihm von Angesicht zu Angesicht begegnen zu dürfen. „Wie könnte ich einem Mann helfen, der vom Zweifel bestimmt ist?"

„Das werden wir wissen, sobald ich Eure Glaubwürdigkeit überprüft habe", entgegnete der Inquisitor.

„Als wäre ich so etwas wie ein Sextant, ein Kompass oder ein ähnliches Navigationsinstrument?"

„Exakt."

„Nun, dann lasst uns beginnen."

„Dolce Fano meint, Ihr könntet mir die okkulte Bedeutung bestimmter hebräischer Wörter erklären", sagte Svampa und präsentierte ein Blatt Papier.

„Aber hier steht nur ein einziges", wandte der Kabbalist ein.

„Könnt Ihr es lesen?"

„*Met*, das bedeutet Tod."

„Und wenn ich *alef*, den ersten Buchstaben Eures Alphabets, voranstelle?"

„*Emet*, die Wahrheit."

„Das ist alles?", fragte Girolamo herausfordernd.

Nach kurzem Zögern antwortete Abravanel: „Das sind nicht einfach nur Wörter, sondern *Türen*. Zugänge, die einer toten Materie Leben einhauchen können, wenn man sie bei bestimmten Ritualen einsetzt."

Der Inquisitor nickte.

Die Erklärung stimmte mit dem überein, was Pinhas gesagt hatte, aber mit einer wichtigen Ergänzung. „Dann ist auch *emet* Teil des Rituals?"

„*Emet* ist das Schlüsselwort", bestätigte der Kabbalist. „Durch das es für denjenigen, der an die Lehre des *Sefer Jetzira* glaubt, möglich ist, einer aus Lehm geformten Figur Leben einzuhauchen."

Unbewusst wich Svampa einen Schritt zurück. Das war zum einen die Bestätigung, dass beide Morde mit dem *Sefer Jetzira* verknüpft waren, zum anderen hieß es aber auch, dass die kleine Rahel sehr viel mehr wusste, als sie ihm zu verstehen gegeben hatte. Die dritte Erkenntnis hingegen verwirrte ihn. Eine aus Lehm geformte Figur, wiederholte er in Gedanken. Wie bei der Erschaffung Adams.

„Das heißt, auch Ihr wisst vom *Sefer Jetzira*!"

Der Kabbalist hob abwehrend die Hände. „Ich dachte, davon seid Ihr ausgegangen. Außerdem ist das *Buch der Formung* seit vielen Jahrhunderten im Besitz meines Volkes. Es wurde in weit zurückliegender Zeit geschrieben, von Stammvater Abraham persönlich, und hin und wieder stößt man auf eine Ausgabe. Auch wenn, wie man sieht, nicht alle *Zaddik* die Lehren begreifen."

„Was meint Ihr damit?"

„Die Sephardim und die Aschkenasim unterscheiden sich nicht nur durch ihren Akzent und ihre Hautfarbe", war die rätselhafte Antwort des Kabbalisten. „Auch die geistigen Disziplinen, denen sich ihre jeweiligen Gelehrten widmen, sind verschieden."

„Mit anderen Worten, jede hebräische Synagoge pflegt ihre eigene okkulte Tradition?"

„So wie Ihr das sagt, klingt es fast wie ein Verbrechen. Aber ja, genau so ist es. Während die levantinischen Gelehrten wie Pinhas Navarro, Solomon Cordovero und sein verehrter Onkel Ramak profunde Kenntnisse der exorzistischen Praktiken, wie zum Beispiel der Niederwerfung vor dem Grab, und des *Yihud* haben, sind ihre deutschen und slawischen Brüder seit Generationen wahre Meister in der Manipulation von Gedanken und Materie."

„Wollt Ihr damit sagen, der Mörder sei ein Aschkenasi?"

„Ich wüsste gar nicht, dass wir schon über den Engel des Todes gesprochen hätten?"

Svampa konzentrierte sich auf die Licht- und Schattenbewegungen, als würde er nur darauf warten, dass früher oder später die Silhouette des Mannes auftauchte, der ihn in der Krypta der Chiesa di Santa Giustina angegriffen hatte. „Wie es scheint, sind die Verbrechen mit dem Buch, das Ihr gerade erwähnt habt, in Verbindung zu bringen."

„Wie habt Ihr das herausgefunden?"

Durch den Hinweis auf Ararita, wollte der Inquisitor gerade antworten, aber eine wohlbekannte innere Stimme hielt ihn davon ab, sich auf ein Terrain zu wagen, auf dem er sich noch zu unsicher bewegte. Zu viele Fragen waren offen, er musste erst verstehen.

„Erzählt mir lieber von den Knochen. Was haben die Knochen mit all dem zu tun?"

Abravanel schaute ihn verblüfft an.

„Nun?"

„Die … Knochen?", wiederholte der Kabbalist, während seine Gestalt fast mit dem Schein der Kerzenflamme verschmolz.

„Wusstet Ihr das nicht? Euer Todesengel entnimmt Knochen aus den Körpern seiner Opfer."

„Diese Gerüchte habe ich gehört", erwiderte der Kabbalist, der seine stolze Haltung zurückgewonnen hatte. „Aber ich hätte nicht gedacht, dass ein Mann wie Ihr, ein Bluthund auf der Jagd nach Ketzern, auf solche Kleinigkeiten achten würde."

Auf dem Gesicht des Inquisitors erschien ein eiskaltes Lächeln. „Wie könnte ich die einzigen aussagekräftigen Indizien vernachlässigen?"

„In diesem Fall, und wenn es stimmt, dass der Verantwortliche der beiden Morde die Geheimnisse des *Sefer Jetzira* kennt, muss man davon ausgehen, dass er die Knochen nicht aus reinem Vergnügen und auch nicht als Trophäe seiner Taten entfernt hat."

„Und was könnte sonst dahinterstecken?" Der Inquisitor konnte sich die Frage nicht verkneifen.

„Das liegt auf der Hand. Um ein *Opferritual* zu zelebrieren", antwortete Jehuda Abravanel düster.

55.

Kloster San Domenico

Als sich das Portal des Klosters öffnete, prasselten dicke Regentropfen auf das Straßenpflaster.

„Der Himmel öffnet seine Schleusen!", bemerkte einer der beiden Männer, die in den Regen hinaustraten. Die Kapuze tief ins Gesicht gezogen, die Pfeife zwischen den Lippen, sah er sich prüfend um. Niemand zu sehen. Dann drückte er sich dicht an die Hauswand und setzte sich in Bewegung.

Sein Begleiter folgte ihm wenige Augenblicke später. „Wo ist sie?", fragte er besorgt und beobachtete die Straße. „Wo ist sie?"

„Bewahrt Ruhe, das Schlimmste ist geschafft."

„Aber die Soldaten …"

„Ich habe Euch doch gesagt, dass ich die Wachablösung abgewartet habe. Wenn sie uns beim Verlassen des Gefängnisses nicht bemerkt haben, dann werden sie es jetzt auch nicht tun."

„Vorausgesetzt, sie erwischen uns nicht hier!"

„Habt Vertrauen", beruhigte Capiferro, nachdem er sich unter einem Steinbogen neben der Kirche versteckt hatte. Sobald Pinhas neben ihm stand, hüllte er ihn in ein schwarzes Gewand, das er aus der Sakristei mitgenommen hatte.

„Hier. Jetzt seht Ihr aus wie ich, wie ein Dominikanermönch. Niemand wird Euch erkennen."

„Ihr habt doch den Verstand verloren! Wenn sie uns entdecken, werdet auch Ihr nicht unbeschadet davonkommen, habt Ihr daran gedacht?"

„Wenn Ihr weiter herumjammert, bringe ich Euch zurück."

„Wenn wenigstens die Kutsche kommen würde, die Ihr erwähnt habt." Der Rabbi blickte suchend die Straße entlang. „Wo ist sie? Warum kommt sie nicht?"

Capiferro antwortete nicht, packte ihn an der Schulter und zog ihn zurück.

„Was verdammt ...", schimpfte Pinhas.

Der Dominikaner hielt ihm den Mund zu. „Dort", flüsterte er, während er auf eine in einen Mantel gehüllte Gestalt deutete, die auf das Portal zueilte, aus dem sie gerade gekommen waren.

„Hat er uns gesehen?"

„Ich glaube, er war zu sehr damit beschäftigt, dass ihn keiner sieht, um uns zu bemerken."

„Aber wer kann das sein?"

Das wollte Capiferro auch wissen und blickte genauer hin. Die verhüllte Gestalt war gerade dabei, das Kloster zu betreten, auf dem Kopf trug sie einen Turban und an den Füßen Holzpantinen.

Dann waren Hufgetrappel und das Quietschen von Rädern zu hören, Capiferro richtete seine Aufmerksamkeit auf einen schwarzen Punkt, der am Ende der Straße auftauchte. „Da ist sie, haltet Euch bereit."

Ohne abzuwarten, bis die Kutsche hielt, riss er die Tür auf und sprang hinein.

„In Beelzebubs Namen, kommt Ihr direkt aus der Hölle? Wir warten seit einer Ewigkeit!", herrschte er den Kutscher an.

„Das liegt am Regen, Exzellenz", entschuldigte sich der Mann.

Währenddessen war auch Pinhas eingestiegen. „Nun, wohin fahren wir?"

„Ein Wort der Dankbarkeit wäre nicht unangebracht."

„Darf ich Euch daran erinnern, dass erst Ihr mich in diese Lage gebracht habt!"

„Nun", seufzte Capiferro. „Ins Ghetto kann ich Euch mit Sicherheit nicht bringen. Dort wird Paolo de' Francis zuallererst suchen."

„Wohin sonst? Was bleibt dann noch?"

Capiferro warf einen letzten Blick nach draußen, um die Rinnsale zu beobachten, die sich über das Pflaster schlängelten. „Es gibt in der Tat nur einen einzigen Ort", antwortete er, während seine Augen aufleuchteten. „Wir werden einem Mann einen Besuch abstatten, von dem Ihr mir erzählt habt, als Ihr noch im Gefängnis saßt."

„Aber …", Pinhas' Angst wuchs, „dieser Mann ist gefährlich!"

„Das mag ja sein, aber wenn ich mich recht an Eure Worte erinnere, könnte er gewisse Informationen haben, die mir helfen könnten, das Rätsel des *Sefer Jetzira* zu lösen."

„Das habt Ihr Euch zusammengereimt! Ich habe nur eine Geschichte erzählt, von der ich nicht weiß, ob sie verlässlich ist … Abgesehen davon genießt dieser Mann einen zweifelhaften Ruf und sobald er erfährt, wer wir sind und woher wir kommen, wird er ohne zu zögern seine Hunde auf uns hetzen."

„Unsinn", tat Capiferro den Einwand ab und klopfte gegen die Wagendecke. „Beeilt Euch, Kutscher! Bringt uns zum *Quadrivio degli Angeli*!"

56.

Via Vignatagliata

„*Die Knochen*", bemerkte Jehuda Abravanel und ließ seine Finger über die schwache Flamme der einzigen Kerze wandern, die den Raum notdürftig erhellte. „Die Knochen sind der Schrein, in dem sich die Essenz des Geistes verbirgt."

„Wenn Ihr Euch auf die *Nefesch* bezieht, den Teil der Seele, der nach Eurer Lehre an der sterblichen Hülle der Toten haften bleibt …", erwiderte Svampa, um zu zeigen, dass er sich in der Materie durchaus auskannte.

Der Kabbalist schüttelte den Kopf. „Nein, ich spreche von einer Art Okkultismus, die einen Dominikanermönch zum Erschaudern bringen könnte."

„Tut Euch keinen Zwang an."

„Wie Ihr wollt. Die Entfernung von menschlichen Knochen zu rituellen Zwecken gibt es in vielen Kulturen. Die arabischen Magier formen ihre *Tendjis* mit den Fingern der Toten, die Bewohner von Kairo stellen aus Mumienteilen Talismanketten her, die Christen verehren Reliquien. Wenn es um das *Sefer Jetzira* geht, kann das aber nur eines bedeuten: die Schöpfung eines lebendigen Teraphim oder, besser gesagt, eines Golems."

Der Inquisitor verzog die Lippen.

„Ich verstehe Euer Zögern", sagte Abravanel, „aber vertraut mir, ich habe recht."

„Euch vertrauen? Ich gebe zu bedenken, dass Eure Worte durch keinerlei Beweise untermauert werden."

„Und doch haben sie ihre Berechtigung", betonte der Kabbalist und fuhr mit den Fingerspitzen über den schmalen Gebetsriemen, der wie eine Rebhuhnfeder aus seiner Kopfbedeckung ragte. „Die Informationen, die ich mit Euch teile, beruhen nicht auf Spekulationen meinerseits, sondern auf einer jahrhundertealten Tradition, vom *Targum* des Jonathan ben Uzziel über das *Pirkei* des Rabbi Eliezer bis hin zu den Schriften von Nikolaus von Lyra."

Svampa merkte sich diese Verweise, um sie später, mithilfe von Capiferros Büchergedächtnis, auf ihre Glaubwürdigkeit zu prüfen. „Ihr habt das Wort ‚Teraphim' erwähnt. Es kann kein Zufall sein, dass ich es bereits gestern Morgen schon einmal gehört habe, in Zusammenhang mit dem alten Friedhof, auf dem Solomon Cordovero ermordet wurde."

„Einen Zufall schließe ich tatsächlich aus. Aber wisst Ihr wenigstens, worum es sich handelt?"

„Wenn ich richtig verstanden habe, handelt es sich bei den Teraphim um Götterbilder, die auf dem Aberglauben des jüdischen Volkes beruhen."

Abravanel wirkte enttäuscht. „Wenn Ihr die Geschichten Jakobs kennen würdet, dann wüsstet Ihr, dass Rahels Vater Hausgötter besaß. Nun, diese Statuetten waren Teraphim, genau wie es vermutlich auch das Goldene Kalb war, das Aaron schuf, während Moses auf dem Berg Sinai zu Gott gebetet hat. Es handelt sich um das heidnische Erbe unserer Vorfahren und ihrer Riten, um Talismane, die benutzt wurden, um Zauberrituale durchzuführen und die Zukunft vorauszusagen."

„Und was hat das mit den Knochen zu tun, die den Opfern entfernt wurden?", wollte der Inquisitor wissen.

„Nach der von mir erwähnten Tradition bestehen Teraphim aus Knochen und anderen Teilen des menschlichen Körpers. Meist Schädel, in die ein Metallplättchen gelegt wird, auf das man ein Wort eingeritzt hat, um einen Dämon, einen Schutzgeist oder *Shed* zu beschwören und innerhalb des Götzenbilds einzuschließen, sodass sie gezwungen werden, die Wünsche dessen auszuführen, der sie beschworen hat."

Svampa starrte ihn entsetzt an. „Ihr meint doch nicht etwa das Wort ... *emet*?"

„Genau das, richtig erkannt", erwiderte der Kabbalist, ein rätselhaftes Lächeln erhellte sein Gesicht. „Mithilfe von *emet*, der Wahrheit, soll der Dämon in den Teraphim gelockt werden. Dann wird der erste Buchstabe entfernt und es entsteht das Wort *met*, der Tod, um ihn wieder zu vertreiben."

Spontan kam Girolamo Svampa eine Frage in den Sinn: Wie konnte die kleine Rahel ein solches Geheimnis kennen? Aber über seine Lippen kam eine andere: „Gehen wir davon aus, Eure Vermutungen entsprechen den Tatsachen: Warum sind die Schädel von Cordovero und Alatino dann nicht vom Körper getrennt worden?"

„Vielleicht hatte der Mörder zum Zeitpunkt der Tat schon einen solchen Schädel zur Verfügung", meinte Abravanel. „Oder vielleicht hatte er, wie bereits erwähnt, die Absicht, die Lehren des *Sefer Jetzira* sinnwidrig umzusetzen, um ein weit größeres Ziel zu verfolgen. Einen Golem zu erschaffen."

Der Inquisitor zog die Augenbrauen hoch. „Und wie unterscheidet sich ein Golem von einem Teraphim?"

„Eigentlich gar nicht. Der Golem wird auf die gleiche Weise erschaffen, aber er hat eine menschliche Form und kann sich bewegen wie ein lebendiges Wesen."

„Wollt Ihr damit sagen ... dass der Golem einem Menschen ähneln würde?"

„So sehr, dass man auf den ersten Blick keinen Unterschied feststellen kann."

„Das ist doch widersinnig!"

„Gerade Ihr zweifelt?", fragte Abravanel herausfordernd. „Ein Christ, der einer Kirche angehört, die an Wunder und an die Existenz von Dämonen glaubt?"

„Ich zweifle grundsätzlich an allem", stellte Svampa klar.

Der Kabbalist zuckte mit den Schultern. „Der Legende nach …", fuhr er fort, „verfügt der Golem über gewaltige Kräfte. Wie ich Euch bereits erklärt habe, besteht eine besondere Beziehung zwischen menschlichen Knochen und göttlichen Energien. Eine Beziehung, die, wenn sie erweckt wird, zerstörerische Kräfte auslösen kann."

„Es liegt mir fern, Euch beleidigen zu wollen", erwiderte Girolamo seufzend. „Aber ich bin es gewohnt, Hypothesen nicht auf der Basis von Spekulationen und Aberglauben zu formulieren."

„Dann lasst uns über Fakten sprechen. Könnt Ihr mir sagen, welche Knochen genau aus den Leichen entfernt wurden?"

Cagnolo flüchtete sich vor dem Regen unter einen Türbogen und behielt den Lauf der Arkebuse im Auge, die aus dem Fenster ragte.

Merkwürdig, dachte er. Noch nie hatte er einem Schützen gegenübergestanden, der eine so ruhige Hand hatte.

Zu ruhig.

Seitdem er hier stand, hatte sich die Arkebuse nicht einen Fingerbreit bewegt.

Diesem Gedanken nachhängend, beugte er sich hinunter, griff nach einem Stein und nahm Maß.

Pass auf dich auf, sagte er sich. Wenn du einen Fehler machst, verlierst du und vielleicht auch dein ehemaliger Herr das Leben.

Doch das Gefühl, einer Finte zum Opfer gefallen zu sein, wurde zunehmend stärker. Bis zu dem Augenblick, als er, immer noch den reglosen Lauf der Waffe im Blick, den Stein warf, genau dorthin, wo sich der Schuss lösen müsste.

Er traf, der Lauf kippte nach hinten, das damit einhergehende Geräusch ließ den Schluss zu, dass die Waffe auf einem Gestell befestigt war.

Ich wusste es!, lachte Cagnolo in sich hinein. Ein Trick! Nichts anderes als ein Trick!

Er genoss immer noch seinen Triumph, als seine Aufmerksamkeit auf ein anderes Geräusch am Ende der Straße gelenkt wurde.

Im strömenden Regen tauchte ein Trupp Soldaten auf.

57.

Quadrivio degli Angeli

„Fahrt langsamer!", befahl Capiferro dem Kutscher, während er einen Blick aus dem kleinen Fenster der Kutsche warf, um die Reihen der Palazzi und kleinen Häuser auf beiden Seiten der Straße zu betrachten, die in der finsteren Regennacht auftauchten.

Dann wandte er sich Pinhas Navarro zu, der ihm gegenübersaß.

„Wo genau wohnt der Mann, von dem Ihr erzählt habt?"

„An der nächsten Kreuzung müssen wir abbiegen und bis zum Kartäuserkloster fahren."

„Habt Ihr gehört?", rief Capiferro dem Kutscher zu, ohne sein Gegenüber aus den Augen zu lassen. „Wenn Ihr mir gleich davon berichtet hättet …", murmelte er, „dann wäre Euch nichts geschehen und ich müsste mich nicht schuldig fühlen."

„Ich habe Euch anfangs nicht getraut", erwiderte der Rabbi und seufzte. „Und in aller Offenheit, ich wiederhole mich, ich zweifle stark daran, dass wir an dem Ort, zu dem wir unterwegs sind, die Antworten finden werden, nach denen Ihr sucht."

„Das werden wir sehen. Ist es noch weit?"

„Wenn die Straße schmaler wird, halten wir an."

„Und dann?"

„Hier!", unterbrach ihn Pinhas und spähte durch das Fenster. „Wir sind fast da …"

„Los, haltet die Pferde an!", rief Capiferro dem Kutscher zu. Dann riss er ungeduldig die Kutschentür auf.

„Wartet wenigstens, bis wir zum Stehen gekommen sind!", mahnte der Rabbi.

Aber Capiferro war bereits ausgestiegen. Es regnete noch immer in Strömen. „Schnell, beeilt Euch! Eure Füße und Knie sind bei der Folter heil geblieben, wenn ich mich recht erinnere!"

Pinhas ging nicht darauf ein und deutete auf einen morastigen Pfad unter einer Baumreihe, der sich in der Dunkelheit verlor. „Dort entlang!", sagte er und kletterte aus der Kutsche.

„Bis wohin?"

„Das werdet Ihr dann sehen", antwortete der Rabbi und ging los.

Völlig durchnässt und mit verdreckten Schuhen stapften sie mühsam durch den Morast, bis sie ein heruntergekommenes Gebäude mit einem windschiefen Turm erreichten, der sich gegen den von zuckenden Blitzen erhellten Nachthimmel abhob.

Das hohe Tor war halb von einem dornigen Gebüsch verdeckt. Beim Näherkommen wurden sie von wütendem Hundegebell aus dem Garten jenseits der Mauer empfangen.

„Beim Höllenfeuer!", rief Capiferro, als zwei pechschwarze Mastiffs am Tor auftauchten.

„Seid vorsichtig", mahnte Pinhas, der sich hinter ihm versteckte. „Wir müssen zurück, bevor diese Höllenhunde über die Mauer springen."

Aber der Dominikaner ließ sich von den gefletschten Zähnen nicht beeindrucken und versuchte, sich durch das Gitter zu zwängen. Als er den Lichtschein einer Kerze durch die Dornbüsche des Gartens leuchten sah, blieb er stehen.

„Verflucht!", war eine raue Stimme zu hören. „Verdammt seid Ihr und dieses schreckliche Wetter!"

Capiferro wartete, bis der Fluchende näher kam, und erst als er dem hageren Mann im flackernden Schein einer Laterne ins Gesicht sehen konnte, hob er die Hand zum Gruß. „Seid Ihr der Hausherr?", rief er, um das Bellen der Hunde zu übertönen.

„Zum Teufel, nein!", der Mann schüttelte den Kopf und schob die langen grauen Haare zur Seite, die auf seiner Stirn klebten. „Ich bin nur der Diener."

„Dann beeilt Euch! Bindet diese Bestien an und bringt uns umgehend zu Eurem Herrn!", herrschte Capiferro ihn an. „Denn das Heilige Offizium stattet ihm einen Besuch ab!"

58.

Das gleißende Licht eines Blitzes drang durch ein Fenster und erhellte Jehuda Abravanels nachdenkliches Gesicht.

„Wenn ich richtig verstanden habe, wurde bei Solomon Cordovero der oberste Halswirbel und bei Bonaiuto Alatino ein Knochen des Brustbeins entfernt."

Svampa wartete den Donner ab und nickte.

„*Chochmah* und *Tiferet* …", murmelte der Kabbalist.

„Was bedeutet das?"

„Ganz sicher bin ich mir nicht", antwortete Abravanel und sein Blick wurde ernst. „Wisst Ihr, was ein *Sephiroth* ist, Padre Inquisitor?"

Girolamo Svampa verzog das Gesicht. „Wenn ich mich nicht irre, dann taucht dieses Wort oft in den Lehren der jüdischen Mystiker auf …"

„Die *Sephiroth* sind die zehn göttlichen Emanationen, gelobt sei der Herr. Zehn Emanationen, die von *En Sof* ausgeströmt wurden, dem Unendlichen, um die Wolken und den Dunst zu vertreiben, die zu Anbeginn der Zeit und des Raums die göttliche Essenz vernebelten."

„Emanationen der Eigenschaften Gottes", fasste Svampa zusammen, um zu zeigen, dass er das Konzept verstanden hatte.

„Normalerweise werden die *Sephiroth* durch den Lebensbaum *Etz Chaim* dargestellt, in einem geometrischen Schema, das seine zahlreichen Querverbindungen aufzeigt, wie die Glieder eines einzigen Körpers."

„Der Körper Gottes?"

„Das trifft es nicht genau, aber es würde die ganze Nacht dauern, Euch die Details näher zu erläutern."

„Es reicht mir zu verstehen, worauf Ihr hinauswollt." Der Inquisitor wurde ungeduldig.

„Nun, in dem Versuch, den Zusammenhang zwischen der Perfektion Gottes und seiner perfektesten Schöpfung, dem Menschen, darzustellen, haben einige Gelehrte die Vorstellung entwickelt, dass der Lebensbaum dem menschlichen Skelett entspricht."

„Wollt Ihr andeuten, dass ..."

Abravanel stellte die Kerze auf einen alten Tisch und zog mit dem Zeigefinger eine vertikale Linie in den Staub. „Die Wirbelsäule bildet den Grundpfeiler dieser Theorie. Sie ist das tragende Element, die Säule, um die herum die zehn Schwerpunkte angelegt sind, die den zehn göttlichen Emanationen entsprechen."

„Um eine Art Spiegelbild zwischen Mikrokosmos und Makrokosmos zu schaffen?"

„Ihr Christen ...", der Kabbalist schürzte abschätzig die Lippen, „immer begrenzt durch die Scheuklappen der Symbole und der Metaphorik! Auf jeden Fall entsprechen die beiden entnommenen Knochen diesen beiden Punkten", er deutete auf die Spitze der Linie und den Mittelpunkt. „Hier sitzen *Chochmah* und *Tiferet*, im *Sephiroth* die Weisheit und das Herz."

„Und was hat das Ganze nun mit der vermeintlichen Schöpfung des Golems zu tun?"

Abravanel zuckte mit den Schultern. „Ich weiß nur das, was man aus den Zeichen lesen kann. Ich kann die Zeichen interpretieren, nichts anderes, versteht Ihr? Ich beherrsche die Kunst der Formung nicht, und ich hatte niemals das Vergnügen, einen Teraphim aus Fleisch und Blut kennenzulernen, jedenfalls soweit ich das erkennen kann ... Ich kann Euch nur eindringlich vor dem Mann warnen, nach dem Ihr sucht. Er handelt nicht zufällig und hat auch nicht den Verstand verloren! Er hat ganz bewusst den obersten Halswirbel in seinen Besitz gebracht, den Sitz des *Chochmah*, den Schlüssel der Weisheit, die auf der *Qol*, der Stimme

Gottes, oder auch auf der ‚Vision' beruht ... Und er besitzt auch den *Tiferet*, den Brustbeinknochen oder die ‚Brust', wie es die alten Priester nannten, das mystische Herz, von dem jede Form des höheren Denkens ausgeht, unter der Führung des Buchstaben *alef* ..."

„Ich habe genug gehört", unterbrach der Inquisitor aus Furcht, sich in den Windungen dieser Erläuterungen zu verlieren. Und während ein Donnerschlag in seinen Ohren dröhnte, so laut, als hätte der vorausgegangene Blitz den Himmel gespalten, wischte er die in den Staub gezogene Linie weg, bevor sie seine Gedanken ganz beherrschen konnte. „Obwohl Ihr mich über vieles ins Bild gesetzt habt, was mit meinen Ermittlungen in Verbindung steht, bin ich mir unsicher, ob Ihr das aus persönlichem Interesse oder im Auftrag von Dolce Fano getan habt und mich zu manipulieren versucht."

„Ich setze mich der Gefahr aus, gefasst zu werden, und Ihr verdächtigt mich einer solchen Niederträchtigkeit?" Der Kabbalist war entrüstet. „Im Namen der Himmelssphären, habt Ihr es immer noch nicht verstanden? Ich will, dass der Mörder gefasst wird, genau wie Ihr auch!"

„Redet keinen Unsinn! Wenn Ihr diesen Mann hättet finden wollen, dann hättet Ihr Euch an das Rabbinische Gericht gewandt, nicht an mich."

„Und wer sagt Euch, dass ich das nicht getan habe? Ich habe mit Bonaiuto Alatino gesprochen, bevor er ermordet wurde. Aber dieser Dummkopf hat entschieden, nicht auf mich zu hören!"

Lüge oder Wahrheit? Wieder einmal fehlten Girolamo Svampa stichhaltige Beweise, auf deren Basis er diese Frage hätte beantworten können. „Ich kann mich nicht erinnern, dass Ihr seiner Totenwache beigewohnt hättet."

„Als ich erfuhr, dass ein Inquisitor auftauchen würde, bin ich so schnell wie möglich aus der Synagoge verschwunden. Ich fürchtete, es handle sich um Paolo de' Francis, der geschworen hat, meinen Kopf mit der Pike aufzuspießen."

„Warum hasst Bruder Paolo Euch in solchem Maße?"

„Kennt Ihr sein liebenswertes Gemüt etwa noch nicht?", fragte Abravanel mit beißender Ironie. „Um jede Form der Diversität auszurotten, würde er die ganze Welt in Schutt und Asche legen."

Hinter de' Francis' Feindseligkeit musste doch ein tieferer Grund stecken, war Girolamo Svampa versucht zu widersprechen. Aber das würde ihn nur von den Ermittlungen ablenken und womöglich aus der ruhigen Geisteshaltung reißen, in der er alle Elemente sammelte, um das Geschehen zu rekonstruieren. „Unter den vielen Dingen, die ich im Moment noch nicht verstehe", erklärte er stattdessen und erinnerte sich wieder an den Grund seines Besuchs, „ist eines von besonderer Bedeutung. Damit meine ich Lehren wie jene von den *Sephiroth*, den Lebensbaum und das abgängige *Sefer Jetzira,* die offensichtlich hochentwickelt und rein sind. Lehren, die entwickelt wurden, um Gottes Allmacht zu preisen. Doch wie kann es sein, dass dort auch gelehrt wird, wie man Fetische aus den Knochen von Toten erschaffen kann?"

„Oh, das hat mit den Lehren des Allmächtigen nichts zu tun", erwiderte Abravanel postwendend. „Das ist die Frucht der *Sephiroth oscure,* der Verzerrung des göttlichen Lichts … das Böse, das es schon immer gegeben hat!"

Svampa hatte noch keine entsprechende Antwort gefunden, als lautes Türenschlagen zu hören war und Cagnolo unvermittelt vor ihm auftauchte.

„Soldaten!", rief Cagnolo und fuchtelte im Halbdunkel mit der Pistole in der einen und dem Schwert in der anderen herum. „Sie kommen direkt auf uns zu!"

„Ist man Euch vorhin gefolgt?", fragte der Kabbalist erschrocken.

„Ich … ich bin mir nicht sicher", antwortete der Inquisitor und spähte durch den Fensterspalt.

Abravanel ging zur anderen Seite des Raumes und schob einen hohen Schrank beiseite, dahinter war eine Öffnung zu erkennen. Ein Geheimgang.

„Wohin wollt Ihr?", fragte Girolamo Svampa barsch.

„Ihr glaubt doch nicht wirklich, dass ich mich mit einem Inquisitor des Heiligen Offiziums getroffen habe, ohne einen Fluchtplan zu haben!", erwiderte der Gelehrte und verschwand in dem dunklen Gang. „Noch etwas solltet Ihr wissen", sagte er zum Abschied. „Um die Macht des *Chochmah* zu manifestieren, ist das *Tiferet* allein nicht ausreichend. Es braucht noch ein drittes *Sephira*: *Yesod*, das Fundament."

„Und welchem Teil des menschlichen Skeletts entspricht das?", wollte Svampa wissen.

„*Luz*, das Kreuzbein", war die rätselhafte Antwort des Kabbalisten, mit der er in der Dunkelheit verschwand. „Die untere Spitze des Jetzira-Dreiecks!"

59.

Palazzo ohne Namen nahe der Porta degli Angeli

Messer Ezio Magrino wirkte noch grotesker als sein Diener. Strähnige, fettige Haare fielen in ein raubtierhaftes Gesicht mit platter Nase, in seinen Augen erschien ein grausames Leuchten, als er die beiden sah.

„Beim Schwanz des Astaroth!", rief er seinem Diener zu. „Wer hat dir die Erlaubnis gegeben, diese Bettler einzulassen?"

„Das sind keine Bettler, werter Herr", erklärte dieser mit gesenktem Kopf, „sondern Dominikanermönche, die vom Heiligen Offizium geschickt werden."

„Vom Heiligen Offizium?", wiederholte Magrino fragend und umklammerte seinen mit Samt bezogenen Stuhl. „Was will das Heilige Offizium von mir?"

„Erklärungen", antwortete Capiferro entschlossen. Nachdem er einen prüfenden Blick durch den abgedunkelten Raum geworfen hatte, an dessen Rückseite sich ein zwischen zwei knienden Dämonenstatuen eingefasster Kamin befand, ging er auf den Hausherrn zu.

„Erklärungen zu einem Buch, nach dem ich suche", präzisierte er.

„Ich besitze keine Bücher", erwiderte Magrino, „es sei denn, Ihr wollt das Evangelium lesen, das neben meinem Bett liegt", fügte er spöttisch hinzu.

Bevor er antwortete, wechselte Capiferro einen Blick mit Pinhas, der mit halb angesengtem Bart und beschlagenen Brillengläsern neben ihm stand und sich schüttelte wie ein junger Hund, um das

Wasser von seiner Kapuze loszuwerden. „Mein Mitbruder behauptet das Gegenteil."

„Einen Augenblick", widersprach der Sephardi erschrocken, „ich habe niemals gesagt …"

„Er behauptet, Ihr wärt ein Magier, ein Alchimist", fiel ihm Capiferro ins Wort. „Und Ihr besäßet viele Bücher über die Schwarzen Künste, die Ihr auch praktiziert."

„Das sind nur Gerüchte und Verleumdungen", antwortete Magrino schulterzuckend, „bösartige Vorurteile gutgläubiger und unwissender Leute."

Capiferro begann durch den Raum zu gehen. „Euer Geschmack in Sachen Hausrat lässt etwas zu wünschen übrig", sagte er, dabei beugte er sich über einen kugelförmigen Kerzenhalter auf einem Tisch. „Irre ich mich, oder erinnert mich die Form an einen menschlichen Schädel?"

„Dieses Andenken hat mir mein Vater hinterlassen", verteidigte sich Magrino.

„Auch dieses hier?", wollte der Dominikaner wissen und deutete auf einen goldenen Kandelaber, in den seltsame Symbole eingeritzt waren. „In der Vergangenheit habe ich bereits mit solchen Inschriften zu tun gehabt", bemerkte er, ohne die Antwort abzuwarten. *„Sermo Angelicus…* Engelsworte. Sie werden zu rituellen Zwecken verwendet. Für die Anrufung der Höllengeister, nehme ich an."

„Aber was denkt Ihr Euch", Magrino lachte nervös und verängstigt. „Das sind einfache Verzierungen, geometrische Kritzeleien eines Goldschmieds…"

„Wartet!", schaltete sich Pinhas ein und ging auf den Kandelaber zu. *„Chetab hamelachim*, die himmlische Sprache…", murmelte er, als er die Inschriften erkannte. „Bei den zehn *Sephiroth*, Padre Capiferro hat recht! Das ist mit Sicherheit die Sprache der Sterne, die in den sublimen Rashbi des *Sohar* … erwähnt wird."

„Warum spricht der Mann hebräisch?" Magrino warf Capiferro einen wütenden Blick zu. „Ist er Jude? Habt Ihr mir einen verdammten Beschnittenen ins Haus gebracht?"

„Niemand ist perfekt", erwiderte Capiferro.

„Habt Ihr Euch genug umgesehen?", drängte der Hausherr.

„Wie bereits gesagt, ich besitze keine Bücher."

„Das, was ich gesehen habe, wäre trotzdem ausreichend, Euch vor das Inquisitionsgericht zu bringen", stellte der Dominikaner klar. „Aber Ihr habt Glück, heute Nacht bin ich geneigt, die Sache auf sich beruhen zu lassen … vorausgesetzt, Ihr seid so freundlich, mir einige Verdachtsmomente zu bestätigen."

„Den Teufel werde ich tun!", rief Magrino, sprang auf und griff nach einem Schürhaken.

Aber Capiferro war schneller, zog die Pistole aus der Tasche und richtete sie auf ihn. „Weg damit", befahl er mit überraschender Kaltblütigkeit. Dann deutete er auf den Stuhl. „Nehmt wieder Platz und ruft Euren Diener dazu. Ich habe einige Fragen an Euch und nur wenig Zeit."

„Um Gottes willen …", stammelte Magrino fassungslos.

„Ah, jetzt wird Gott angefleht!", grinste der Dominikaner und hielt ihn mit der Waffe in Schach. „Mein Gefährte hier behauptet, es gäbe merkwürdige Gerüchte über Euch. Und zwar nicht hinsichtlich Magie oder Alchemie im Allgemeinen, sondern wegen eines ganz bestimmten Buches, das durch Eure Hände gegangen sein soll."

„So heißt es im Ghetto", präzisierte Pinhas, der immer noch die Hieroglyphen des goldenen Kandelabers betrachtete. „Man sagt, er hätte sich bei einem aschkenasischen Rabbi damit gerühmt, das *Sefer Jetzira* gelesen zu haben."

„Ist das die Wahrheit?"

Magrino unterdrückte ein Fluchen.

„Nun, ich habe sie nicht mit Weihwasser geladen", warnte Capiferro und wedelte ihm mit der Pistole vor der Nase herum. „Auch wenn Weihwasser für einen Satansbraten wie Euch bestimmt genügen würde."

„Ich wiederhole es noch einmal, ich besitze keine Bücher."

„Gut", der Dominikaner winkte ab. „Übrigens ist Rabbi Pinhas selbst unter der Folter standhaft geblieben und hat behauptet, nicht zu wissen, wo sich das Buch gerade befindet … Aber mich interessiert ohnehin viel mehr, was im *Sefer Jetzira* steht!"

„Habt Ihr den Verstand verloren?", fragte Pinhas verblüfft. „Wenn ich gewusst hätte, dass es Euch darum geht …"

„Schweigt!", zischte Capiferro. „Das ist der einzige Weg, um diesen Fall aufzuklären. Ich muss wissen, worum es dort geht! Und da dieser Halunke der Einzige der ganzen Stadt zu sein scheint, der das Buch gelesen hat …"

„Ihr habt keine Ahnung, worum es sich überhaupt handelt", ereiferte sich Magrino.

„Dann erklärt es mir!", herrschte ihn Capiferro an und drohte erneut mit der Pistole. „Welche Ausgabe habt Ihr gelesen? Die hebräische oder die lateinische?"

Jetzt verlor Magrinos ohnehin schon blasses Gesicht das letzte bisschen Farbe.

„Ich muss wohl ins Schwarze getroffen haben!", lachte Capiferro. „Es war die lateinische Übersetzung, nicht wahr?"

„Glaubt, was Ihr wollt! Ich kann mich an absolut nichts aus diesem verdammten Buch erinnern! Man hat es mir sofort wieder weggenommen!"

„Ihr lügt!"

„Nein, das ist die Wahrheit", beharrte Magrino. „Kaum, dass ich es in Händen hielt, hat man es mir wieder entrissen!"

„Und wer hat es jetzt?"

„Ahnt Ihr das wirklich nicht, Padre?" Magrinos fauliger Atem schlug Capiferro entgegen. „Paolo de' Francis, der Generalinquisitor! Dieser Erzteufel hat es mir abgenommen, um es ins Höllenfeuer zu werfen!"

60.

Via Vignatagliata

„Wir suchen einen Dominikanermönch und einen flüchtigen Juden", bekundete einer der Soldaten.

„Ich weiß nicht, wovon Ihr sprecht."

„Da habe ich meine Zweifel, Padre."

Der Inquisitor war versucht, Abravanel zu folgen, der in dem dunklen Gang verschwunden war. Doch dann erinnerte er sich daran, dass er die unangefochtene Autorität des Heiligen Offiziums repräsentierte, und ging entschlossen auf den Bewaffneten zu, der jetzt den Raum betreten hatte. „Ihr wagt es, mein Wort infrage zu stellen, Soldat?"

„Wenn meine Informationen zutreffend sind, dann seid Ihr Bruder Girolamo Svampa", hörte er ihn antworten. „Und der Mönch, von dem ich gerade gesprochen habe, ist Euer Mitbruder aus Rom."

„Padre Capiferro?"

Der Soldat nickte. „Wie es scheint, hat er nach dem Abendgebet einem Gefangenen aus den Crocette di San Domenico zur Flucht verholfen."

Girolamo Svampa traute seinen Ohren nicht. „Das muss ein Irrtum sein …"

„Kein Irrtum", erwiderte der Soldat, während weitere Männer in den Raum drängten. „Wir haben den Befehl, nach ihm zu suchen."

„Selbst wenn dem so wäre, ich kann euch nicht helfen."

„Mir müsst Ihr das nicht erklären", antwortete der Soldat und wies Svampa gebieterisch an, ihm zu folgen, „sondern dem ehrwürdigen Generalinquisitor."

„Ich stehe nicht in Paolo de' Francis' Diensten", antwortete Girolamo Svampa brüsk. Als er sich nach Cagnolo umdrehte, bemerkte er, dass er allein war. Sein Begleiter musste stillschweigend verschwunden sein, genau wie es seine neue Herrin zu tun pflegte. „Ich bin ein *Inquisitor Commissarius*", verkündete er mit wachsendem Zorn. „Ein einfacher Soldat kann sich nicht anmaßen, mir Befehle zu erteilen."

Statt einer Antwort legte der Soldat eine Hand auf den Griff der Muskete, die er an seinem Gürtel trug. „Die einzige Autorität, die ich kenne, Padre", sagte er drohend, „ist diese …"

Teil fünf

Osculum mortis
Bi-nešiqah

61.

*Kloster San Domenico,
Nacht vom 27. auf den 28. Oktober*

„Ein schwerwiegender Vorfall", sagte Prior Tommaso Mancino. „Noch nie ist ein Gefangener aus unserem Verlies entwichen."

Girolamo Svampa ging nicht darauf ein und folgte dem Geistlichen zur Spitze des Turms, der wie ein riesiger Grabstein am Rand des Klosters in den Himmel ragte. Noch immer hatte er die Worte Jehuda Abravanels im Ohr, über den Golem und den lebendigen Teraphim und über die rätselhafte Verbindung zwischen den *Sephiroth* und dem menschlichen Skelett.

„Vielleicht bedauert Ihr mich", Bruder Tommaso brachte ihn wieder in die Gegenwart zurück. Er hielt eine Laterne in der Hand und stieg vor ihm die Treppe hinauf. „Der geistige Führer der Dominikaner Ferraras zu einem Diener des Generalinquisitors degradiert! Ah, wenn Ihr nur wüsstet! Was musste ich in all diesen Jahren nicht alles ertragen, um Paolo de' Francis bei Laune zu halten! Er ist es, der die Befehle gibt! Er entscheidet über alles und wenn man es wagt, ihm zu widersprechen …", seine Stimme stockte. „Er sitzt am längeren Hebel, versteht Ihr? Ein falsches Wort und Ihr seid verdächtig!"

„Ich bedauere Euch überhaupt nicht", erwiderte Girolamo in der Hoffnung, dem ungefragten Geständnis ein Ende zu setzen. „Die Macht, alle und jeden beschuldigen zu können, verwandelt Menschen in Tyrannen."

„Euch ist das bestimmt noch nicht passiert", schmeichelte der Prior. „Wisst Ihr, ich habe Euch in den vergangenen Tagen aus der

Ferne beobachtet. Und ich muss zugeben, Ihr seid ganz anders als Paolo de' Francis."

„Weil ich keine Bücher verbrenne und keine bewaffneten Soldaten um mich schare?"

Bruder Tommaso schüttelte den Kopf. „Nein, es liegt an der Stille, die Euch umgibt. Eine Stille, die Euer Schutzschild gegenüber der Welt zu sein scheint."

„Eine Stille, die man mir brutal geraubt hat, als man mich hierhergeschleppt hat", erinnerte ihn der Inquisitor, in der Hoffnung, seinen zart besaiteten Gesprächspartner auf seine Seite zu ziehen.

Aber der Prior zuckte nur resigniert mit den Schultern. „Bruder Paolos Soldaten haben Euch ins Kloster begleitet und mir hat man aufgetragen, Euch zu ihm zu bringen. Sollte er bemerken, dass ich seine Anweisungen nicht befolgt habe, bekomme ich große Schwierigkeiten."

„Könnte man das nicht wenigstens bis morgen früh aufschieben?", drängte Svampa. „Die Glocken haben schon Mitternacht geschlagen. Paolo de' Francis und seine Mitbrüder müssten längst schlafen."

„Und wer sagt Euch, dass er wirklich schläft?", erwiderte Bruder Tommaso mit nervösem Lachen. „Niemand hat ihn jemals im Schlafsaal gesehen. Er thront hier oben wie eine Spinne in ihrem Netz und taucht nur zu bestimmten Anlässen auf, zum Gottesdienst oder bei Verhaftungen, oder er geht ins Verlies, was sich sonst keiner traut."

Am Ende der Treppe angelangt, richtete er die Laterne auf den Türklopfer zu Paolo de' Francis' Arbeitszimmer. „Soll ich Euch weiterhin Gesellschaft leisten?", fragte er.

„Das ist nicht nötig", wehrte Svampa ab. „Wenn ich recht verstanden habe, geht es nur um ein weiteres Fehlverhalten meines Mitbruders."

„Ich glaube, Ihr seid Euch des Ernsts der Lage nicht bewusst", entgegnete der Prior finster. „Es geht mitnichten um Kleinigkeiten! Padre Capiferro hat in der Tat einem jüdischen Gefangenen, der schwerer Verbrechen angeklagt ist, zur Flucht verholfen, direkt vor der Nase der Wachen. Macht Euch keine Illusionen, verehrter Padre. Wie auch immer Ihr an dieser Tat beteiligt gewesen sein könntet, Paolo de' Francis wird Euch mit Sicherheit der Mitwisserschaft bezichtigen!"

„Bruder Paolo hat keine Befehlsgewalt über mich", erwiderte Svampa unbesorgt, während sich seine rechte Hand um den Türklopfer legte.

„Glaubt Ihr das wirklich?"

Aber der Inquisitor ignorierte die Warnung.

Die Tür war nur angelehnt.

„Seht Ihr", seufzte der Prior, „er erwartet Euch schon."

62.

Nachdem er die Tür hinter sich geschlossen hatte, ging Svampa bis zur Zimmermitte, ohne Paolo de' Francis zu erblicken.

Er blickte sich prüfend um, um sich zu versichern, dass der Generalinquisitor ihn nicht aus irgendeiner Ecke beobachtete. Dann näherte er sich der einzigen Lichtquelle im Raum, einer brennenden Kerze neben dem Lesepult, und vergewisserte sich erneut, dass er allein im Raum war.

Ganz offensichtlich hatte Paolo de' Francis seinen Bau verlassen und war irgendwo unterwegs. Der Prior war falsch informiert.

Besser so, dachte Svampa. Er würde warten, bis der Prior die Treppenstufen hinabgestiegen war und das Kloster verlassen hatte. Bis zum Morgengrauen gab es noch einiges zu tun, um die ganze Wahrheit herauszufinden. In der Zwischenzeit warf er einen Blick auf das aufgeschlagene Buch auf dem Lesepult. Womit beschäftigte sich sein verhasster Mitbruder wohl gerade? Zu seiner Enttäuschung musste er feststellen, dass es sich um einen antiken Pergament-Kodex handelte, auf dem geometrische Figuren aus Quadraten und Rhomben zu sehen waren. Ohne Text.

Wahrscheinlich tolerierte Bruder Paolos destruktiver Geist nichts, was geschriebene Worte enthielt.

Während er noch darüber nachsann, um welche Art Buch es sich handeln könnte, hörte er hinter sich ein leises Geräusch.

Sohlen, die über den Boden schleiften.

Versteckte sich der Generalinquisitor doch irgendwo? Erneut suchte er jeden Winkel des Arbeitszimmers ab, bis sein Blick an einem Wandteppich haften blieb.

Spielte ihm seine Fantasie einen Streich? Oder drang wirklich ein schwacher Lichtschein durch den gewebten Stoff?

Girolamo Svampa griff mit der einen Hand nach der Kerze und zog mit der anderen den Teppich beiseite. Zu seiner großen Überraschung stand er vor dem Eingang zu einem weiteren Raum.

Enger als das Arbeitszimmer und nur mit einer spartanischen Lagerstatt und einem Schreibtisch möbliert, auf dem stapelweise Notizen und Zeichnungen lagen.

„Das ist der wahre Bau von Paolo de' Francis …", murmelte er, ohne den Schatten zu bemerken, der drohend aus einer Ecke hinter seinem Rücken auftauchte.

Er spürte jedoch, dass er nicht allein war, und drehte sich gerade noch rechtzeitig zur Seite, um einem schweren Messingkandelaber auszuweichen, der seinen Schädel zu spalten drohte.

„Um Himmels willen!", war eine Stimme zu vernehmen.

Der Inquisitor hielt die Kerze vor sich und zuckte überrascht zusammen.

„*Ihr?*", rief der Mann mit dem Kandelaber in der Hand. „Was macht Ihr denn hier?"

63.

Ferrara, Schloss

„Piccarda?", rief der Kardinallegat, der aus einem schrecklichen Albtraum aufschreckte. „Piccarda, wo bist du?"

„Piccarda ist nicht da", war eine Stimme aus der Dunkelheit zu hören.

Da Salamandri nichts sehen konnte, stand er auf, tastete sich durch die Finsternis und öffnete die Läden des großen Fensters an der Längsseite des Raumes.

„Im Namen Gottes, es ist ja noch mitten in der Nacht!", stöhnte er, als er in den schwarzen Abgrund des Himmels sah.

„Noch?", wiederholte die geheimnisvolle Stimme. *„Auf ewig."*

Salamandri orientierte sich an der Richtung, aus der die Stimme kam, und erkannte eine Gestalt, die auf einem Schemel am Rand des Zimmers saß.

„Wer seid Ihr", fragte er zitternd, dann erinnerte er sich daran, dass draußen im Flur Wachen standen.

„Ich weiß nicht, ob Ihr Hilfe rufen solltet", der Eindringling schien seine Gedanken lesen zu können.

Der Kardinal ahnte, dass es sich um eine Frau handelte.

„Das denke ich auch", erwiderte er. „Ich werde Euch mit meinen eigenen Händen packen und aus dem Zimmer werfen."

„Warum macht Ihr es Euch nicht bequem und hört, was ich Euch zu sagen habe?"

„Zuerst will ich Euer Gesicht sehen, das ist ein Befehl!", sagte der Kardinallegat ungeduldig.

„Zu Diensten, Eminenz", antwortete die Frau, stand langsam auf und drehte sich zu dem schwachen Licht, das von draußen ins Zimmer fiel.

Salamandri erkannte kaum mehr als eine Flut roter Haare. „Nennt mir Euren Namen."

„Oh, Namen kann ich Euch *viele* nennen", antwortete die Unbekannte und lachte. „Meinen allerdings nicht."

„Ach, wirklich?" Er ging auf sie zu.

Er hatte sie noch nicht einmal berührt, als die Spitze einer Klinge sein Kinn streifte.

„Die Namen derer, die Euch in den vergangenen Jahren die Schatztruhen gefüllt haben", fuhr die Frau fort. „Die Namen der *Juden* des Ghettos, mit denen Ihr geheime Geschäfte gemacht habt."

„Juden?", stammelte der Kardinal und wich vorsichtig ein paar Schritte zurück. „Ihr redet wirr."

Die Unbekannte folgte ihm, die Waffe entschlossen auf ihn gerichtet. „Ich bin Eurem korrupten Treiben seit Wochen auf der Spur, beobachte, wie Ihr die Befehle des Heiligen Vaters durch Raffgier und persönliche Bereicherung ersetzt habt."

„Du verleumderische Hure! Weg mit der Waffe oder ich rufe die Wachen!", schrie der Prälat wütend.

„Nur zu, dann kommt die Schuld, mit der Ihr Euch befleckt habt, ans Licht", antwortete sie provozierend. „Ich besitze Kopien jedes Dokuments, des Kassenbuchs und aller Rechnungen. Wenn Ihr mir auch nur ein Haar krümmt, wird das alles äußerst einflussreichen Personen vorgelegt werden."

Jetzt konnte Salamandri ihr Gesicht sehen. Trotz der Halbmaske konnte er ein laszives Lächeln erkennen.

Eine Bewegung der Klinge brachte ihn zum Thema zurück.

„Wieso also seid Ihr hier, was wollt Ihr von mir? Wollt Ihr mich erpressen?"

„Mit Erpressung haben meine Ziele nicht das Geringste zu tun", erwiderte die Frau und ließ das Stilett im Ärmel ihres Kleides verschwinden. „Mein Herr giert danach, die Beweise in Händen zu halten, von denen ich gesprochen habe. Mir jedoch geht es noch um etwas anderes. Ich bin hier, um Euch eine Vereinbarung vorzuschlagen."

„Eine ... Vereinbarung?"

„Eine Vereinbarung, die uns mit einer gegenseitigen Lüge verbindet. Zu unser beider Vorteil", bestätigte die Frau mit der Maske.

64.

Kloster San Domenico

„Habt Ihr den Verstand verloren?", fluchte Svampa. „Fast hättet Ihr mir den Schädel zertrümmert!"

„Ich hielt Euch für Paolo de' Francis oder einen seiner Schergen", rechtfertigte sich Capiferro und stellte den Kandelaber auf den Boden. „Außerdem … wie hätte ich wissen sollen, dass ich Euch ausgerechnet hier wiedertreffe?"

„Dasselbe gilt umgekehrt", erwiderte der Inquisitor und betrachtete die durchnässte Kutte und den zerzausten Bart seines Mitbruders. „Sagt mir", fügte er in sarkastischem Unterton hinzu, „handelt es sich um einen üblen Scherz oder seid Ihr tatsächlich auf der Flucht?"

Capiferro warf ihm ein triumphierendes Lächeln zu.

„Dann stimmt es also", schlussfolgerte Svampa seufzend. „Nur um mir ein vollständiges Bild von der Situation zu machen: Wer ist geflohen, nachdem Ihr ihm Eure Hilfe angeboten habt?"

„Pinhas Navarro, das ist doch offensichtlich!"

Der Inquisitor sah sich um, als ob irgendwo das bebrillte Gesicht des Rabbis auftauchen könnte.

„Er ist nicht hier. Nachdem wir Ezio Magrinos Behausung verlassen haben, sind wir getrennte Wege gegangen."

„Ezio Magrino?", fragte Svampa verstört.

„Das ist eine lange Geschichte", winkte Capiferro ab. „Ihr müsst nur wissen, dass ich mich nach dem Geständnis dieses Mannes entschieden habe, in die Höhle des Löwen zu gehen."

„Ich hingegen hatte eine abstruse Unterhaltung mit einem Kabbalisten", wechselte Svampa das Thema.

„Einem Kabbalisten? Los, erzählt!"

„Ich werde mich nicht mit Einzelheiten aufhalten, wer weiß, wann der Generalinquisitor wieder in seinem Arbeitszimmer auftauchen wird. Es reicht zu wissen, dass es hauptsächlich um Teraphim ging."

„Diese verfluchten Talismane, die im alten jüdischen Friedhof gefunden wurden?"

„Es besteht die Möglichkeit, dass der Mörder den Leichen bestimmte Knochen entnimmt, um ein Lebewesen zu erschaffen. Oder besser gesagt, um in seinem Inneren eine dämonische Essenz einzuschließen."

„Und dabei das *Sefer Jetzira* zurate zu ziehen?", hakte Capiferro nach.

Girolamo Svampa zögerte einen Augenblick, überwand dann seinen Stolz und gab zu: „Ihr hattet von Anfang an recht. Dieses Buch ist der Schlüssel zur Lösung. Aber da ist noch etwas anderes."

„Und zwar?"

„Abravanel, der Kabbalist, hat von einer uralten Tradition gesprochen, eine überlieferte Tradition, die von großer Bedeutung für uns sein könnte, um die Fakten zu interpretieren, die wir untersuchen. Aber im Augenblick habe ich noch keine konkreten Beweise, ob es sie überhaupt gibt."

„Mit anderen Worten", Capiferro legte den Finger in die Wunde, „Ihr seid nicht imstande zu beurteilen, ob dieser Mann aufrichtig war oder Euch auf eine falsche Fährte geführt hat."

„Er hat bestimmte Schriften und die Namen der Verfasser zitiert", erwiderte der Inquisitor ausweichend. „Aber ehrlich gesagt, ist mir nur ein gewisser Lyranus in Erinnerung geblieben, den Abravanel ‚Bruder' genannt hat. Die anderen Namen kann ich nicht mal aussprechen."

„Nikolaus von Lyra? Der Kommentator der Bibel, der im 13. Jahrhundert in der Normandie geboren wurde?"

„Ich … ich bin mir nicht sicher."

„Aber ja doch, das muss er sein! Er ist dafür bekannt, eine Abhandlung über die Übersetzung des Alten Testaments geschrieben zu haben, die im 14. Jahrhundert in Rouen veröffentlicht wurde." Dabei fuhr er mit dem Zeigefinger von rechts nach links, als hätte er eine Textzeile vor sich, und begann zu rezitieren: *„Nostis quod in domibus istis sit ephod et theraphim et sculptile atque conflatile …"*

„Worum geht es genau?", wollte Svampa wissen.

„Ihr wollt doch etwas über die Teraphim erfahren, oder?", hakte Capiferro nach, den Zeigefinger hielt er noch immer ins Leere gerichtet. „Nun, ich habe gerade die *Annotationi* eines gewissen Marcellino dei Minori Osservanti aus meiner mentalen Bibliothek rezitiert, die 1587 in Venedig veröffentlicht wurden. Ein eher langweiliges Buch, aber auf Seite 470 gibt es einen Hinweis, dass Euer Lyranus eine Beziehung zu den Teraphim hatte."

„Und zwar?"

„Hört zu", er rezitierte weiter. „Indem er sich auf die Juden berief, wollte Lyranus ausdrücken, dass der Teraphim im Kopf des Erstgeborenen sitzt, der dem Dämon geopfert wird. Und zwar als goldenes Plättchen auf der Zunge, auf dem der Name des Dämons geschrieben steht, durch dessen Anrufung man zu Antworten kommt …"

Der Inquisitor konnte einen Ausdruck von Zufriedenheit nicht unterdrücken. „Ein Teraphim aus einem Schädel, mit einer Anrufung, die in ein auf die Zunge gelegtes Plättchen eingeritzt wurde. Genau das hat Abravanel auch gesagt."

„Dann wäre das geklärt!", sagte Capiferro, um dann mit einer ausladenden Geste auf den sie umgebenden Raum zu zeigen. „Sagt mir, mein Freund, habt Ihr etwas Besonderes bemerkt, als Ihr hier eingetreten seid?"

„Bevor Ihr mir fast den Schädel eingeschlagen hättet?"

„Als ich den Turm hinaufgestiegen bin, habe ich nicht damit gerechnet, ein Geheimzimmer mit wichtigen Unterlagen zu finden. Ich hatte die Absicht, Paolo de' Francis zu befragen, auch wenn ich Gefahr lief, verhaftet zu werden. Es geht um einige Entdeckungen, die ich bezüglich der Existenz des *Sefer Jetzira* gemacht habe."

„Aber seinen Worten zufolge weiß Bruder Paolo nichts von diesem Buch!", sagte der Inquisitor erstaunt.

„Tatsächlich?", bemerkte Capiferro spöttisch, während er eine Hand auf das Buch legte, das auf dem Lesepult lag. „Und warum besitzt er dann seine lateinische Übersetzung?"

65.

„Eine Sache verstehe ich nicht", sprach Capiferro weiter. „Warum würde uns Paolo de' Francis verheimlichen wollen, dass er das Buch nicht nur kennt, sondern sogar ein Exemplar besitzt?"

Svampa blickte ungläubig auf das Lesepult, auf dem das legendäre *Sefer Jetzira* lag.

„Mir kommt eine weitaus wichtigere Frage in den Sinn: Warum hat er es nicht verbrannt?"

„Darüber habe ich mir schon eine Meinung gebildet."

„Erklärt mir das näher."

Capiferro nahm das Buch zur Hand. „Als Ihr gekommen seid, habe ich es mir gerade angeschaut. Natürlich nicht, um die mir innewohnende Neugier zu befriedigen", fügte er mit maliziösem Lächeln hinzu. „Da war es endlich! Kein gedrucktes Buch, sondern ein Manuskript. Nicht das hebräische Original, sondern die Übersetzung in ein geschliffenes Latein, das *Liber Jezirah seu Formationis mundi*, mit Randbemerkungen und Illustrationen, die meiner Meinung nach vom Übersetzer angefertigt wurden, um den weniger mit der Kabbala vertrauten Lesern die Geheimnisse der jüdischen Magie verständlicher zu machen … Und genau das ist der Punkt, werter Bruder Girolamo. Der Übersetzer!"

„Sagt mir nicht, dass er so wagemutig war, seinen Namen zu hinterlassen."

Statt zu antworten, schlug Capiferro das Manuskript auf und deutete auf eine Zeile auf der ersten Seite.

Girolamo Svampa riss überrascht die Augen auf.

Unter dem Titel stand in eleganter Schrift zu lesen: *„Ex Iudaico in Latinum sermonem versus per Caesarem Turris Fuscae."*

„Bei allen Höllenfeuern! Cesare Torrefosca!"

„Der Nekromant, den wir schon seit Jahren suchen", bestätigte Capiferro mit unerschrockenem Lächeln. „Der Mann, der Gabriele da Saluzzo zu seinen abartigen Handlungen inspiriert hat, der Autor des berüchtigten *De umbris*, dem Zauberbuch, von dem nur sechs Ausgaben existierten, die, wie es heißt, alle verbrannt wurden."

„Aber dann …", überlegte der immer noch verwirrte Inquisitor, „dann ist es kein Zufall, dass wir hier sind! Ridolfi und Ludovisi müssen von Anfang an von Torrefoscas Wirken gewusst haben! Vielleicht schon vor Cordoveros Ermordung!"

„Wissen ist ein großes Wort", seufzte der Mitbruder. „Vielleicht haben die beiden es vermutet, das räume ich ein, aber in Bezug auf etwas ganz sicher zu sein ist ein seltenes Privileg."

„Deshalb haben sie uns im Fall Solomon Cordovero ermitteln lassen!", fuhr Girolamo Svampa fort, dabei kam ihm der kryptische Ausdruck Ludovico Ludovisis in den Sinn, den dieser ihm beim Verlassen des *Sala della Meridiana* zugeworfen hatte.

„Sie haben uns manipuliert … wieder einmal!"

„Und wenn schon? Was beklagt Ihr Euch? Torrefosca war Gabriele da Saluzzos Lehrmeister, was die dunklen Künste angeht, aber nicht nur das! Wenn ich mich recht erinnere, wurde Euer Vater in Tor di Nona festgesetzt, weil er verdächtigt wurde, seine Bücher zu drucken!"

„Ein unberechtigter und durch nichts bewiesener Vorwurf", beeilte sich der Inquisitor klarzustellen.

„Gibt es eine bessere Möglichkeit, seine Unschuld zu beweisen?", fragte Capiferro. „Womöglich habt Ihr recht. Monsignor Ludovisi hat uns zu verstehen gegeben, es ginge ihm um Ramak, damit wollte er sein *wahres* Interesse verbergen, nämlich Cesare Torrefosca … Aber schlussendlich, welche Rolle spielt das für uns? Wieder einmal ist der Sieg auf unserer Seite, mein Freund, weil wir trotz allem ein Indiz gegen einen gefährlichen Feind in der Hand haben!"

„Damit habt Ihr nicht unrecht", gab Svampa zu, während er durch das Manuskript zu blättern begann. „Auch wenn uns von Torrefosca leider nur Worte und ein paar Zeichnungen bleiben. Es lässt sich nicht genau sagen, wann er das *Sefer Jetzira* übersetzt hat. Es kann Jahre, sogar Jahrzehnte her sein. Deshalb bleibt uns im Moment nur, ein weiteres Vermächtnis seiner vergifteten Lehre auszumerzen."

Mit diesen Worten blätterte er weiter, bis er auf eine Tuschezeichnung stieß.

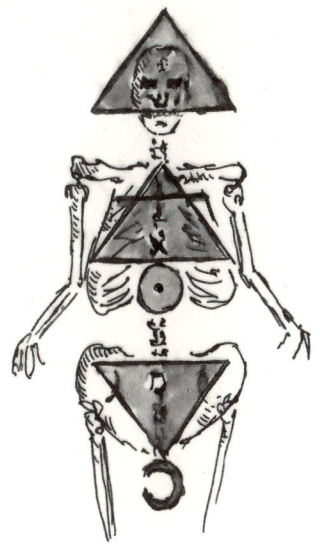

„Das muss die schematische Darstellung der Erschaffung des Golems sein, des lebendigen Teraphim, wie ihn mir Abravanel beschrieben hat."

Capiferro starrte entgeistert auf die Skizze.

„Seht Ihr die Körperteile, die von den Dreiecken angezeigt werden? Sie entsprechen den Knochen, die von Solomon Cordoveros und Bonaiuto Alatinos Skelett entfernt wurden."

„Wenn ich recht verstehe, dann fehlt noch ein Opfer ..."

Statt zu antworten, klappte Svampa das Manuskript zu und bedeutete seinem Mitbruder, wachsam zu sein.

„Was ist los?", flüsterte Capiferro.

Der Inquisitor deutete in Richtung Wandteppich.

Jemand hatte das Arbeitszimmer betreten.

66.

Der Mann mit der schwarzen Kapuze über dem Kopf schloss die Tür hinter sich und sah sich misstrauisch um.

„Meister, seid Ihr da?", fragte er leise und versuchte sich im Halbdunkel zu orientieren. „Seid Ihr wach?"

Der Wandteppich wurde beiseite gezogen, dahinter tauchten Svampa und Capiferro auf.

Der Mann erstarrte.

„Ganz ruhig, Padre Zarfati", zischte Capiferro. „Seid Ihr hier, um Eurem Herrn die Ergebnisse Eurer Spitzelei mitzuteilen?"

„Was redet Ihr da …", der Konvertit wich in Richtung Tür zurück.

„Wie? Ihr seid doch gerade erst gekommen und wollt schon wieder gehen?" Capiferro ließ nicht locker. „Nach der ganzen Anstrengung haben Eure Füße ein wenig Ruhe verdient, immerhin seid Ihr den ganzen Turm hinaufgestiegen!"

„Bei der barmherzigen Mutter Gottes, ist Euch klar, dass die halbe Stadt nach Euch sucht?", versuchte Zarfati abzulenken.

„Eine Quälerei mit Euren Holzpantinen, könnte ich wetten", fuhr der Dominikaner fort, nachdem er mit seinem Mitbruder einen Blick gewechselt hatte. „Die gleichen klobigen Holzschuhe, die ich vor einigen Stunden bei einem Mann bemerkt habe, der einen Turban trug und in einen Mantel gehüllt war …"

„Das war ich gewiss nicht …"

„Seid Ihr ganz sicher? Und doch ist der Mann, von dem ich spreche, in dieses Kloster gegangen! Und wenn ich mich nicht irre, seid Ihr der Einzige hier, der nicht die üblichen Sandalen oder die

Filzschuhe trägt, die man den Mönchen von San Domenico gestattet."

„Nun, ich …", versuchte der Konvertit auszuweichen.

„Ruhig Blut", unterbrach Capiferro, „ich kann mir gut vorstellen, dass das ein Zugeständnis an Eure verbrannten Füße ist. Und genau aus diesem Grund habe ich keinerlei Zweifel, dass Ihr es gewesen seid." Er bot ihm einen Schemel an.

„Was soll das?" Zarfati reagierte gereizt. „Wollt Ihr mich anklagen, weil ich einen Turban trage?"

„Niemand klagt Euch an. Ich bin nur neugierig, was Ihr in dieser Aufmachung getrieben habt."

„Das ist meine Sache!"

„Und die von Paolo de' Francis, wie es scheint. Ihr habt in seinem Auftrag spioniert?"

„Jetzt geht Ihr wirklich zu weit!"

„Habt Ihr nach Informationen über das *Sefer Jetzira* und über Cesare Torrefosca gesucht?"

Der Konvertit sank wie ein nasser Sack zusammen. „Wie … Woher wisst Ihr?"

„Bruder Paolo bewahrt dort die lateinische Übersetzung dieses Buches auf", erklärte der Inquisitor und deutete auf den Raum hinter dem Wandteppich. „Wie lange schon? Seit wann ist er auf der Suche nach Torrefosca?"

Zarfati seufzte resigniert. „Schon seit Jahren. Seit dem Tag, an dem er bei Ezio Magrino das *Liber formationis mundi* beschlagnahmt und entdeckt hat, dass dieses Werk von einem skrupellosen Nekromanten übersetzt worden ist, der in eine nie abgeschlossene Untersuchung des geschätzten Gabriele da Saluzzo verwickelt gewesen ist."

„Gabriele da Saluzzo gab vor, gegen Torrefosca zu ermitteln", erklärte Bruder Girolamo. „In Wahrheit war er sein Schüler."

„Mein Meister weiß von Euren Beschuldigungen, aber er hält sie für ungerechtfertigt", erwiderte Zarfati schulterzuckend.

„Deshalb war Bruder Paolo so gut über mich informiert", schlussfolgerte der Inquisitor. „Er wusste alles! Angefangen von den unhaltbaren Beschuldigungen Saluzzos gegen meinen Vater, die in der behaupteten, aber nie bewiesenen Verbindung zu Torrefosca gipfelten."

„Mein Meister hat die Ermittlungen gegen Cesare Torrefosca wieder aufgenommen, um Gabriele da Saluzzos Werk zu vollenden", stellte Zarfati klar. „Nachdem er das Buch in Magrinos Haus beschlagnahmt hatte, beschloss er, jeden freien Moment der Suche nach dem Nekromanten zu widmen. Er war überzeugt, dass Torrefosca Kontakte zu den Kabbalisten unterhielt, die sich im Ghetto von Ferrara verstecken."

Jehuda Abravanel! Girolamo Svampa wurde schlagartig klar, dass er den einzigen Menschen, der ihm etwas über Torrefoscas Versteck hätte sagen können, hatte entwischen lassen. „Jetzt verstehe ich, warum Bruder Paolo die Übersetzung des *Sefer Jetzira* nicht verbrannt hat. Er hielt sie für ein Beweisstück."

Der Konvertit nickte.

„Und nun? Wo könnte sich Paolo de' Francis jetzt aufhalten?"

„Ich hatte vermutet, er sei hier", Zarfati verzog verächtlich den Mund. „Wenn dem nicht so ist, wird er Euch wieder einmal einen Schritt voraus sein. Er ist wohl gerade dabei, den Mörder der Juden zu verhaften, nehme ich an."

„Dazu müsste er den Namen des nächsten Opfers kennen", sagte Svampa nachdenklich.

Der Konvertit senkte den Blick.

„Und Ihr kennt ihn auch, nicht wahr?" Capiferro packte ihn am Arm. „Heraus mit der Sprache, du verdammter Spion!"

67.

Via dei Sabbioni

Yosef Zalman hatte gerade die Tür geöffnet, war aber nicht schnell genug, sie wieder zu schließen.

„Ihr wollt drei arme Besucher auf der Schwelle stehen lassen?", fragte Capiferro mit ironischem Unterton und stellte einen Fuß in die Tür.

„Beim Zorn der *Schedim*!", protestierte der Aschkenasi. „Wie seid Ihr um diese Uhrzeit ins Ghetto gekommen?"

„Dank eines Freundes, der uns einen Geheimgang von der Via dei Contrari zur Via dei Sabbioni gezeigt hat", antwortete Capiferro, während er mit Svampa und Giuseppe Zarfati über die Schwelle trat. Und nachdem er auf den Konvertiten gedeutet hatte, fügte er hinzu: „Auch *Euer* Freund, nehme ich an."

Zalman schüttelte den Kopf. „Ich weiß wirklich nicht, was …"

„Versuch es erst gar nicht, Rabbi Yosef", sagte der Konvertit. „Sie wissen alles."

„Wirklich alles?"

„Erinnerst du dich daran, was ich dir gesagt habe? Dass sie nicht lange brauchen werden, um dir auf die Schliche zu kommen?"

„Und du hast ihnen dabei geholfen, oder?"

„Nur zu deinem Besten. Mir scheint, das hast du verstanden."

„Und was erwartet mich jetzt?", brummelte Zalman weiter. „Eine Zelle, wie Pinhas?"

„Pinhas ist geflohen", antwortete Capiferro.

„Das weiß ich wohl, was glaubt Ihr denn?"

„Wir sind wegen Paolo de' Francis hier", unterbrach Svampa und schaute sich suchend um. „Wo ist er?"

Der Aschkenasi starrte ihn erstaunt an. „Der Generalinquisitor? Aus welchem Grund sollte er sich in meinem Haus befinden?"

„Fragt ihn", erwiderte Capiferro und schob Zarfati nach vorne. „Seiner Meinung nach seid Ihr das nächste Opfer. Da liegt es nahe, dass Bruder Paolo ganz in der Nähe ist, um dem Mörder der Juden eine Falle zu stellen."

„Ich das nächste Opfer?", fragte Zalman entsetzt, seine Augen drohten aus den Höhlen zu treten. „Aber … warum nur? Ich habe das Buch nicht!"

„Wie kommst du dazu, so etwas zu behaupten?", zischte der Konvertit. „Noch vor wenigen Stunden hast du …"

„Ich habe es nicht *mehr,* um genau zu sein!"

„Was hat dieses Geplänkel zu bedeuten?", fragte der Inquisitor und stellte sich zwischen die Kontrahenten. „In welchem Zusammenhang stehen die Morde mit dem Buch?"

„Aha!", sagte Zalman und bedachte den Konvertiten mit einem sarkastischen Blick. „Dann wissen die beiden Mönche doch nicht *alles …*"

„Wir wissen mehr, als Ihr Euch vorstellen könnt, Messer Rabbi", beharrte Capiferro und lenkte seine Aufmerksamkeit auf die beiden menschenähnlichen Statuen, die rechts und links vom Eingang standen. „Mein Mitbruder drückt sich nur so vorsichtig aus, weil er ein gewissenhafter Mensch ist, aber das Buch, von dem Ihr sprecht, ist mit Sicherheit das *Sefer Jetzira*. Genauer gesagt, die hebräische Ausgabe, die lateinische Übersetzung ist bereits in unserem Besitz."

Dann tippte er auf die Hörner, die sich auf der Stirn der einen Statue befanden, und fügte hinzu: „Offensichtlich braucht der Mörder diesen Text, um den Golem zu erschaffen. Neben den Knochen der Opfer natürlich."

Zalman musterte zunächst den hämisch grinsenden Capiferro, dann wanderte sein Blick zum unbeteiligt wirkenden Girolamo

Svampa. „Wenn ich recht verstehe, dann habt Ihr in kurzer Zeit sehr viel herausgefunden. In der Nacht, als Ihr vor Rabbi Alatinos Leichnam standet, wirktet Ihr noch verwirrt."

„*Met*", bekräftigte der Inquisitor. „Das stand mit Blut am Rand des Brunnens geschrieben, neben Bonaiutos Körper. Das Wort ‚Tod'. Auch wenn man annehmen kann, dass da vorher *emet*, Wahrheit, gestanden hat, der Anfangsbuchstabe *alef* war entfernt worden."

„Bitte, nicht in meinem Haus", der Aschkenasi wich zitternd zurück. „Ihr habt keine Vorstellung, welche Dämonen Ihr damit anruft!"

„Die Dämonen des Aberglaubens, ohne jeden Zweifel", unterbrach Girolamo Svampa. „Auf jeden Fall muss das die Vorgehensweise des Mörders sein. Er schreibt diese Wörter in der Überzeugung, damit die Macht der Dämonen in seinen Opfern einzuschließen, so als wären sie Teraphim, um dann einen bestimmten Knochen zu entfernen, mit dem Ziel, sich diese Macht anzueignen."

„Hat er Euch das gesagt?", fragte der Rabbi in Richtung Zarfati gewandt.

Der schüttelte verschämt den Kopf.

„Kommen wir zum Buch zurück", ergriff Capiferro das Wort. „Wenn ich recht verstanden habe, scheinen die ausgewählten Opfer im Besitz des *Sefer Jetzira* gewesen zu sein."

„Das behauptet zumindest Pinhas", antwortete Zalman resigniert. „Vor einigen Tagen hat er an meine Tür geklopft. Er war außer sich und hat mir eine seltsame Bitte vorgetragen: Ich sollte das Buch verstecken."

„Wollt Ihr damit sagen, dass Rabbi Pinhas der wahre Hüter des *Sefer Jetzira* ist?", fragte Capiferro erstaunt.

„Dann hat er es Euch verschwiegen", der Jude lachte leise.

„Dieser verlogene sephardische Halunke!", rief Capiferro. „Und wenn ich daran denke, dass ich ihm auch noch das Leben gerettet habe …"

Dann schoss ihm ein Gedanke durch den Kopf. „Aber seid nicht gerade Ihr Aschkenasim die wahren Meister in der Kunst der Formung?"

„Ursprünglich könnte das durchaus so gewesen sein", erklärte Zalman. „Aber hier in Ferrara heißt es, dass Pinhas Navarro auf diesem Gebiet tatsächlich einer der Besten ist. Deshalb hat er Solomon Cordovero bei sich aufgenommen, als dieser in die Stadt kam, um Gerüchten nachzugehen, dass ein Kabbalist die Absicht habe, die Lehren der *Sephiroth* und des *Sefer Jetzira* für die Schwarze Kunst zu missbrauchen."

„Aber damals waren die Morde noch gar nicht passiert", warf Svampa ein. „Wie konnte er das drohende Unheil voraussehen?"

„In gewissen Kreisen war bereits ein Name im Umlauf."

„Cesare Torrefosca?"

Zalman nickte. „Nur wenige kannten den Namen des einzigen Übersetzers des *Buchs der Formung*, aber die Gerüchte reichten aus, dass Solomon Cordovero, der Schüler des berühmten Kabbalisten Ramak, hierherkam, um der Sache auf den Grund zu gehen."

„Aber wie ich schon Pinhas Navarro zu bedenken gegeben habe, kam Cordovero aus Venedig, er konnte von all dem hier nichts wissen, außer, es hätte ihn jemand vorher informiert", meinte Capiferro. „Wer hat ihn hierhergelockt und mit einer solchen Aufgabe betraut?"

Der Aschkenasi verbarg sich hinter einem angedeuteten Lächeln. „Das hat mir Pinhas nie verraten."

„Wenn man bestimmten Gerüchten Glauben schenkt, wohnt Cordoveros Auftraggeber sehr weit von Ferrara entfernt …?"

„Gerüchte habe ich bereits zur Genüge gehört", erwiderte Svampa, der versuchte, diese Aussagen mit den wenigen sicheren Informationen, über die er verfügte, in Einklang zu bringen. „Nehmen wir an, dass Pinhas der ursprüngliche Besitzer des *Sefer Jetzira* war und dass der Mörder danach gesucht hat. Wie kann es dann sein, dass Pinhas Navarro noch am Leben ist?"

„Nur durch eine List. Wie ich Euch bereits gesagt habe, war er klug genug, dafür zu sorgen, dass das Buch von Hand zu Hand weitergegeben wurde, und somit nie lange im Besitz einer Person gewesen ist."

„Erklärt das genauer."

„Als er zu mir kam, um es mir zu geben, war es zuvor bei Solomon Cordovero gewesen."

„Wie war das möglich …", hakte Capiferro nach.

Der Aschkenasi bat ihn mit einer Kopfbewegung, weitersprechen zu dürfen. „Cordovero brauchte das Buch, um mit seinem ersten, dem ursprünglichen Besitzer in Kontakt zu kommen."

„Ihr meint Ararita?", fragte der Inquisitor.

Zalman nickte. „Rabbi Solomon glaubte, sich mit der *Nefesch* Araritas verbinden zu können, wenn das *Sefer Jetzira* in seiner Nähe war, über das *Yihud*, indem er in das geweihte Wasser des *Hishtathut* eintaucht."

„Der Ritus der Niederwerfung vor dem Grab", meinte Capiferro.

„Genau. Cordovero wollte mithilfe von Araritas *Dybbuk*, seiner Seele, herausfinden, wie man sich der drohenden Gefahr eines unbekannten Kabbalisten entgegenstellen könne, der, wie er vermutete, die lateinische Übersetzung des *Sefer Jetzira* an sich gebracht hatte und seine Lehren für bösartige Ziele nutzen wollte."

„Aber wenn Cordovero danach ermordet wurde …", wandte Capiferro ein.

„Es war eine neblige Nacht", erklärte Zalman. „Man kann annehmen, dass Cordovero, während er auf Araritas Grab ein Loch ausgehoben hat, das *Sefer Jetzira* in einiger Entfernung abgelegt hatte, und dass der Mörder es bei der schlechten Sicht nicht finden konnte."

„Und dann?"

Der Aschkenasi hob die Hände. „Dann hat Rahel das Buch gefunden."

„Mit anderen Worten, Rahel ist Cordovero gefolgt, um das Buch an sich zu nehmen?", wollte Svampa wissen.

„Um es *aufzubewahren*, für den Fall, dass etwas schiefgehen sollte. Auf Anweisung ihres Vaters."

Der Inquisitor lachte ungläubig.

„Meint Ihr wirklich, Pinhas Navarro hätte sein Kind einem solchen Risiko ausgesetzt?"

„Ihr wisst nicht, wer dieses Mädchen in Wirklichkeit ist", bemerkte der Jude.

„Redet keinen Unsinn. Sie ist ein schlichtes stummes Mädchen, ich habe es mit eigenen Augen gesehen."

„Euch steht frei, mir zu glauben oder nicht", antwortete Zalman schulterzuckend. „Rahel war bei Morgengrauen auf dem Friedhof, da war Cordovero bereits tot. Sie hat das neben dem Leichnam auf den Boden geschriebene Wort *met* gelesen, es verwischt, um keinen Verdacht zu erregen, und den Toten bei den Jesuaten, die ihn inzwischen entdeckt hatten, identifiziert. Danach hat sie das *Sefer Jetzira* neben einem alten Grabstein gefunden und zu ihrem Vater gebracht, der mir kurz darauf die Geschichte erzählt und das Buch übergeben hat."

„Wenn das, was Ihr da sagt, die Wahrheit ist, warum seid Ihr dann nicht ins Visier des Mörders geraten?"

„Weil ich das Buch an Bonaiuto Alatino weitergegeben habe."

„Dann hat der Mörder Bonaiuto umgebracht und ist so schließlich in den Besitz des *Sefer Jetzira* gekommen", vermutete Capiferro.

„Nein", mutmaßte Girolamo Svampa, „Bonaiuto muss es vorher jemand anderem gegeben haben. Jehuda Abravanel. Er hat selbst gesagt, dass er noch mit Bonaiuto gesprochen hat, kurz vor seinem Tod."

„So mag es gewesen sein", sagte Zalman. „Aber zum weiteren Fortgang vermag ich nichts zu sagen."

„Und danach?", drängte der Inquisitor.

„Ich kann nur vermuten, dass Abravanel oder irgendein Unbekannter das Buch zu Dolce Fano gebracht hat, durch die es zu mir gelangt ist."

„Ich wusste doch, dass du es zuletzt hattest!", bemerkte Zarfati. „Das habe ich auch Paolo de' Francis berichtet und vermutet, dass er daher zu dir gekommen ist!"

„Ich gebe zu, dass ich das *Sefer Jetzira* bis kurz vor eurem Auftauchen in meinem Haus aufbewahrt habe", erwiderte Zalman. „Doch vor nicht einmal einer Stunde kam Rabbi Pinhas und hat es sich zurückgeholt."

„Und wo könnte dieser niederträchtige Lügner jetzt sein?", fragte Capiferro wütend.

„Sagt Ihr es mir. Was würdet Ihr tun, wenn Ihr, dem Beispiel von Solomon Cordovero folgend, einen bösartigen Kabbalisten mit seinen eigenen Waffen schlagen wolltet?"

68.

Borgo di Sotto, Alter Friedhof

Der Regen hatte nachgelassen, jetzt hüllte ein kalter milchiger Nebelschleier die Stadt ein. Wie in der Mordnacht, dachte Svampa, der raschen Schrittes die Mauern des Jesuatenklosters entlangeilte, um den verwilderten Friedhof zu erreichen, auf dem die Überreste der vor langer Zeit verstorbenen Juden lagen.

„Da ist es", sagte Capiferro und hielt die Laterne in Richtung der Silhouette eines blattlosen Baumes, der durch die Nebelschwaden auftauchte.

Einen Moment lang wurde der Inquisitor abgelenkt, er meinte aus der Ferne eine Flötenmelodie zu hören.

Ein Requiem.

Dann folgte er dem Mitbruder in Richtung des verkrüppelten Baumes und sah ihn.

Er lag mit dem Gesicht nach unten, die Arme weit ausgebreitet, wie ein Kreuz in Menschengestalt, der Kopf steckte in einem Loch, das zwischen den Wurzeln gegraben worden war.

Pinhas Navarro in der Position des *Yihud*.

„Rabbi", rief Zalman leise, als er mit den beiden Dominikanermönchen und Padre Zarfati vor ihm stand.

„Er wird Euch nicht antworten", bemerkte Svampa, während er Capiferro ein Zeichen gab, die Laterne in Richtung des Sephardi zu halten. Ein durchgehender Schnitt hatte den Stoff des Umhangs und die Haut durchtrennt und die Perlenkette der Wirbelsäule enthüllt.

„Erbarmen", Zarfati wich entsetzt zurück.

Der Inquisitor kniete sich vor den Leichnam, um die Verletzung genauer zu betrachten. „Genau wie Rabbi Zalman vermutet hat, muss er hierhergekommen sein, um den Geist Araritas anzurufen, in der vom Wahnsinn diktierten Hoffnung, ohne die Hilfe der Vernunft Antworten zu finden … Auf diese Weise hat er sich dem todbringenden Angriff des Mörders ausgeliefert."

„Es sieht so aus, als sei die Wunde am unteren Ende der Wirbelsäule breiter", bemerkte Capiferro.

Svampa kannte die Antwort bereits. *Luz*, der Sitz des *Yesod*, des dritten *Sephira*, das man brauchte, um den Golem genannten lebendigen Teraphim zu schaffen. „Der Mörder muss das Kreuzbein entfernt haben." Mehr sagte er nicht, dabei dachte er an Abravanels Worte.

„Das Kreuzbein", wiederholte Capiferro. „Die gleiche Stelle, an der die häretischen Templer das Götzenbild des Baphomet geküsst haben."

„*Bi-nešiqah*", sagte Yosef Zalman, nachdem er eine Träne weggewischt hatte. „Der Kuss der *Schechina* … den Gott dem Gerechten im Augenblick des Todes gestattet."

Capiferro sah ihn zweifelnd an. „Etwa der *Osculum mortis*, von dem Pico della Mirandola schreibt?"

„Gebt mir die Laterne", brachte ihn der Inquisitor zum Schweigen.

„Was ist los?"

„Hört Ihr nichts?" Svampa hielt die Lampe vor sich, um die weiße Nebelwand zu durchdringen. „Die Melodie einer Flöte."

„Jetzt, da Ihr es sagt …", erwiderte Capiferro, bevor er warnend aufschrie und nach hinten kippte.

Der Inquisitor richtete den Schein der Laterne in Richtung seines Mitbruders, um herauszufinden, was geschehen war.

Zu seinem Erstaunen erkannte er schemenhaft eine schwarz gekleidete Gestalt, die wie aus dem Nichts aufgetaucht war und Capiferro mit einem langen Messer bedrohte.

Er ist es!, dachte der Inquisitor.

Derselbe Mann, der ihn in der Krypta in Santa Giustina angegriffen hatte!

69.

„Im Namen Gottes", stöhnte Capiferro, als er die Klinge auf sich zukommen sah.

Doch bevor das Unvermeidliche geschah, schleuderte Svampa dem Angreifer die Laterne ins Gesicht und eilte auf den Mitbruder zu, um ihm aufzuhelfen.

„Schnell, Ihr beide, haltet diesen Wahnsinnigen fest!", rief er Zalman und Zarfati zu.

Doch der Mann in Schwarz, dessen Kapuze Feuer gefangen hatte, war bereits wieder zum Angriff übergegangen und drängte Girolamo Svampa zurück, als eine hochgewachsene Gestalt mit einer brennenden Fackel in der einen und einem Schwert in der anderen Hand aus dem Nebel auftauchte und sich zwischen ihn und den geheimnisvollen Angreifer stellte.

„Zurück, wenn Euch Euer Leben lieb ist!", rief Cagnolo.

War die Warnung an ihn oder an den Unbekannten gerichtet? Bevor Svampa sich diese Frage beantworten konnte, starrte er zu Cagnolo, der im Licht der Fackel mit einer Reihe von schnellen Ausfallschritten den Messerattacken des Angreifers auswich, bevor er ihm einen tödlichen Hieb in die Brust versetzte.

Erst jetzt konnte sich Girolamo Svampa der am Boden liegenden Person nähern und ihr die verbrannte Kapuze vom Kopf ziehen. Dabei schenkte er seinem Retter ein dankbares Lächeln und insgeheim auch der Frau, die ihn geschickt hatte.

Trotzdem verstand er sofort, dass es zu spät für Antworten war.

In Jehuda Abravanels Augen glomm der getrübte Blick des Todes.

„Dann war er der Mörder?", fragte Capiferro.

Der Inquisitor antwortete nicht, er lauschte.

Die Flötenmelodie war verstummt.

„Er ist ohne Zweifel für den Tod von Pinhas Navarro verantwortlich", sagte er und griff nach dem am Boden liegenden blutverschmierten Messer, mit dem der Mann ihn angegriffen hatte. „Und vielleicht auch für die Morde an Solomon Cordovero, Bonaiuto Alatino und dem Anatomen …", fügte er hinzu und blickte fragend auf das wächserne Gesicht des Kabbalisten.

„Und doch …"

„Und doch was?", fragte sein Mitbruder.

Der Inquisitor wandte sich an Cagnolo.

„Hast du die Flötentöne auch gehört?"

Cagnolo nickte.

„War es die gleiche Melodie wie damals in der Krypta?"

„Das weiß ich nicht genau, aber es klang zumindest ähnlich."

„Das Buch", Yosef Zalmans alarmierte Stimme drang durch den Nebel. „Das *Sefer Jetzira* ist nirgends zu finden!"

Svampa beobachtete die tief gebeugte Gestalt des Aschkenasi, die sich suchend zwischen Gebüsch und Grabsteinen bewegte.

„Das wird nicht das Einzige sein, was Ihr nicht mehr finden werdet", warnte er.

„Was meint Ihr damit?", fragte Zarfati.

„Das Kreuzbein", erwiderte der Inquisitor und deutete auf Pinhas Navarros Leichnam. „Ich wette, dass auch der Knochen fortgebracht wurde."

„Aber von wem, der Mörder ist doch tot?", wunderte sich Capiferro.

„Folgt mir", sagte der Inquisitor lediglich und schlug den Weg in Richtung Straße ein.

70.

San Domenico, Verlies

Der Mann legte das *Sefer Jetzira* auf ein antikes Lesepult und die Flöte in ein elegantes Zedernholzkästchen. Dann näherte er sich der menschenähnlichen Götzenfigur aus Wachs und Lehm, die in einem *Armarium* lag. Der schmale Schrank war gegen die Wand geschoben.

Er griff in eine Tasche der schwarzen Kutte und zog einen blutigen Knochen heraus, wischte ihn mit einem Lumpen sauber und legte ihn in eine Vertiefung der Figur auf der Höhe des Beckens.

Dann trat er einen Schritt zurück, um sein Werk zu betrachten.

„Bereitet Ihr Euch nicht auf den Morgengesang vor, verehrter Mitbruder?", hörte er eine Stimme fragen.

Paolo de' Francis drehte sich geschmeidig nach dem Sprecher um.

Mit einem spöttischen Lächeln trat Svampa aus dem Halbdunkel.

„Was macht Ihr denn hier?", fragte der Generalinquisitor verärgert.

„Ich suche den wahren Verantwortlichen für die Verbrechen", erklärte Svampa. „Und auch den wahren Kabbalisten, der den Golem erschaffen will."

„Und warum sucht Ihr hier nach ihm?"

Ohne darauf einzugehen, näherte sich Svampa der Statue, die wie ein ungerührter Zeuge im *Armarium* lag. „Nun?", fragte er scharf. „Hätte ich vielleicht warten sollen, bis diese Kreatur zum Leben erwacht wäre und mich ausgeschaltet hätte?"

„Fordert die Mächte nicht heraus, deren Großartigkeit Euch verborgen ist", warnte ihn Bruder Paolo.

„Mehr, als Ihr es bislang getan habt?", entgegnete der Inquisitor, während er de' Francis den Rücken zudrehte und das Zedernholzkästchen öffnete. „Anfangs verstand ich nicht, wer diese seltsame Melodie spielte, und noch weniger, welche Rolle das Flötenspiel in diesen Verbrechen einnahm." Er nahm das Instrument aus dem Kästchen und musterte es. „Aus einem menschlichen Knochen geschnitzt, aus einem Schienbein, das war fast zu erwarten. Aber dann habe ich mich an das Buch ohne Text erinnert, das ich in Eurem Arbeitszimmer bemerkt habe."

Paolos Gesicht verzerrte sich zu einer maskenhaften Fratze.

„Es handelt sich um einen musikalischen Kodex, nicht wahr? Eine Partitur in einer antiken Neumenschrift, die man Quadrata nennt, und die aus diastematischen Zeichen besteht, ohne Intervalle."

„Um genau zu sein, stammt sie aus der Benediktinerabtei Sankt Gallen", antwortete Paolo de' Francis unvermittelt. „Das lässt sich aus der fehlenden Notensystematik schlussfolgern. Euer gelehrter Mitbruder hätte das sicher verstanden."

Bruder Girolamo zuckte mit den Schultern. „Mich interessiert etwas anderes", sagte er und legte die Flöte in das Kästchen zurück. „Wie ist es Euch gelungen, Jehuda Abravanel mithilfe dieser schlichten Melodie zu kontrollieren?" Er blickte ihn abschätzend an. „Denn das habt Ihr getan, wenn ich recht verstehe. Ihr habt ihn in der Hand gehabt, ihn wie eine Marionette gelenkt, und er hat an Eurer Stelle Verbrechen verübt. Und schließlich habt Ihr entschieden, ihn gegen mich einzusetzen, als ich der Wahrheit zu nahe gekommen bin."

„Wie töricht Abravanel war!", erwiderte der Generalinquisitor mit einem hämischen Grinsen. „Er hatte sich tatsächlich eingebildet, mir entkommen zu sein! Es ist jetzt zwei Jahre her, dass ich ihn in diesem Verlies festgesetzt und zu meinem Werkzeug gemacht habe, und er hat es nicht einmal bemerkt."

„Und wie ist Euch das gelungen?"

„Ich könnte Euch von den Lehren von Apollonios von Tyana berichten", antwortete er verächtlich. „Aber es wird Euch überraschen zu erfahren, dass die wirksamsten Hypnosetechniken auf der jüdischen Mystik basieren, auf einem besonderen Wach-Schlaf-Zustand, den die Eingeweihten *Tzimtzum* nennen."

„Der Begriff ist mir unbekannt."

„Hat Euer Freund Pinhas nicht davon gesprochen?", fragte Bruder Paolo spöttisch. „Auf den Zustand des *Tzimtzum* zurückzugehen, ist die notwendige Voraussetzung, um den Ritus der Niederwerfung vor dem Grab durchzuführen. Durch diese Ergebenheitsgeste kann der Zelebrant den eigenen Geist beruhigen und ihn in einen leeren Raum verwandeln, einen dunklen Brunnen, der bereit ist, den *Dybbuk* in sich aufzunehmen, den Geist eines Toten." Er ließ ein irres Lachen hören. „Oder, wie ich erfahren konnte, sich dem Willen eines anderen unterzuordnen."

„Dann war sich Rabbi Abravanel bei unserem Treffen im Ghetto nicht bewusst, dass er Euer Sklave war …"

„Nein, das war er nicht. Er konnte unmöglich ahnen, dass er für mich spionierte und mein Vollstrecker war. In dem Moment, als die Flötenmelodie endete, vergaß er alles wieder."

„Mit anderen Worten, Ihr habt Euch seiner bedient, um zu morden und gleichzeitig das *Sefer Jetzira* zu finden!"

„Ja, so ist es! Abravanel war der perfekte Informant. Sehr viel nützlicher als Giuseppe Zarfati, dieser Tor, der in seiner Manie, seine armselige Vergangenheit als Jude ausmerzen zu wollen, alles für mich getan hat, ohne meinen wahren Plan zu durchschauen."

„Einen Golem zu erschaffen", kommentierte Svampa angewidert. „Aber welches Ziel rechtfertigt diese Verbrechen? Allmacht? Um das absolute Wissen zu erlangen?"

„Seid ehrlich, Bruder Girolamo!", erwiderte Paolo de' Francis voller Häme. „Wart Ihr noch nie versucht, dem verbotenen Wunsch nachzugeben, toter Materie Leben einzuhauchen? Habt Ihr Euch nie von dem Rausch durchfluten lassen, Gottes Werk zu tun, wie Dädalus, der eine *Agalma* schuf? Oder Paracelsus den *Homunculus*? Ich habe das vor Jahren erlebt, als ich Ezio Magrinos *Buch der Formung* beschlagnahmt habe."

Dann schaute er zum *Armarium* und bewunderte die makabre Frucht seines Wahnsinns.

„Psalm 139", verkündete er. „Deine Augen sahen mich, da ich noch nicht bereitet war!"

„Aber warum diejenigen töten, die das *Sefer Jetzira* gerade in ihrem Besitz hatten?", fragte Svampa weiter.

„Ich brauchte die Knochen der *Gerechten*, der *Zaddik*! Und wer könnte gerechter sein als derjenige, der den Wert des *Sefer Jetzira* kennt? Wer ist näher am Glanz der *Sephiroth*? Genau deshalb habe ich sie als Opfer ausgewählt. Die gelehrtesten Rabbiner! Die Eingeweihten in die Weisheit der Kabbala! Ich habe sie ausgesiebt wie reifes Korn und mich wie ein Wolf in ihr Gehege geschlichen!"

Svampa glaubte, sich verhört zu haben. Er stand vor einem Pater des Heiligen Offiziums, einem *Magister sacrae theologiae*, der sich in den Lehren der jüdischen Magie bestens auskannte und sie detailliert beschreiben konnte. „Und dabei habt Ihr alles Erdenkliche getan, um mir Steine in den Weg zu legen, mir auszuweichen und mich im Dunkeln tappen zu lassen ..."

„Ich habe sogar versucht, Capiferro einen Sündenbock zu präsentieren", murmelte Bruder Paolo, „Ihr hättet zufrieden nach Rom zurückkehren und ich hätte ungestört das Original des *Sefer Jetzira* in meinen Besitz bringen können."

„Das Original ...", grübelte Girolamo. „Warum wolltet Ihr auch die hebräische Ausgabe? Genügte Euch die lateinische Übersetzung nicht?"

„Sie weist Lücken auf", erklärte der Generalinquisitor. „Und wer den komplizierten Formungsprozess vollenden will, darf sich nicht den geringsten Fehler erlauben."

„Aber warum habt Ihr es Pinhas Navarro nicht einfach abgenommen? Abravanel wusste mit Sicherheit, dass er das Buch bei sich versteckt hatte."

„Was glaubt Ihr, warum ich vorgestern in sein Haus eingedrungen bin und all seine Bücher beschlagnahmt habe? Ich habe vermutet, dass der Sephardi das *Sefer Jetzira* gerade von Bonaiuto Alatino zurückbekommen hatte, kurz vor dessen Tod. Doch bei der heimlichen Kontrolle des Bücherkarrens, während ich mich auf Pinhas Navarros Verhör vorbereitet habe, musste ich feststellen, dass es nicht dabei war!"

„Und so habt Ihr gewartet, bis die Dinge ihren Lauf nahmen, um zu verstehen, in wessen Hände es gelangt war. Bis Ihr heute Nacht, vielleicht durch Abravanel, die Information bekommen habt, dass Pinhas Navarro wieder im Besitz des Buches war. Und dann habt Ihr das Kloster verlassen, um es Euch zu holen."

„Jetzt stelle ich Euch einige Fragen", unterbrach ihn Paolo de' Francis. „Ich gebe zu, dass Ihr die wenigen Indizien, die Euch zugänglich waren, klug zu interpretieren wusstet. Die Flöte, die Knochen, das Buch …", er sah sich um. „Aber wie habt Ihr mich gefunden?"

Svampa warf einen Blick auf die reglose Gestalt des Golems. „Es war klar, dass Ihr ein solches Geheimnis nicht hinter dem Wandteppich in Eurem Arbeitszimmer verbergen konntet. Deshalb habe ich beim Nachdenken über mögliche Verstecke an die Worte Eures Priors Tommaso denken müssen. Während er mich in den Turm brachte, erwähnte er beiläufig das furchterregende Verlies des Klosters, in das niemand freiwillig hinuntersteigt. Niemand außer Euch. Daraus schloss ich, dass sich genau dort, im abgelegensten Teil des Kellers, Euer Unterschlupf befinden müsste."

„Mein Kompliment", presste der Generalinquisitor heraus. „Aber was genau habt Ihr jetzt vor? Die Verantwortung für die Verbrechen liegt bei Abravanel, einem berühmt-berüchtigten Kabbalisten, einem Juden! Und niemand wird auf die Idee kommen, dass es sich bei den Gegenständen, die wir hier sehen, nicht um Beweise handelt, die ich nach gründlichen Ermittlungen gesammelt habe. Ich kann mich auf die Unterstützung des Kardinallegaten verlassen, erinnert Ihr Euch? Und damit auf alle Soldaten der Stadt. Ihr hingegen seid nicht mehr als ein von der Leine gelassener Störenfried, beim Heiligen Offizium unbeliebt. Dort habt Ihr keinerlei Freunde, die Euch unterstützen könnten!"

„Ist das wirklich so?", war eine belustigte Frauenstimme zu hören.

Kurz darauf marschierte unter Paolo de' Francis' entsetztem Blick ein Trupp Soldaten in den Raum.

„Bruder Paolo de' Francis, Ihr seid verhaftet", verkündete Girolamo Svampa. „Ich klage Euch des Mordes, des amoralischen Verhaltens und der Blasphemie an. Und der bewussten Irreführung meiner Person. Ihr habt mich einen Moment lang glauben lassen, auf der Suche nach Cesare Torrefosca zu sein, stattdessen seid Ihr, genau wie Gabriele da Saluzzo, sein gefügiger Schüler!"

Dann wandte er sich der dunkelsten Ecke des Verlieses zu und suchte nach dem Mönch mit der Pfeife und der Dame mit den roten Haaren, die die Szene schweigend verfolgt hatten.

Epilog

Locanda dell'Angelo

„Es gibt noch einiges, das mir nicht ganz klar ist", gab Girolamo Svampa zu.

Es war eine Woche vergangen, seit die Soldaten des Kardinallegaten Paolo de' Francis aus dem Verlies von San Domenico geschleift hatten, um ihn in einer Kutsche direkt ins Gefängnis des Heiligen Offiziums in Rom zu bringen. Eine Woche, seitdem der *Malach ha-mavet* keine Opfer mehr unter den Bewohnern des Ghettos einforderte.

„Wenn Ihr darauf hinauswollt, wie ich Salamandri dazu gebracht habe einzugreifen, um Euch zu retten", sagte Margherita und räkelte sich unter der Bettdecke, um ihn näher betrachten zu können, „muss ich zugeben, dass ich meinen Auftraggeber belügen musste."

„Einen Auftraggeber, dessen Namen Ihr mir noch immer nicht genannt habt", erinnerte er sie und stand auf, dabei wich er ihrer zärtlichen Geste aus.

„Und das werde ich auch nicht. Ich musste ihm schwören, dass ich, bei aller Sorgfalt, keine Beweise finden konnte, die Seiner Eminenz Bestechlichkeit nachweisen konnten."

Der Inquisitor überlegte einen Moment, welche hochgestellte Persönlichkeit die Befugnis hatte, gegen einen eigentlich unangreifbaren Kirchenmann wie den Kardinallegaten von Ferrara ermitteln zu können. Dann richtete er das kleine Holzkreuz auf seiner nackten Brust und griff nach seiner Kutte, die über einem Stuhlrücken hing.

„Bestechlichkeit in welchem Zusammenhang?"

„Wie Ihr bereits wisst, stand Salamandri unter Verdacht, illegales Geld von einigen reichen Familien der jüdischen Gemeinde erhalten zu haben."

Er nickte.

„Nun, mit diesem Geld wurde ein ganz bestimmter Zweck verfolgt. Es sollte die Entscheidung beeinflussen, das Ghetto nicht am Stadtrand zu errichten, wie es Papst Urban wünschte, sondern im Zentrum."

„Damit die Kreditgeschäfte dieser Familien nicht darunter litten?", fragte er nach.

„Nicht nur", antwortete Margherita, dabei warf sie einen bewundernden Blick auf den drahtigen Oberkörper des Inquisitors. „Könnt Ihr Euch vorstellen, was es heißt, in einer Stadt, in der man schon so lange ansässig ist, an den Rand gedrängt zu werden?"

Svampa dachte an die Verachtung, mit der man im Heiligen Offizium auf die gewöhnliche Bevölkerung herabsah, und schüttelte den Kopf, obwohl er es zumindest ahnte.

„Viele der Juden, mit denen Ihr im Lauf der Ermittlungen zu tun hattet, leben seit Generationen in Ferrara. Sie haben zu Größe und Wohlstand der Stadt und zu ihrer geschichtlichen Bedeutung beigetragen. Und als sie plötzlich wie Aussätzige behandelt wurden, haben sie darauf bestanden, im Herzen der Stadt zu verbleiben."

„Im Herzen …", wiederholte er und hielt inne, unschlüssig, ob er seine weiße Kutte wieder überstreifen sollte. „Soll das Salamandri zu verantworten haben? Soll er es gewesen sein, der diesen Leuten gestattet hat, in einem der lebendigsten Viertel Ferraras zu leben, ganz in der Nähe der Kathedrale?"

Sie nickte. „Und weil ich diesen Umstand vor meinem Auftraggeber verborgen gehalten habe, hat Salamandri mir die Unterstützung seiner Soldaten zugesagt."

„Das war gar nicht nötig, denn als die Soldaten ins Verlies gekommen sind, hatte ich Paolo de' Francis bereits in der Hand."

„Glaubt Ihr das wirklich?", erwiderte Margherita belustigt. „Und woher wisst Ihr, dass Euch die Soldaten ohne meine und Salamandris Hilfe nicht doch verhaftet hätten?"

Er verkniff sich eine Antwort.

„In der Nacht, in der ich mit Seiner Eminenz diesen Pakt geschlossen habe", sprach Margherita weiter, „konnte ich nicht ahnen, dass Bruder Paolo hinter den Verbrechen steckte. Doch dank meiner Informanten wusste ich bereits, dass er Euch feindlich gesinnt und bereit war, Euch als Sündenbock zu nutzen, um den Fall schnellstmöglich abzuschließen. Deshalb habe ich Salamandri gebeten, ihm die Befehlsgewalt über die Soldaten zu entziehen, bevor er sie gegen Euch einsetzen konnte."

Girolamo Svampa zuckte mit den Schultern. „Capiferro hatte seine Pistole bei sich, er hätte mich bis zum Äußersten verteidigt."

„Apropos Capiferro ... Wo ist der Bücherwurm denn gerade?", fragte Margherita und erhob sich aus dem Bett. Sie war halbnackt und trat von hinten auf ihn zu.

Svampa lauschte dem leisen Tappen ihrer Schritte. „Er ist nach Rom zurückgekehrt, um in allen Details von Paolo de' Francis' Verbrechen zu berichten, damit er mit angemessener Härte bestraft werden kann."

„Wäre das nicht eigentlich Eure Aufgabe?"

Der Inquisitor starrte mit wachsendem Unbehagen auf das unschuldige Weiß seiner zerknitterten Kutte.

„Warum ziehst du dich nicht wieder an, Girolamo?" Margheritas Frage traf ihn unvorbereitet.

Weil mir dieses Gewand nicht mehr entspricht, hätte er am liebsten geantwortet. Aber während er die Finger seiner Geliebten in seinen Nackenhaaren spürte, versuchte er erneut, ihr auszuweichen. „Ich bin interimsweise zum Generalinquisitor ernannt worden und soll so lange in der Stadt bleiben, bis das Heilige Offizium den nächsten Amtsinhaber ernannt hat."

„Dann bist du nicht nur wegen mir geblieben?", fragte Margherita.

„Du meinst, um meine Schulden bei dir zu begleichen?"

Sie lächelte erneut, dieses Mal mischte sich ein Hauch Traurigkeit darunter. „Zieh deine Kutte an, Bruder Girolamo", sie küsste ihn auf den Nacken, direkt neben das in die Haut gebrannte Zeichen. „Es ist für uns beide an der Zeit, die Masken wieder aufzusetzen."

„Und wenn ich nicht möchte?", fragte er unvermittelt. „Wenn ich mich entscheide, diese Maske abzulegen, die mich schon lange genug behindert?"

Margherita verharrte einen Moment hinter ihm, dann umfing sie ihn mit ihren Armen. „Sei dankbar für deine Tarnung, genau wie ich es für meine bin", flüsterte sie. „Mit ihr schützen wir uns vor unseren Nächsten und vor uns selbst."

„Doch gleichzeitig schadet sie uns", antwortete der Inquisitor und begann über die Masken der anderen nachzudenken. Vor allem über Dolce Fano, die in dieser Angelegenheit eine wesentlich wichtigere Rolle gespielt haben musste, als er sich hatte vorstellen können. Und über Rahel, zu der er sofort nach Abschluss der Ermittlungen geeilt war, um ihr persönlich die Nachricht vom Tod ihres Vaters zu überbringen.

Eingeschlossen hinter ihrer unüberwindlichen Mauer des Schweigens, hatte das Mädchen lediglich den Blick gesenkt und war in Resignation verfallen. Oder sie hatte die Augen niedergeschlagen, um die Wahrheit zu verbergen, deren Hüterin sie war.

„Ihr wisst nicht, wer dieses Kind in Wahrheit ist", hatte ihm Yosef Zalman mit sorgenvoller Stimme gesagt. Und so war es auch, dachte Svampa. Er wusste nicht, wer Rahel war. Oder besser gesagt, er wusste nicht genau, *was* sie war.

Er konnte nur mutmaßen, welches Geheimnis hinter ihrem für immer versiegelten Mund verborgen war. Ein Geheimnis, das sie hütete wie einen Schatz. Er würde nie erfahren, ob auf ihrer Zungenspitze der magische Klang eines Wortes lag, das in ein Metallplättchen eingeritzt war.

Emet.

Ein Wort, das Rahel zum ersten und zum letzten Mal von ihrem Vater gehört haben musste.

In dem Moment, als er ihr, indem er es aussprach, das Leben geschenkt hatte.

Nachbemerkung des Autors

Wie alle Romane basiert auch dieser auf einer Mischung aus Realität und Fiktion.

Der Realität entsprechen, soweit das im Rahmen der Fiktion möglich ist, die Rekonstruktion des Stadtbilds von Ferrara im 17. Jahrhundert sowie die Figuren Francesco Cennini de' Salamandri, Kardinallegat, und Paolo de' Francis, Generalinquisitor, bei dem ich mir aufgrund der dürftigen Quellenlage einige Freiheiten erlaubt habe.

Beim Ordnen der Haufen von Aufzeichnungen auf meinem Schreibtisch fällt mir auf, dass es viele Themen gibt, über die etwas zu sagen ist. Vor allem über die Lage des Ghettos, weshalb den Lesenden ein Stadtplan zur Verfügung steht, mit dessen Hilfe sie Girolamo Svampas Wege durch diesen Teil Ferraras nachvollziehen können.

Via Sabbioni, Via Gattamarcia und Via Vignatagliata entsprechen heute Via Mazzini, Via Vittoria und Via Vignatagliata. Auf der Basis des Edikts von 1624 wurden diese Straßen zwischen 1626 und 1672 abgeriegelt und bildeten eine Art „Zwinger", in dem eine 1.500 Personen zählende Gemeinschaft lebte, darunter sephardische, aschkenasische und italienische Juden. Es gab dort drei Synagogen oder *Scole*: die hispanisch-lusitanische oder levantinische, die deutsche und die *Sinagoga fanese*. Zwei befanden sich im gleichen Gebäude, in der Via Sabbioni (der heutigen Via Mazzini 95); die andere in der Via Gattamarcia (heute Via Vittoria 41).

Die Rabbiner Pinhas, Zalman und Alatino entspringen meiner Fantasie und sollen das Profil einer komplexen Gemeinschaft aufzeigen, die über eine reiche Tradition an Sprachen, Kulturen und kabbalistischer Esoterik verfügte, die sich untereinander stark unterschieden. Dolce Fano hingegen ist eine historische Figur, die ich in den Büchern von Laura Graziani Secchieri kennengelernt habe.

Ebenso authentisch ist die kabbalistische Tradition des *Sefer Jetzira*, dem die mystische Lehre von der Erschaffung (oder besser Formung) des Golems zugeschrieben wird.

Diese Lehre wird im Roman mit den Beschreibungen der Teraphim vermischt (die häufig die Frucht fragwürdiger Interpretationen sind). Sie werden in den Texten von Jonathan ben Uzziel, Tanchuma bar Abba sowie im *Pirkei* des Rabbi Eliezer und im *Höllischen Wörterbuch* von Collin de Plancy beschrieben, während das Wortspiel der magischen Wörter *met-emet* aus dem *Golem* von Gustav Meyrink stammt, das unter anderem in *Einhorn, Sphinx und Salamander. Das Buch der imaginären Wesen* von Jorge Luis Borges (S. Fischer, Frankfurt am Main 1993) erwähnt wird. Was die Beschreibung des Ritus der Niederwerfung, des *Dybbuk*, des *Ibbur*, der *Schedim* und weiterer mystischer Konzepte sowie den Besitz inkarnierter Seelen angeht, die im 16. Jahrhundert von Moshe Cordovero und Yizhaq Luria beschrieben werden, verweise ich gerne auf das mehr als reichhaltige Werk *Between Worlds. Dybbuks, Exorcists, and Early Modern Judaism* von J. H. Chajes (University of Pennsylvania Press, Philadelphia 2003).

Was den Korruptionsverdacht gegen den Kardinallegaten Francesco Cennini de' Salamandri betrifft, habe ich mich von einer anonymen Chronik des 17. Jahrhunderts inspirieren lassen, der zufolge er den Juden den „schönsten und am dichtesten bevölkerten Teil der Stadt überlassen hat, weil sie großzügig verliehen und verschenkten, darunter an den Kardinal und an alle Minister" (*Notizie riguardanti la città nostra di Ferrara*, Ferrara, Biblioteca comunale Ariostea, Ms. Antonelli, S. 294, c 17 r).

Abschließend eine Klarstellung … Das Kloster San Domenico in Ferrara stammt aus dem Jahre 1274, das heutige Aussehen erhielt es 1726. Die benachbarte Kirche von San Domenico, auch Crocette genannt (aus dem 13. Jahrhundert, wie der Glockenturm), beherbergte, bevor sie Sitz der Inquisition wurde, die Universität, die Zunft der Künstler und der Ärzte, und dann jene der Literatur, der Naturwissenschaften, der Medizin, der Astronomie sowie der Mathematik.

Schließen möchte ich mit meinem Dank an: das Team von Einaudi Stile Libero, vor allem Francesco Colombo, Paolo Repetti, Daniela La Rosa und Raffaella Baiocchi, meine Agentin Roberta Oliva und ihre Assistentin Marta Carrolo, meine Ex-Kollegin aus der Bibliothek Stefania Calzolari und meine Mutter Rosaura. Von Herzen danke ich meiner Frau Giorgia, die Einzige, die wirklich jedes Wort versteht, das ich schreibe oder sage.

Inhalt

Prolog 7

Teil eins
Angelus mortis
Malach ha-mavet 11

Teil zwei
Imago mortis
Hishtathut 79

Teil drei
Conceptio mortis
Met 137

Teil vier
Idolum mortis
Golem 175

Teil fünf
Osculum mortis
Bi-nešiqah 235

Epilog 275

Nachbemerkung des Autors 281

Die Drucklegung erfolgte mit freundlicher Unterstützung durch die Abteilung für deutsche Kultur in der Südtiroler Landesregierung.

Die italienische Erstausgabe ist 2023 bei Giulio Einaudi editore, Turin, unter dem Titel *Il pozzo delle anime* erschienen.
© Marcello Simoni, 2023, in accordance with Natoli Stefan & Oliva S.a.s. – Agenzia Letteraria, Milano, and Literaturagentur Juliane Roderer, Munic.

Die Karte von Ferrara stammt von Martin Zeiller: *Itinerarium Italiae Nov-antiquae oder Raiß-Beschreibung Niederländisch Italienisch: Darinn nicht allein viel underschiedliche Weg durch das Welschland selbst* (1640). © Karte: Penta Springs Limited / Alamy Stock Foto.
Die Illustrationen im Buch hat der Autor gezeichnet.

Erste Auflage
© der deutschsprachigen Ausgabe
FOLIO Verlag Wien · Bozen 2025
I-39100 Bozen, Pfarrhofstraße 2d
A-1050 Wien, Schönbrunner Straße 31
office@folioverlag.com
Alle Rechte vorbehalten

Lektorat: Lorena Pircher, Joe Rabl
Grafische Gestaltung: Cover: Hauptmann & Kompanie Werbeagentur, Zürich, unter Verwendung von Motiven von © Shutterstock und © picture alliance / TopFoto | TopFoto
Innen: Dall'O & Freunde, Lana
Druckvorbereitung: Typoplus, Frangart
Printed in Europe

ISBN 978-3-85256-909-3

www.folioverlag.com

E-Book: ISBN 978-3-99037-164-0